Me muero por ir al cielo

Para Siempre

FANNIE FLAGG

Me muero por ir al cielo

VERGARA
GRUPO ZETA

Barcelona • Bogotá • Buenos Aires • Caracas • Madrid • México D.F. • Montevideo • Quito • Santiago de Chile

Título original: *Can't Wait to Get to Heaven*
Traducción: Juan Soler
1.ª edición: julio 2007

© 2006 by Willina Lane Productions, Inc.
© Ediciones B, S. A., 2007
    para el sello Javier Vergara Editor
    Bailén, 84 - 08009 Barcelona (España)
    www.edicionesb.com
    www.edicionesb.com.mx

ISBN: 978-84-666-3398-7

Impreso por Quebecor World.

A mi buena amiga Peggy Hadley

Hay dos formas de vivir la vida.
Una, como si no hubiera milagros.
Otra, como si todo fuera un milagro.

ALBERT EINSTEIN

Elmwood Springs, Misuri
Lunes, 1 de abril

Lo último que recordaba Elner Shimfissle después de haber tocado sin querer aquel nido de avispas de su higuera, era haber pensado «ay, ay». Lo siguiente que supo fue que estaba tendida de espaldas en la sala de urgencias de un hospital, preguntándose cómo narices había llegado hasta allí. En el ambulatorio del pueblo no se pedía hora ni había sala de urgencias, así que estaría por lo menos en Kansas City. «Dios mío —pensó—, cuántas cosas raras están pasando esta mañana.» Ella sólo quería coger unos cuantos higos y llenar un bote de mermelada para aquella amable mujer que le había llevado un cesto de tomates. Y ahora aquí estaba, con un muchacho que llevaba un gorro verde de ducha y una bata también verde, mirándola desde arriba, muy nervioso, hablando a toda pastilla con otras cinco personas que había en la habitación, también con gorros verdes, batas verdes y unos pequeños botines verdes de papel en los pies. De pronto Elner se preguntó por qué no llevarían nada blanco. ¿Cuándo había cambiado esa norma?

No pisaba un hospital desde hacía treinta y cuatro años, cuando su sobrina Norma había dado a luz a Linda; entonces todos iban de blanco. Su vecina Ruby Robinson, una enfermera a la antigua, titulada, todavía vestía de blanco, los zapatos, las medias y la pequeña gorra con orejeras. Elner creía que el blanco era más profesional y propio de sanitarios que esas cosas verdes sueltas y arrugadas que llevaba esa gente; y encima ni siquiera era un verde bonito.

Ella siempre había llevado un uniforme muy pulcro, pero la última vez que su sobrina y el marido de ésta la habían llevado al cine, quedó decepcionada al ver que los acomodadores ya no usaban uniforme. De hecho, ni siquiera había ya acomodadores; uno mismo tenía que encontrar su asiento. «Bueno —pensó—, tendrán sus razones.»

De pronto empezó a preguntarse si había apagado el horno antes de salir al patio a coger los higos; o si ya le había puesto el desayuno a su gato *Sonny*. También se preguntó de qué estarían hablando ese chico de la horrible gorra verde y los demás, todos inclinados sobre ella y hurgando. Veía sus labios moverse perfectamente bien, pero esa mañana no se había colocado el audífono, y sólo oía un débil pitido, por lo que decidió echar una cabezadita y aguardar a que su sobrina Norma fuera a buscarla. Tenía que volver a casa para ver cómo estaban *Sonny* y el horno, pero no deseaba especialmente ver a su sobrina, pues sabía que iba a preocuparse mucho. Norma era una persona muy nerviosa, y después de la última caída de Elner le había dicho una y otra vez que no se subiera en la escalera para coger higos. Norma le había hecho prometer que esperaría y dejaría que lo hiciera Macky, el esposo de Norma; y ahora no sólo había incumplido su promesa, sino que ese viaje a la sala de urgencias sin duda le costaría un pico.

Unos años antes, su vecina Tot Whooten se clavó en la pierna una espina de cazón y acabó en la sala de urgencias, y contaba que le habían cobrado un dineral. Madurándolo bien, ahora Elner se daba cuenta de que quizá debía haber llamado a Norma; había pensado en llamarla, pero no había querido molestar al pobre Macky por unos cuantos higos. Además ¿cómo iba a saber que en el árbol había un nido de avispas? Si no hubiera sido por ellas, habría subido y bajado la escalera con los higos, ahora ya tendría hecha la mermelada, y Norma ni se habría enterado. Era culpa de las avispas, que de entrada no tenían por qué estar allí. Pero en ese momento supo que a Norma no le valdría ninguna de esas excusas. «Estoy en un apuro —pensó antes de quedarse dormida—. Tal vez acabo de perder de por vida mis privilegios de escalera.»

La sobrina nerviosa

8h 11m de la mañana

Aquella mañana, más temprano, Norma Warren, una morena aún bonita de sesenta y tantos estaba en casa hojeando un catálogo de ropa de cama a buen precio, intentando decidir si compraba la colcha de felpilla amarilla estampada de flores tono sobre tono o el excelente edredón cien por cien algodón lleno de arrugas en verde espuma de mar con franjas contra un fondo blanco inmaculado, cuando la vecina de su tía, y esteticista de Norma, Tot Whooten la llamó y le informó de que la tía Elner se había vuelto a caer de la escalera. Norma colgó el teléfono y se precipitó sobre el fregadero de la cocina para echarse agua fría en la cara y así evitar el desmayo. Cuando se sentía alterada, tenía tendencia a perder el conocimiento. Acto seguido, cogió el teléfono de pared y marcó el número del móvil de Macky, su marido.

Macky, gerente del departamento de ferretería de el Almacén del Hogar, en el centro comercial, vio en la pantallita el número que llamaba y respondió.

—Hola, ¿qué hay?

—¡La tía Elner ha vuelto a caerse de la escalera! —soltó Norma, desesperada—. Has de ir allí ahora mismo. Quién sabe qué se habrá roto. A lo peor está tendida en el jardín, y... muerta. ¡Te dije que te llevaras aquella escalera!

Macky, que llevaba casado con Norma cuarenta y tres años y estaba acostumbrado a sus ataques de histeria, sobre todo si la tía Elner tenía algo que ver, dijo:

—De acuerdo, Norma, tranquilízate, estoy seguro de que está bien. Aún no se ha matado, ¿verdad?

—Le dije que no se subiera otra vez a esa escalera, pero ni caso.

Macky echó a andar hacia la puerta, pasando junto a suministros de fontanería, y mientras salía se dirigió a un hombre.

—Eh, Jake, ocupa mi puesto. Vuelvo enseguida.

Norma seguía hablándole al oído sin parar.

—Macky, llámame en cuanto llegues, y me informas, pero si está muerta, no me lo digas, ahora una tragedia me destrozaría... Oh, la mataría. Sabía que iba a pasar algo así.

—Norma, cuelga y trata de calmarte, siéntate en el salón. Te llamaré dentro de unos minutos.

—Eso es, hoy mismo le quitaré la escalera. La sola idea de una anciana como ella...

—Cuelga, Norma.

—Se podía haber roto todos los huesos.

—Te llamaré —dijo él, y colgó.

Macky se dirigió al aparcamiento trasero, subió a su Ford SUV y puso rumbo a la casa de Elner. Había aprendido a base de cometer errores; cada vez que pasaba algo con la tía Elner, la presencia de Norma sólo complicaba las cosas, por lo que ahora ésta se quedaría en casa hasta que él hubiese evaluado la situación.

Después de que Macky hubo colgado, Norma corrió al salón, como él le había dicho que hiciera; pero sabía que no lograría tranquilizarse, ni siquiera sentarse, hasta que su esposo la llamara para decirle que no pasaba nada. «Juro por Dios —pensó—, que si esta vez no se ha matado, le quito la escalera, iré y yo misma talaré esa maldita higuera de una vez por todas.» Mientras daba vueltas por el salón, retorciéndose las manos, recordó de pronto que debía practicar los ejercicios de autodiálogo que había aprendido recientemente en un curso que estaba haciendo, pensado para ayudar a las personas que, como ella, sufrían ataques de pánico y ansiedad. Su hija Linda lo había visto anunciado en la televisión y se lo había regalado el día de su cumpleaños. Había terminado el paso noveno, «Poner fin al pensamiento "¿Y si...?"», y ahora estaba en el décimo, «Cómo detener las ideas obsesivas, terroríficas». También intentó respirar hondo con una técnica de «biofeedback» que una mujer le había enseñado en su clase de yoga. Mientras caminaba de un lado a otro, respiraba profundamente y repetía para sí misma una lista de afirmaciones positivas: «No hay nada de qué preocuparse», o «ya se ha caído dos veces del árbol y nunca ha pasado nada», o «ella estará bien», o «es sólo un pensamiento catastrofista, no es real», o «después te reirás de esto», y «no hay por qué tener miedo», o «el noventa y nueve por ciento de las cosas que te preocupan no suceden nunca»; para no olvidar «no vas a sufrir un ataque cardíaco», o «es sólo ansiedad, no te va a hacer daño».

Pero por mucho que lo intentara, no podía evitar sentirse ansiosa. La tía Elner era el pariente vivo más cercano que le quedaba en el mundo, aparte de Macky y su hija Linda, naturalmente. Tras morir su madre, el bienestar de su tía se había convertido en su principal preocupación, y no había resultado fácil. Al pasar junto a la fotografía de una sonriente tía Elner colocada sobre la repisa de la chimenea, exhaló un suspiro. ¿Quién habría podido pensar que esa anciana encantadora, de mirada inocente, mejillas sonrosadas, con el pelo blanco recogido en un moño, iba a causar tantos problemas? Pero la tía Elner también había sido testaruda; años atrás, cuando murió su marido, el tío Will, Norma había tardado una eternidad en convencerla de que se trasladara a la ciudad para así poder vigilarla mejor.

Por fin, tras varios años de ruegos, la tía Elner había accedido a vender la granja y mudarse a una pequeña casa de la ciudad, pero seguía siendo una persona difícil de controlar. Norma la quería con locura, y le fastidiaba tener que estar siempre encima de ella, pero no tenía más remedio. La tía Elner estaba sorda como una tapia y no se habría colocado un audífono si Norma no le hubiera dado la lata. Además nunca cerraba las puertas, no comía como es debido, no iba al médico y, lo peor de todo, no dejaba que Norma le ordenara la casa, algo que ella se moría de ganas de hacer. La casa de la tía Elner era una calamidad, con un batiburrillo de cuadros colgados sin orden alguno y el porche delantero hecho una ruina y un batiburrillo. Por todas partes había montones de cosas desparramadas: piedras, piñas, cáscaras, nidos de pájaros, pollos de madera, plantas viejas y cuatro o cinco topes de puertas oxidados que le había regalado su vecina Ruby Robinson. A Norma, que tenía su casa y su porche como los chorros del oro, aquello le parecía un horror. Y de hecho todo iba a peor; precisamente en su visita del día anterior, Norma descubrió una nueva incorporación al revoltijo: un jarrón de flores de plástico espantosamente feo. Al verlo, Norma pensó «tierra trágame», pero preguntó amablemente: «¿De dónde las has sacado, cariño?»

Como si no lo supiera. Era el vecino de la tía Elner del otro lado de la calle, Merle Wheeler, que siempre aparecía con los objetos más horrendos. Merle era quien había traído aquella vieja silla de oficina de falso cuero con ruedas, que Elner había colocado en el porche delantero para que todo el mundo la viera. En aquella época, Norma era directora del Comité de embellecimiento de Elmwood Springs y había intentado por todos los medios que su tía se deshiciera de la silla, pero ésta le dijo que le gustaba rodar por ahí con ella y regar así todas las plantas. Norma incluso intentó convencer a Macky para que fuera allá en mitad de la noche y se llevara la silla del porche, pero él se negó. Como de costumbre, Macky defendió a la tía Elner y le dijo a Norma que estaba haciendo una montaña de un grano de arena y que empezaba a actuar como su madre, ¡lo cual no era cierto! Querer librarse de aquella silla no era esnobismo por su parte, sino sólo una cuestión de orgullo cívico. O cuando menos eso pretendía ella.

A Norma le horrorizaba parecerse en algo a su madre. Ida Shimfissle, más pequeña y más bonita que Elner, había hecho una buena boda y nunca había tratado muy bien a su hermana. Incluso se había negado a visitarla tras su traslado a la ciudad, mientras criara pollos en el patio. «Es muy de pueblo», había dicho. Pero ayer, cuando la tía Elner señaló los girasoles y proclamó con orgullo «son bonitos, ¿eh? Los trajo Merle, y no hay que regarlos», Norma hizo un esfuerzo ímprobo para no coger los girasoles y correr chillando hasta el cubo de basura más próximo. En vez de hacerlo, se limitó a asentir con simpatía. Norma también sabía de dónde había sacado Merle las flores. Había visto unas exactamente iguales en el programa «Mañanas de los martes». Por desgracia, el cementerio municipal estaba lleno de arreglos similares. A Norma siempre le había parecido de pésimo gusto que la gente colocara flores de plástico en una tumba; era algo tan ordinario como los cuadros en terciopelo negro de la Santa Cena. En todo caso, tampoco entendió nunca por qué había quien ponía ventanas correderas de aluminio o tenía un televisor en el comedor.

En lo que a Norma respectaba, ya no había excusas para el mal gusto, o al menos no se le ocurría ninguna, cuando todo era tan sencillo como leer revistas y copiar, o ver los programas de diseño del canal Casa y Jardín. Menos mal que había aparecido Martha Stewart para introducir un poco de estilo entre el público estadounidense. De acuerdo, ahora era una delincuente habitual, pero antes de irse hizo muchas cosas buenas. De todos modos, a Norma no sólo le importaban las cuestiones de la casa y el tiempo libre. Se sentía muy a menudo consternada por la forma de vestir de la gente. «Por los demás seres humanos tenemos la obligación de mostrar el mejor aspecto posible, es sólo simple cortesía», solía decir su madre. Pero ahora todo el mundo llevaba, incluso en los aviones, zapatillas deportivas, sudaderas y gorras de béisbol. No es que

Norma se pusiera siempre elegante como solía. Se la había visto correr al centro comercial vistiendo un conjunto de *footing* de velludillo naranja, si bien nunca iba a ninguna parte sin pendientes y maquillaje. En esas dos cosas no transigía jamás. Cuando Norma volvió a mirar el reloj eran casi las ocho y media. ¿Por qué no llamaba Macky? Había llegado de sobra. «Oh, Dios mío —pensó—, no me digas que Macky ha tenido un accidente y ha muerto, esta mañana ya sólo me faltaba esto. ¡La tía Elner se cae de un árbol y se rompe la cadera y el mismo día yo me quedo viuda!» A las ocho y treinta y un minutos ya no aguantaba más; cuando se disponía a marcar el número de Macky sonó el teléfono, lo que le causó un susto tremendo.

—Norma, escúchame —empezó a decir Macky—. No te pongas nerviosa.

Ella percibió claramente en el tono de voz que había pasado algo horrible. Macky siempre empezaba las conversaciones diciendo «ella está bien, ya te dije que no te preocuparas», pero esta vez no. Norma contuvo la respiración. «Ahí está», pensó. Se estaba produciendo realmente la llamada que tanto le aterraba recibir. Notó que el corazón le latía aún con más fuerza que antes y que se le secaba la boca mientras trataba de permanecer en calma y se preparaba para la noticia.

—No te alarmes —continuó Macky—, pero han llamado a una ambulancia.

—¡Una ambulancia! —gritó ella—. ¡Oh, Dios mío! ¿Se ha roto algo? ¡Lo sabía! ¿Está herida de gravedad?

—No lo sé, pero es mejor que vengas por aquí; seguramente tendrás que firmar algunos papeles.

—Oh, Dios mío. ¿Tiene dolores?

Hubo una pausa, y luego Macky contestó.

—No, no tiene dolor. Ven enseguida, nada más.

—Se ha roto la cadera, ¿verdad? No hace falta que me lo digas. Sé que es así. Lo sabía. ¡Le he dicho mil veces que no se subiera a esa escalera!

Macky la interrumpió y volvió a hablar:

—Norma, ven en cuanto puedas y ya está.

No quería ser grosero con Norma, y lamentaba colgarle de nuevo, pero al mismo tiempo no quería decirle que la tía Elner había perdido el conocimiento y dormía como un tronco. En ese momento, de hecho, él no tenía ni idea de si había algo roto, ni siquiera de si había alguna herida grave. Cuando unos minutos antes había llegado a casa de la tía Elner, ésta se hallaba tendida en el suelo, bajo la higuera, con Ruby Robinson sentada a su lado tomándole el pulso, mientras Tot, la otra vecina, estaba a su lado, de pie, enfrascada en un reportaje en directo.

El testigo presencial

8h 2m de la mañana

Más temprano, exactamente a las ocho y dos minutos de la mañana, Tot Whooten, una pelirroja enjuta y nervuda que siempre llevaba sombra de ojos azul pálido por mucho que desde los años setenta estaba pasada de moda, iba camino de su trabajo en el salón de belleza porque debía teñirle el pelo a su clienta Beverly Cortwright y tenía que llegar un poco antes para hacer unas mezclas. Mientras pasaba frente a la casa de Elner Shimfissle, miró casualmente hacia arriba justo en el momento en que su vecina perdía el equilibrio y se caía de una escalera de unos dos metros y medio, con lo que parecían un centenar de avispas zumbando a su alrededor y siguiéndola hasta el suelo. Después de que la pobre Elner aterrizara con un ruido sordo, Tot le chilló «¡Elner, no te muevas!», y se precipitó a los escalones del porche de la otra vecina gritando a voz en cuello: «¡Ruby! ¡Ruby! ¡Sal enseguida! ¡Elner ha vuelto a caerse del árbol!» Ruby Robinson, una mujer diminuta de poco más de metro y medio, cuyas gafas bifocales hacían que sus ojos parecieran el doble de grandes, estaba desayunando, pero en cuanto oyó a Tot se puso en pie de un salto, cogió de la mesa del vestíbulo el pequeño maletín médico de cuero negro y corrió todo lo que pudo. Cuando las dos llegaron al borde del patio, unas veinte avispas enojadas y molestas aún revoloteaban en torno al árbol, y Elner Shimfissle yacía inconsciente en tierra. Ruby buscó inmediatamente en el bolso, sacó el frasco de sales aromáticas y lo abrió de golpe bajo la nariz de Elner mientras Tot relataba lo que acababa de presenciar a los demás vecinos, que empezaban a salir de sus casas y a congregarse alrededor de la higuera.

—Iba a trabajar —dijo—, cuando oí un ruido fuerte, un zumbido, fuuu... fuuu... fuuu, así que miré arriba y vi a Elner tirándose hacia atrás desde lo alto de la escalera, y luego... ¡Zas! ¡Pum! Golpeó en el suelo, y menos mal que tiene un buen trasero, porque al caer no dio ninguna voltereta ni nada; se desplomó como una tonelada de ladrillos.

Ruby puso enseguida otro frasco de sales bajo la nariz de Elner, pero ésta no volvía en sí. Sin quitar los ojos ni un instante de su paciente, de pronto Ruby comenzó a dar órdenes a gritos.

—¡Que alguien llame a una ambulancia! Merle, trae un par de mantas. Tot, llama a Norma y explícale qué ha pasado.

Ruby, que en otro tiempo había sido enfermera jefe en un gran hospital, sabía dar órdenes, y todos se dispersaron e hicieron exactamente lo que ella les había dicho.

Norma sale
a la carretera

En cuanto hubo colgado el teléfono a Macky, Norma corrió otra vez a la cocina a echarse agua fría en la cara, y acto seguido voló desesperada por la casa mientras recogía el bolso, folletos informativos de Medicaid y papeles del seguro médico, pasta dentífrica y un cepillo de dientes, y todo aquello que su tía pudiera necesitar en el hospital. Norma había temido durante años que pasara algo así, y ahora se alegraba de haber tenido la previsión de planearlo. Diez años atrás había preparado una carpeta con las palabras «Hospital, Emergencia, tía Elner».

También tenía un equipo de emergencia por terremotos en el garaje, donde guardaba agua embotellada, cerillas, seis latas de chiles Del Monte, una pequeña provisión de sus hormonas, medicamento para la tiroides, aspirinas, un bote de crema limpiadora Merle Norman, quitaesmalte y unos pendientes de repuesto. No era muy probable que se produjera un terremoto en Elmwood Springs, Misuri, pero ella creía que era mejor prevenir que curar.

Después de recoger todas las cosas para la tía Elner, Norma salió a toda prisa de la casa y le gritó a una mujer del jardín de al lado:

—Voy al hospital, mi tía se ha vuelto a caer de un árbol.

Subió al coche de un salto y arrancó. La mujer, que no conocía mucho a Norma, se quedó parada y la vio partir preguntándose qué demonios estaría haciendo su tía en un árbol. Norma dobló la cerrada esquina, salió del complejo y cruzó la ciudad todo lo rápido que pudo sin infringir la ley. La última vez que la tía Elner se cayó y Norma tuvo que salir precipitadamente, la patrulla la paró y le puso una multa por exceso de velocidad, la primera de su vida, y para colmo de males, al dar marcha atrás para irse pisó el pie del agente. Menos mal que éste era amigo de Macky, si no quizá la habrían metido en la cárcel de por vida. Norma sabía que debía procurar que no la multaran otra vez: obedecía las señales de limitación de la velocidad, pero mientras conducía, sus pensamientos iban a mil por hora. Cuanto más pensaba Norma en los acontecimientos de los últimos seis meses, más furiosa se ponía y más culpaba a Macky de la situación actual de su tía. Si se hubieran quedado en Florida en vez de regresar a casa, esto no habría ocurrido. Cuando llegó al cruce con la interestatal y tuvo que esperar a que el semáforo rojo más largo de la historia de la humanidad cambiara a verde, su mente se remontó a ese fatídico día de seis meses atrás...

Era martes por la tarde, y la tía Elner estaba jugando su partida de bingo en el centro cívico. Norma acababa de llegar de su reunión de «Personas que cuidan la línea», y se sentía de muy buen humor tras haber perdido casi otro kilo y recibido del director una pegatina de rostro sonriente, cuando Macky soltó la bomba. Abrió la puerta de la calle, y él estaba en el salón esperándola, con una mirada extraña, la que siempre tenía cuando había tomado alguna decisión, y efectivamente le dijo que se sentara, que quería decirle algo. «Oh, Dios, qué será ahora?», pensó, y cuando él se lo hubo explicado, Norma no daba crédito a sus oídos. Después de que Macky hubiera pasado por lo que ella denominaba su «período chiflado de la mediana edad con diez años de retraso» y hubieran vendido la ferretería, la casa y la mayoría de los muebles y se hubieran trasladado todos a Vero Beach, Florida, incluida la tía Elner y su gato *Sonny*, no faltaba nadie, ahora estaba él ahí sentado ¡diciéndole que quería volver! Habían pasado sólo dos años viviendo en una casa de tres habitaciones en régimen de condominio con jardín común y vistas de naranjos en un edificio de hormigón color menta en Leisure Village Central, y ahora él decía que ya estaba harto de Florida, los huracanes, el tráfico y los viejos que conducían a menos de cincuenta. Ella lo miraba totalmente incrédula.

—¿Me estás diciendo que después de haber vendido prácticamente todo lo que teníamos y dedicado los dos últimos años a arreglar este sitio ahora quieres regresar a casa?

—Sí.

—Durante años no paraste de repetir «me muero de ganas de ir a vivir a Florida».

—Ya sé, pero...

Ella lo interrumpió de nuevo.

—Antes de mudarnos te pregunté «¿estás seguro de que quieres hacer esto ahora?» «Oh, sí —contestaste—. Por qué esperar, vayamos pronto y adelantémonos a los *baby boomers*.»

—Sí, lo dije, pero...

—¿Recuerdas también que a petición tuya regalé toda nuestra ropa de invierno a la Beneficencia? Dijiste «por qué vamos llevar todos esos abrigos y jerséis a Florida. No tendré que recoger más hojas con el rastrillo ni quitaré más nieve de la acera con la pala, ¿para qué un abrigo grueso?».

Macky se revolvió un poco en la silla mientras ella seguía hablando.

—Pero aparte de que ahora no tenemos casa ni ropa de invierno, no podemos regresar.

—¿Por qué no?

—¿Por qué no? ¿Qué va a pensar la gente?

—¿Sobre qué?

—¿Sobre qué? Pensarán que somos una panda de cabezas huecas, yendo de aquí para allá como una tribu de gitanos.

—Norma, nos hemos mudado una vez en cuarenta años. No creo que por eso se nos pueda considerar cabezas huecas o gitanos.

—¿Qué pensará Linda?

—A ella le da igual; es completamente normal que la gente de nuestra edad quiera estar cerca de la familia y los viejos amigos.

—En ese caso, ¿por qué diablos vinimos?

Macky había pensado y ensayado la respuesta.

—Pensé que sería una buena experiencia de aprendizaje —dijo.

—¿Una buena experiencia de aprendizaje? Ya entiendo. Ahora no tenemos casa, ni ropa de invierno, ni muebles, pero ha sido una buena experiencia de aprendizaje. Macky, si aquí no ibas a ser feliz, ¿por qué decidimos venir?

—No sabía que no me gustaría, y sé sincera, Norma, a ti te gusta tan poco como a mí.

—No —confirmó ella—, no me gusta, pero a diferencia de ti, Macky, yo me he esforzado para adaptarme, y me fastidia pensar que he desperdiciado dos años de mi vida en ello.

Macky exhaló un suspiro.

—Vale, muy bien, no nos vamos. No quiero hacer nada que te disguste.

Entonces Norma suspiró y lo miró.

—Macky, sabes que te quiero..., y haré lo que desees, pero, por Dios, sólo espero que lo hayas pensado bien. Después de que nos organizaron aquella fiesta de despedida y todo, ahora volver a rastras y decir «sorpresa, estamos otra vez aquí»... Me resulta embarazoso.

Macky se inclinó hacia delante y le cogió la mano.

—Cariño, nadie le va a dar importancia. Mucha gente se ha trasladado a algún sitio y luego ha regresado.

—¡Pues yo no! ¿Y qué opina la tía Elner? Seguro que los dos ya habéis hablado del asunto.

—Dice que le alegra volver a casa, pero que depende de ti. Hará lo que tú quieras.

—Fantástico, como de costumbre los dos contra mí. Y si no digo que sí, yo soy la que queda como un trapo.

—Esto, yo...

Norma se sentó y lo miró fijamente, parpadeó unos instantes y luego dijo:

—De acuerdo, Macky, nos vamos; pero prométeme que dentro de dos años no te entrará otra vez la vena de volver a mudarnos. No paso por otro traslado.

—Lo prometo —dijo Macky.

—Vaya lío. Me has alterado tanto que voy a tomar un poco de helado.

Macky se levantó de golpe, contento de que el asunto se hubiera arreglado.

—No te levantes, cariño —dijo—. Yo lo traigo. ¿Dos bolas o tres?

Norma abrió el bolso y buscó a tientas un kleenex.

—Oh..., que sean tres, supongo que, si nos marchamos, no vale la pena que vuelva a «Personas que cuidan la línea».

Menos mal que en tres días vendieron la casa con vistas de naranjos con un fideicomiso de un mes. Pero, aun así, fue triste mudarse de nuevo. Gracias a Dios ella no había vendido todas sus chucherías; había guardado su caja de música de cerámica con cigüeñas danzantes y su chistera vaso de leche. La habían consolado mucho en momentos de apuro.

Mientras volvían a Misuri, con el gato *Sonny* maullando todo el rato, Norma intentó no seguir quejándose, como solía hacer su madre, pero, cuando desde el asiento de atrás la tía Elner soltó en broma:

—Norma, mira el lado positivo, al menos no vendiste tu parcela para la tumba.

Eso la encendió de nuevo.

—Precisamente cuando estaba iniciando una nueva vida,

aquí estamos, volviendo a casa a morirnos, como una manada de elefantes viejos encaminándose a su cementerio —soltó.

Y para colmo, durante los dos años que habían estado en Florida, debido a las nuevas empresas de software que se instalaban y a la gente que se trasladaba allí, el precio de la propiedad inmobiliaria de Elmwood Springs casi se había doblado. Lo que en otro tiempo había sido una ciudad pequeña, con sólo dos manzanas en el centro, ahora estaba experimentando una expansión suburbana. Y a causa de otro enorme centro comercial inaugurado en el cuarto cinturón, la mayoría de la ciudad se había trasladado al extrarradio, y su bonita casa de ladrillo de cuatro habitaciones situada en un acre de terreno había sido derribada para construir un edificio de apartamentos.

Elner había sido la más lista. No había vendido su casa, sino que la había alquilado a amigos de Ruby, que ya la habían dejado, por lo que podía volver a su antiguo hogar. Pero cuando estuvieron de regreso, lo máximo que Norma y Macky pudieron permitirse fue comprar una casa de dos plantas y dos habitaciones en una urbanización nueva llamada Arbor Springs, e incluso entonces Macky debió ir a trabajar al Almacén del Hogar para poder pagarla. Norma había pedido a la tía Elner que se fuera a vivir con ellos, o al menos que considerara la posibilidad de mudarse a un centro asistido, pero ella había preferido volver a su casa, y, como de costumbre, Macky se puso de su lado. Y gracias a él ahora Norma iba a ver a su pariente vivo más viejo, que seguramente se había roto la cadera, un brazo, una pierna o algo peor. Por lo que Norma imaginaba, su tía podía haberse roto el cuello y haber quedado totalmente paralítica, con lo que probablemente tendría que ir en silla de ruedas el resto de su vida.

«Oh, no —pensó—. La pobre tía Elner se sentirá fatal si no puede andar de un lado a otro.» Quizá pudieran adquirir una de esas nuevas sillas motorizadas, y, por supuesto, eso tendría que ser ahora, que acababan de instalarse en una casa con escaleras y sin acceso para las sillas de ruedas. Bueno, seguramente Macky construiría una rampa, porque era imposible que los tres vivieran en la pequeña casa de una habitación de la tía Elner, sobre todo estando Linda y el bebé todo el tiempo de visita.

—¡Estarás contento, Macky! —soltó—. ¡Si me hubieras escuchado, esto no habría ocurrido!

Las tres personas del coche que esperaba a su lado en el semáforo echaron una ojeada a Norma, que ahora hablaba sola en voz alta, y pensaron que quizás estaba loca. Cuando llegó al semáforo siguiente, y a medida que su mente seguía acelerada, Norma barruntó que acaso Macky no era el único culpable. Tal vez se podía haber evitado todo si ella se hubiera mantenido firme y se hubiera negado a trasladarse a vivir a Florida. Entonces le dijo a Macky que tenía un mal presentimiento con respecto a la mudanza, pero claro, tenía malos presentimientos sobre tantas cosas que no estaba segura de si era realmente eso o sólo otro síntoma de su trastorno de ansiedad. No saber si debía imponerse o no era muy frustrante. El resultado era que nunca adoptaba una actitud firme sobre nada. Cuando se hallaba a una manzana de la casa de su tía, Macky ya estaba totalmente perdonado y ella se estaba echando todas las culpas por la caída de la tía Elner. «Todo es culpa mía —decía entre gemidos—. ¡Nunca debí haberla dejado volver a esa vieja casa!»

En aquel preciso instante, Norma miró casualmente y vio a las tres personas del coche que la habían estado observando en el último semáforo. Bajó la ventanilla y dijo:

—Mi tía se ha caído de una higuera.

Justo entonces se puso la luz verde, y los del segundo coche salieron disparados.

Verbena recibe la noticia

8h 41m de la mañana

Verbena Wheeler ya estaba trabajando en Lavandería automática Pelusa y Arruga y Productos de limpieza Cinta Azul cuando su esposo, Merle, llamó y le dijo que Elner se había vuelto a caer de la escalera y esta vez había quedado inconsciente.

—Ahora mismo están esperando la ambulancia —señaló.

—¡Oooh! A Norma le va a dar un ataque, ya sabes cómo se preocupa por Elner. Tan pronto sepas algo, llámame y cuéntame.

Verbena, callada, con una pequeña y apretada permanente gris, era una persona sensata, sumamente religiosa y orgullosa de ello, pentecostal estricta, de la Iglesia de Dios, que tenía una cita de las Escrituras para cada ocasión. También se preocupaba mucho por su vecina, no sólo porque solía caerse de la escalera sino también por lo rápidamente que cambiaba de opinión. A su juicio, recientemente Elner Shimfissle se había vuelto bastante radical, y estaba convencida de que el inicio de los cambios se remontaba al día en que su vecina se conectó a la televisión por cable y empezó a ver Discovery Channel. Verbena, que sólo veía la TBS y canales religiosos, se angustiaba mucho. «Demasiada ciencia, demasiado poca religión», decía siempre. Para demostrar que estaba en lo cierto, refería el episodio en el que, sólo una semana después de engancharse, Elner la llamó alarmada.

—Verbena —dijo Elner—. Ya no estoy tan segura de la historia de Adán y Eva.

Verbena se quedó pasmada al oír algo así de una reputada metodista de toda la vida.

—Oh, Elner —exclamó Verbena mientras se agarraba a la encimera en busca de apoyo—. Esto que dices es tremendo... ¡La próxima será que te has vuelto atea!

—Oh, no, cariño, aún creo en Dios; sólo tengo una duda sobre lo de Adán y Eva.

Se disparó una alarma cuando de pronto Verbena captó las verdaderas repercusiones y las nefastas consecuencias de la palabra «duda». Habló con voz entrecortada.

—No estarás pensando en irte con los evolucionistas, a estas alturas; me sorprende precisamente de ti.

Elner estuvo de acuerdo.

—Bueno, yo también estoy un tanto sorprendida, Verbena, pero si alguna vez has dudado de que descendamos o no del mono, entonces tienes que ver el programa que vi ayer en la televisión sobre unos pequeños monos de nieve que hay en Japón. Están todo el invierno sentados en unas bañeras calientes, y, te lo juro, había uno que se parecía muchísimo a Tot Whooten; sólo le faltaba hablar. En serio, cariño, si le pusieras un vestido y un peine en la mano, te verías en apuros para distinguirlos. El bicho incluso llevaba sombra de ojos azul como Tot... ¡Y tenía su expresión y todo!

Verbena quedó muy afectada por la llamada. Sabía que en cuanto una persona tenía la menor duda sobre Adán y Eva, las historias que seguían —Caín y Abel, Noé y el Arca, etcétera— empezaban a caer como fichas de dominó. Quiso llamar a Norma inmediatamente y decirle que su tía estaba recibiendo peligrosas influencias de aquellos denominados programas educativos y que, si no tenía cuidado, la siguiente noticia sería que Elner estaría suscrita a *The New York Times* o ¡integrada en la Unión Americana para las Libertades Civiles! Verbena sabía que esa clase de ideas eran las que habían quitado la oración de las escuelas y a Jesucristo de la Navidad. Verbena habría llamado, pero tampoco tenía muy claro cuál era la postura de Norma sobre el asunto de la Creación.

Ida, la madre de Norma, había sido una presbiteriana estricta, pero después de su muerte, Norma entró a formar parte de una de esas iglesias *new age*, no confesional, de talla única y «hágalo usted mismo» que se habían apartado tanto de la Biblia que casi nunca la leían. Y cuando lo hacían, su interpretación de las Escrituras era demasiado vaga para satisfacer a Verbena. Ésta intentó advertir a Norma de que afiliarse a esa iglesia *new age* suponía un enorme riesgo para su alma inmortal. Norma no fue grosera, escuchó, y le agradeció la llamada, pero no regresó a la buena iglesia basada en la Biblia. Un montón de personas de la ciudad a las que Verbena había tratado de reconducir de nuevo hacia la Biblia se habían mostrado muy descorteses, llegando incluso a decirle que no se metiera en lo que no le importaba. Algunas habían llegado a cancelar su cuenta de crédito en la lavandería. La economía de Verbena se había resentido, y ésta aprendió que, si uno quiere llevarse bien con sus vecinos, es mejor no andar enredando con asuntos de religión. Pero otra razón por la que no había llamado a Norma era que, poco después de hablar con Elner, Verbena se conectó a Internet. No había vuelta de hoja; Tot Whooten era, en efecto, exactamente como un mono de nieve. En su momento eso la había sorprendido, pero no había debilitado su fe; el Génesis 1:27 lo decía muy claro: «Y Dios creó al hombre a su imagen y semejanza», y era de todo punto imposible que Verbena creyera que Dios se parecía a Tot Whooten ni por asomo, ¡ni a ninguno de los Whooten, si vamos a eso!

En su momento, Verbena no había sido consciente de ello, pero el incidente del mono de nieve no era la primera duda que tenía Elner sobre lo de Adán y Eva. Años atrás, cuando aún vivía en el campo, mucho antes de haber visto el Discovery Channel, estaba escuchando en la radio el parte agrícola de Bud y Jay de primera hora de la mañana, cuando Bud formuló la pregunta del día: «¿Qué fue primero, el huevo o la gallina?» Después del programa, Elner volvió a sus quehaceres domésticos durante un rato, y luego, mientras estaba dando de comer a sus gallinas, se detuvo en seco, dejó el cazo en el suelo, entró y llamó a Norma.

—Hola —dijo Norma.

—Norma, creo que en la Biblia hay un fallo. ¿A quién se lo digo, a Bud y Jay o al reverendo Jenkins?

Norma miró el reloj. Eran las seis menos cuarto y aún estaba oscuro.

—Espera un segundo, tía Elner. Voy a hablar desde la cocina. Macky todavía duerme.

—Oh, ¿te he despertado?

—No pasa nada, un momentito. —Norma se levantó de la cama y se dirigió a la cocina dando traspiés, encendió la luz y enchufó la cafetera eléctrica. Ya que estaba despierta, prepararía el café. Cogió el teléfono—. Aquí estoy, tía Elner. ¿Qué pasa?

—Creo que he descubierto un error grave en la Biblia. No sé cómo no lo había visto antes.

—¿Qué error?

—¿Qué fue primero, el huevo o la gallina?

—¿Qué? Esto no está en la Biblia.

—Ya lo sé, pero contesta: ¿qué fue primero, el huevo o la gallina?

—No tengo ni idea —dijo Norma.

—Bueno, no te preocupes, dicen que es un problema antiquísimo que nadie es capaz de resolver, pero hace tan sólo un minuto que he hallado la respuesta, más clara que el agua... ¿Preparada?

—Sí —dijo Norma entre bostezos.

—Fue primero la gallina, evidentemente.

—Aaah... ¿Y cómo has llegado a esta conclusión?

—¡Muy sencillo! ¿De dónde viene un huevo? De una gallina; luego el huevo va después de la gallina, el huevo no puede ponerse a sí mismo. Y entonces he pensado que si la gallina fue antes que el huevo... ¿Cómo es que fue primero Adán, si Eva era la única que podía dar a luz?

Norma cogió una taza del armario.

—Tía Elner, creo que olvidas que, según la Biblia, nadie dio a luz. Dios creó a Adán y después le arrancó una costilla y creó a Eva.

—Ya sé que dice esto, Norma, pero la secuencia es errónea... Es la gallina la que pone los huevos con el gallo dentro..., el gallo ni siquiera pone huevos.

—Sí, cariño, pero tiene que haber un gallo para fertilizarlos.

En el otro extremo de la línea se hizo un largo silencio. Luego Elner habló de nuevo.

—Bueno, en eso tienes razón. Creo que tengo que pensar algo más en este asunto. Jolín, creía que había resuelto uno de los grandes misterios de la humanidad; de todos modos, me parece que hay una posibilidad de que Eva fuera la primera y que los hombres que escribieron la Biblia lo cambiaran todo a última hora para poder ser ellos los primeros; y si esto es así, quizá tengamos que replantearnos la Biblia entera.

Aproximadamente a las siete y media, cuando Macky entró en la cocina, vio a Norma sentada a la mesa, totalmente despierta.

—¿Qué haces levantada tan temprano? ¿No podías dormir?

Ella lo miró.

—Habría podido..., si no me hubiera despertado el teléfono antes de amanecer.

—Vaya —dijo Macky mientras alcanzaba su taza—. ¿Qué quería saber esta mañana?

34

—¿Qué fue primero, el huevo o la gallina? —Macky se rió mientras Norma iba a la nevera por la nata—. Sí, ríete, Macky, pero estaba a punto de llamar a la emisora de radio y decirles que en la Biblia había un fallo; menos mal que la atajé.

—¿Dónde cree ella que está el error?

—Está convencida de que Eva fue creada antes que Adán. ¿Te das cuenta del revuelo que habría provocado?

Macky sonrió.

—Bueno, al menos se puede decir en su favor que tiene una mente abierta.

—Oh, sí, muy abierta —soltó Norma—. Sólo desearía que no la abriera tan temprano. La semana pasada me despertó para saber si yo sabía cuánto pesaba la Luna.

—¿Por qué quería saber eso?

—Ni idea. Sólo sé que puede formular más preguntas en un día que la mayoría de la gente en un año.

—Sí, es verdad.

—Y espera, que en cuanto tenga en marcha lo de Adán y Eva va a estar llamándome todo el día.

Tal como estaba previsto, alrededor de las diez de la mañana, justo cuando Norma había acabado de aplicarse su especial máscara facial Merle Norman para pieles secas sensibles, sonó el teléfono por cuarta vez.

—Norma, si Adán y Eva eran las dos únicas personas en la Tierra, ¿dónde conocieron Caín y Abel a sus esposas?

—Oh, no lo sé, tía Elner... ¿En el club Med? No me preguntes. Ni siquiera sé por qué el pollo cruzó la carretera.

—¿No? ¡Pues yo sí! —soltó la tía Elner—. ¿Quieres que te lo diga?

Norma se dio por vencida y se sentó.

—Pues claro —dijo—. Me muero de ganas.

—Para demostrarle a la comadreja que se puede hacer.

—Tía Elner, ¿quién te cuenta estas bobadas?

—Bud y Jay. ¿Sabías que el escarabajo de la patata también se conoce como saltamontes de Jerusalén?

—No.

—¿Sabías que el cuerpo humano tiene cuarenta y siete billones de células?

—No, no lo sabía.

—Sí, ésta era la respuesta correcta de ayer. Alguien ganó un cuchillo eléctrico.

Norma colgó. Se dirigía al cuarto de baño cuando volvió a sonar el teléfono.

—Eh, Norma, ¿te imaginas cuánto tiempo se pasaron contando todas esas células?

Creer o no creer

8h 49m de la mañana

Norma conducía lo más rápido que podía, y por un segundo perdió el siguiente semáforo y tuvo que pegar un frenazo, por lo que los papeles del seguro de la tía Elner se desparramaron por el suelo del coche. Para entonces estaba ya muy alterada y rezaba para tranquilizarse, pero sabía que tenía que rezar o conducir con cuidado; no podía hacer las dos cosas, así que decidió prestar atención a la carretera.

Además de no querer sufrir un accidente, Norma tampoco estaba totalmente segura de que rezar sirviera de mucho. Había forcejeado con la fe durante toda su vida, y se preguntaba por qué no le había resultado fácil creer, como el inglés o la pronunciación en el instituto. Había sacado excelentes en ambas asignaturas; todo el mundo decía que tenía una voz clara y bonita, y aún era capaz de conjugar una frase. Pero ella, más que nadie, necesitaba tener fe en algo. Macky no era de ninguna ayuda, pues, contrariamente a lo que pensaba Verbena, estaba tan seguro de que ahí fuera no había nada como la tía Elner de que sí lo había. Ésta la había llamado la semana anterior para decirle: «Norma, desde que veo estos programas científicos, mi opinión del Creador ha mejorado muchísimo; sabía que era fabuloso, pero no hasta qué punto; se me escapa cómo alguien pudo pensar en crear tantas cosas, vamos, que sólo las diferentes especies de peces tropicales ya son un milagro.»

La tía Elner no tenía ninguna duda, pero Norma estaba atascada, fluctuando de un lado a otro. Un día creía, y el otro ya no sabía. Norma deseaba hablar con alguien sobre ello, pero no confiaba en su pastor, demasiado inexperto, y necesitaba todo el aliento posible. Pero aunque no estaba segura de a quién o qué rezar, a menudo suplicaba ayuda para superar los defectos de su carácter: no darse cuenta de cuándo la gente pone la botella de ketchup en la mesa, o tener el garaje lleno de trastos y dejar las puertas abiertas de par en par, no retroceder al ver los asientos de roble macizo del váter de Verbena; pero fracasaba lamentablemente, sintiendo decepción de sí misma una y otra vez.

Norma estaba convencida de que su incapacidad para no sentirse ofendida por la gente con mal gusto o modales groseros, o por los que utilizaban la gramática incorrectamente y decían «fue» en vez de «ha ido», estuviera relacionada directamente con la inestabilidad de su fe. Esperaba algún día ver una señal, algún tipo de revelación, como prueba de que había algo ahí fuera. Verbena decía que siempre estaba alerta por si veía «signos, maravillas y milagros», y en la situación presente Norma daría por buena cualquier cosa, pero hasta el momento no había visto nada. Si ahora mismo muriera en un accidente mientras iba a ver a su tía, en su lápida debería leerse este epitafio:

«Aquí yace Norma Warren,
Muerta, pero todavía confusa.»

La mujer de la revista

8h 50m de la mañana

En el mismo instante en que Cathy Calvert oyó la fuerte sirena de la ambulancia que pasaba frente a su oficina del centro, supo que tendría una historia que escribir. Cathy, una mujer alta y delgada de cuarenta y pocos años, con el pelo castaño oscuro, era la propietaria y editora de una modesta revista semanal. Ella misma hacía la mayoría de los reportajes, y sabía por experiencia que siempre que mandaban llamar a Elmwood Springs a un vehículo de urgencias era por un accidente o alguna clase de contratiempo. Salió a la calle para ver si era un coche de bomberos o una ambulancia, pero no alcanzó a verlo y se sorprendió de que la escandalosa sirena se callara tan cerca. Por lo general, los coches de bomberos o las ambulancias se dirigían al cruce del nuevo cuarto cinturón, donde la gente no paraba de tener accidentes, o si no al centro comercial. Desde que las «Personas que cuidan la línea» se habían trasladado junto al Granero de Cerámica, los que intentaban quitarse kilos antes de tenerlos, a veces se pasaban y sufrían ataques cardíacos.

Cathy regresó a la oficina, cogió la cámara y el bloc, y se apresuró al lugar donde pensaba que la sirena había dejado de sonar. Tras doblar la Primera Avenida Norte, vio que era una ambulancia, aparcada justo delante de la casa de Elner Shimfissle. «Oh, no —pensó—, se ha caído otra vez de la escalera.» Cuando llegó al lugar, Tot estaba en la acera, con aspecto afligido, y corrió hacia ella.

—Esta vez se la ha pegado buena. Ha caído limpiamente y ha quedado sin conocimiento; y Norma va a tener un ataque. Macky la acaba de llamar para que venga.

De repente, Cathy se olvidó de la historia que iba a escribir y se convirtió en otra amiga de Elner que andaba por allí sintiéndose impotente. Al cabo de un rato, cuando se habían congregado ya muchos vecinos y no había nada que ella pudiera hacer, se sintió mal con la cámara a cuestas. No quería que nadie pensara que había acudido como periodista, así que pidió a Tot que la llamara y la tuviera al corriente del estado de la señora Shimfissle, y acto seguido regresó al despacho. Estaba preocupada pero tampoco demasiado, pues Elner Shimfissle era una vieja campechana que se había caído ya de muchos sitios y siempre vivía para contarlo. Cathy sabía de primera mano que Elner era dura y resistente en más de un sentido.

Unos años antes, después de licenciarse, Cathy había dado clases de historia oral en la escuela de la comunidad, a las que Elner Shimfissle asistió con su amiga Irene Goodnight. Ambas fueron excelentes alumnas que contaron historias interesantes. En esas clases, Cathy aprendió que las apariencias pueden ser engañosas. Por ejemplo, a primera vista, uno jamás sospecharía que Irene Goodnight, una abuela tranquila, de aspecto sencillo, con seis nietos, había sido conocida en otro tiempo como «Goodnight Irene» y que con la compañera de equipo «Tot, la terrible e implacable lanzadora zurda» había ganado tres veces seguidas el Campeonato de Damas Lanzadoras del Estado de Misuri. Y si un desconocido viera por primera vez a Elner, nunca adivinaría que, pese a aquella fachada de anciana venerable, seguía siendo fuerte como un roble.

Mientras analizaba la historia de Elner con ella, Cathy se enteró de que, durante la Depresión, cuando Will, el marido de Elner, quedó postrado en cama durante dos años con tuberculosis, Elner se estuvo levantando cada día a las cuatro de la mañana y, provista tan sólo de una mula y un arado, mantuvo en funcionamiento la granja sin ayuda de nadie. De algún modo había logrado sobrevivir a una de las peores inundaciones de la historia de Misuri así como a tres tornados, había cuidado de su marido, y había cosechado suficiente para alimentar a su familia y a la mitad de los vecinos. Lo que más asombró a Cathy fue que a la señora Shimfissle jamás se le ocurrió pensar que aquello hubiera sido algo extraordinario. «Alguien tenía que hacerlo», decía.

Antes de dar clases de historia oral, Cathy siempre había querido ser escritora; soñaba incluso con que un día escribiría la gran novela americana. Pero al cabo de unos semestres abandonó la idea y empezó a dedicarse al periodismo. Su nueva filosofía era: «Por qué escribir ficción? ¿Por qué leer ficción?» Rasca a cualquier persona de más de sesenta, y tienes una novela mucho mejor y sin duda más interesante que la que pueda fabricar cualquier escritor de ficción. O sea, que no valía la pena.

¡Oh, no, esa bata no!

8h 51m de la mañana

Cuando por fin Norma hubo cruzado la ciudad y se paró frente a la casa, la ambulancia ya estaba allí. Había llegado justo en el momento en que se estaba cerrando la puerta del vehículo con la accidentada dentro, pero también a tiempo de ver, consternada, que la tía Elner llevaba una vieja bata marrón a cuadros que desde hacía años ella le suplicaba que tirara a la basura. Norma se bajó del coche con el bolso y todos los papeles y apretó a correr, pero antes de llegar a la altura de su tía las puertas ya estaban cerradas del todo y la ambulancia había arrancado. Entonces, Norma y Macky subieron en el coche de él y empezaron a seguir a la ambulancia. Mientras transcurrían los cuarenta y cinco minutos que se tardaba en llegar al hospital de Kansas City, Macky, muy preocupado, no dijo casi nada, sólo algún esporádico:

—Estoy seguro de que todo irá bien, Norma, es mejor que le echen un buen vistazo y se aseguren de que no tiene nada roto.

Pero Norma no escuchaba y durante todo el trayecto fue casi la única que habló.

—No sé por qué no me han dejado ir con ella, soy su pariente más cercano, debería estar con ella, seguramente está muerta de miedo, y además, ¿cómo es que aún llevaba esa bata marrón raída y vieja? Al menos tendrá veinte años y se le está descosiendo. La semana pasada le compré una nueva en Target. Cuando aparezca en el hospital con eso, van a pensar que somos unos simples blancos pobres del Sur; no sé por qué tiene que comportarse siempre como si no tuviera un céntimo. Le dije «tía Elner, el tío Will te dejó un montón de dinero, no tiene sentido que vayas por el patio con esa bata hecha polvo», pero ¿acaso me escuchó? No..., y ahora esto. —Norma suspiró—. Tenía que haberla cogido y haberla quemado, eso es lo que tenía que haber hecho. Ojalá no se haya roto la cadera o una pierna. Debía haber venido a vivir con nosotros, pero no, tuvo que quedarse en esa vieja casa, y además no cierra las puertas. La otra noche me acerqué a dejarle los supositorios en el porche, y la puerta de la calle estaba abierta de par en par. Y le dije «tía Elner, si un asesino en serie te mata mientras duermes, entonces no vengas corriendo a quejarte».

Macky giró a la izquierda.

—Norma, ¿cuántos asesinos en serie ha habido en Elmwood Springs?

Norma lo miró y dijo:

—Bueno, no hay ninguna garantía de que no vaya a pasar en el futuro... Tú creías que ella estaría bien cuando viviera otra vez sola en su casa. Pues ya ves..., no lo sabes todo, Macky.

—Norma, si te preocupas tanto, te dará un ataque. Espera a saber algo, ¿vale?

—Lo intentaré —dijo, pero no podía evitar enfadarse con Macky, y cuanto más pensaba en ello, más furiosa se ponía. Él era el único culpable de que la tía Elner se hubiera caído de la escalera. Él era quien la consentía y pensaba que todo lo que ella hacía era muy gracioso. Incluso cuando la tía Elner permitió que su amigo Luther Griggs aparcara su enorme y feo camión de dieciocho ruedas junto al patio durante seis meses,

Macky se había puesto de su lado, y si él no hubiera dejado que se quedara aquella escalera, si se la hubiera llevado tal como ella le había pedido que hiciera, ahora mismo la tía Elner no estaría en la cama de un hospital.

De repente, Norma se volvió hacia su esposo y dijo:

—Escucha una cosa, Macky Warren, ésta es la última vez que tú y la tía Elner me disuadís de algo. ¡Te dije que era demasiado vieja para vivir sola!

Macky no comentó nada. En ese asunto, ella tenía toda la razón. También pensó que ojalá la tía Elner no se hubiera subido sola a la escalera. Había estado en la casa a primera hora de la mañana, tomando café con ella antes de ir a trabajar. La tía Elner no había dicho nada de coger higos. Todo lo que quería saber era hasta qué punto era buena una pulga y qué lugar ocupaba en la cadena alimentaria. Ahora él tenía problemas con Norma y estaba muerto de preocupación por la tía. Sólo deseaba que no se hubiera roto nada importante; de lo contrario, se lo recordarían toda la vida.

Súbitamente, Norma alzó el brazo y se palpó la coronilla.

—Dios mío —soltó—. ¡Creo que el pelo se me está volviendo totalmente blanco! Estarás contento, Macky. Ahora Tot, en vez de retocarme algunas partes, seguramente tendrá que teñirme toda.

Por si fuera poco, cuando les faltaban apenas diez minutos para llegar al hospital, Macky decidió tomar un atajo, y naturalmente lo primero que les sucedió fue que se encontraron con un paso a nivel y tuvieron que esperar un rato a que pasara un tren de carga. Norma quería gritar con toda su alma «¡te he dicho que siguieras a la ambulancia! ¡Mira ahora!». Pero no lo hizo. Nunca servía de nada. Él siempre contestaba lo mismo, «Norma, no empieces a buscar culpables», y esa frase la ponía aún más furiosa, de modo que se aguantó el enfado en silencio y respiró hondo mientras permanecía sentada y los vagones pasaban uno tras otro traqueteando.

«¿Por qué nadie me escucha?», se preguntó.

Con su hija Linda había acertado. Le había dicho que no se casara con el chico con el que estaba saliendo. Incluso se había mostrado moderna al respecto y le había aconsejado que viviera con él un tiempo, pero no, Linda quería una gran boda con su luna de miel, y luego, ¿que pasó? Pues que todo acabó también con un gran divorcio. «¿Por qué no escuchan? No es que me guste tener siempre razón; desde luego para mí tener razón no es divertido. Tener razón, sobre todo con tu esposo, puede ser doloroso; y a veces darías el brazo izquierdo por estar equivocada.»

Mientras seguía sentada esperando que acabara de pasar el tren, pensó en los acontecimientos de los últimos días. Se había notado más inquieta que de costumbre, y ahora se preguntaba si habría tenido el presentimiento de que estaba a punto de suceder algo fatal.

Mientras seguía a vueltas con lo mismo, recordó que había empezado a sentirse algo ansiosa el miércoles por la mañana, inmediatamente después de su habitual cita de las diez y media en el salón de belleza. «¿Cuál sería el desencadenante?», pensaba. Se remontó mentalmente a aquella mañana... Había estado sentada en la silla como siempre, le estaban arreglando el cabello, cuando Tot Whooten, la que parecía un mono de nieve, alargó la mano para coger un rulo mediano de su bandeja de plástico y se le cayó al suelo.

—¡Mecagoen...! —soltó Tot—. Es la segunda vez que se me cae algo esta mañana. Te digo una cosa, Norma, tengo los nervios a flor de piel. Parece que desde el 11-S todo anda del revés. Me encontraba bien, había superado mi crisis, volví a trabajar con buen ánimo, y entonces, zas, te despiertas y descubres que los árabes nos odian a muerte; ¿y por qué? Yo nunca me he portado mal con un árabe en mi vida, ¿y tú?

—No..., de hecho nunca he conocido a ninguno —dijo Norma.

—Y luego te encuentras con que en todo el mundo hay gente que nos detesta.

—Lo sé —suspiró Norma mientras le daba a Tot una horquilla—. Estoy completamente desconcertada; creía que caíamos bien a todos.

—Yo también, no lo entiendo, eso es todo. ¿Cómo puede odiarnos alguien siendo lo buenos que somos? Cada vez que ha habido un problema en alguna parte, ¿no hemos enviado dinero y ayuda?

—Por lo que sé, sí.

—¿No hemos de ser la gente más generosa del mundo? —dijo prendiendo una horquilla en un rulo.

—Es lo que siempre he oído —dijo Norma.

—Y ahora leo que incluso Canadá nos odia... ¡Canadá! Y en cambio nosotros queremos a los canadienses, siempre estamos deseando ir a visitarlos. Jamás imaginé que Canadá nos aborreciera, ¿y tú?

—No —contestó Norma—. Siempre he pensado que Canadá era nuestro vecino amable del norte.

Tot dio una calada al cigarrillo y lo dejó en el cenicero negro de plástico.

—Que alguien conocido me odie es una cosa, pero si me odian unos perfectos desconocidos lo primero que se me ocurre es ponerme una soga alrededor del cuello y saltar por la ventana, ¿no te pasa lo mismo?

Norma pensó en ello y dijo:

—Creo que no me suicidaría por eso, pero sin duda es muy preocupante.

Tot cogió una redecilla.

—Yo digo que nos olvidemos de ayudar al maldito mundo, porque seguro que nadie nos lo va a agradecer.

—Por lo visto no —certificó Norma.

—Demonios..., mira Francia, fuimos y los salvamos de los nazis, y ahora dicen todas esas cosas horribles. Jolín, te digo una cosa, Norma, todo esto ha herido de veras mis sentimientos.

Norma estuvo de acuerdo.

—Por culpa de esto llegas a no querer ayudar a la gente, ¿verdad?

—¡Eso es! —exclamó Tot mientras metía algodón tras las orejas de Norma—. Los impuestos del dinero ganado con el sudor de mi frente van a parar a todas partes, pero, ¿llegan a agradecértelo? Antes tenía fe en el mundo, pero se ha vuelto tan malo como mis propios hijos; sólo dame, dame, dame todo el rato..., y nunca es suficiente.

La hija de Tot, Darlene, tan ancha ella como delgada su madre, trabajaba en la cabina contigua y oyó la última frase.

—¡Bien, muchas gracias, madre! —soltó por encima de la mampara—. ¡No te pienso pedir nunca más nada!

Tot puso los ojos en blanco en dirección a Darlene y le dijo a Norma:

—Ojalá.

Aunque a Norma no le gustaba pensar en ello, Tot desde luego tenía razón. Todo había cambiado tras los atentados terroristas del 11-S. Incluso en una ciudad pequeña como Elmwood Springs, la gente había quedado tan conmocionada que había enloquecido un poco. Justo después del suceso, Verbena estaba convencida de que la familia Hing Doag, que tenía la tienda de la esquina, formaba parte de una célula durmiente terrorista. Norma le había dicho: «No son árabes, Verbena, sino vietnamitas.» Pero Verbena no lo tenía claro. «Bueno, sea como sea —decía—, no confío en ellos.»

Sin embargo, la mayoría estaban tristes simplemente por la clase de mundo en que vivirían sus hijos y sus nietos. Y para las personas como Norma y Macky, nacidos y criados en los años cuarenta y los cincuenta, aquello era un cambio radical con respecto a la época en que todos se sentían seguros y la única referencia de Oriente Medio eran las tarjetas de Navidad en que una estrella brillaba sobre un pesebre tranquilo, no el lugar lleno de odio y cólera que veían cada día en la televisión o en los periódicos. Norma sólo sabía que ya no aguantaba más. Tres años atrás había dejado de leer los periódicos y de ver las noticias. Ahora sólo veía la cadena Casa y Jardín y el programa de antigüedades de la PBS, y más o menos escondía la cabeza en la arena y esperaba que las cosas se arreglaran de algún modo.

Al cabo de unos cuarenta minutos, y después de que sacaran a Norma de debajo del secador, Tot retomó la conversación.

—Norma, tú me conoces, siempre intento poner cara de felicidad, pero cada vez es más difícil mantener una actitud positiva. Dicen que la civilización, tal como la conocemos, está perdida, condenada.

—¿Quién dice eso? —preguntó una alarmada Norma.

—¡Todo el mundo! —dijo Tot mientras le quitaba la redecilla—. Nostradamus, la CNN, todos los periódicos, según ellos estamos al borde de la aniquilación total.

—Oh, Dios mío, Tot, ¿cómo es que haces caso de todo ese rollo? Sólo pretenden asustarte.

—Bueno, según dice Verbena, en la Biblia está escrito que éste es el fin de los tiempos, y tal como van las cosas, creo que está al doblar la esquina.

—Venga, Tot, he oído cosas así toda mi vida, y siempre han sido falsas.

—Hasta ahora —replicó Tot, sacando un rulo del pelo de Norma—. Pero un día serán ciertas. Verbena dice que las señales apuntan al Apocalipsis. Todos esos terremotos, huracanes, inundaciones e incendios que hemos sufrido recientemente, y ahora esa gripe de los pollos..., su pestilencia está ahí mismo.

Norma notó que comenzaba a hiperventilar, y tratando de usar el ejercicio «Sustituye un pensamiento negativo por uno positivo», dijo:

—La gente puede equivocarse, ya sabes, recuerda cuando llegó el rock and roll. Todos decían que no podía haber nada peor, y sí lo hubo, ahí tienes.

—No veo cómo las cosas podrían ir peor. Pero si el fin del mundo llega antes de que pueda cobrar la pensión, entonces me pondré realmente furiosa, tras esperar años a poder jubilarte, jolín…, la vida es injusta, ¿eh? ¿A ti no te preocupa el fin del mundo? —inquirió mientras cogía un cepillo.

—Pues claro —respondió Norma—. No quiero que suceda justo cuando por fin está volviendo un poco de estilo. Ve a la ferretería de Restauración, o al Granero de Cerámica, ahora tienen cosas monísimas, y a buen precio. Simplemente procuro no pensar en ello.

—Sí —dijo Tot—. No sirve de nada. Verbena decía el otro día que no le preocupaba ni pizca. Por supuesto, ella cree que va a desaparecer justo antes del fin del mundo mientras el resto de nosotros nos achicharramos. Decía que si alguna vez falta a su cita aquí es porque ha sido conducida al cielo en estado de éxtasis. Y yo le dije «pues muchas gracias, Verbena, si fueras de veras una buena cristiana me llevarías contigo y no me dejarías aquí friéndome».

—¿Y qué contestó?

—Nada.

—Bueno, Tot, si pensar así la hace feliz, déjala. Yo ya no intento entender por qué las personas creen lo que creen. Fíjate en estos terroristas suicidas que estallan pensando que despertarán y tendrán setenta vírgenes o algo así.

—Sí, quizá se lleven una buena sorpresa cuando despierten y vean que simplemente están muertos y que saltaron por los aires en balde. ¿Cómo es esa canción de Peggy Lee: *Esto es todo lo que hay*?

—Sí, bueno, por desgracia nadie sabe si es así la cosa, o si hay vida después de la muerte —dijo Norma.

De repente, Tot dejó de cepillar el pelo de Norma.

—Dios, espero que no, ésta me ha dejado agotada. Sólo quiero dormir.

—Oh, Tot, no hablarás en serio. ¿Y si tuvieras la oportunidad de volver a ver a tu familia?

—Pero qué dices, si ni siquiera quería ver a la mayoría cuando vivían.

Luego Tot cogió un spray Clairol de laca.

—Qué es la vida, en todo caso, esto es lo que me gustaría saber, y no quiero esperar a estar muerta para averiguarlo —soltó mientras rociaba con ganas el cabello de Norma—. ¿Es mucho pedir, maldita sea?

Cuando hubo terminado, Tot miró el pelo de Norma en el espejo grande, le retocó algunos rizos, y acto seguido le dio un espejo de mano e hizo girar la silla para que pudiera verse la parte de atrás.

—Ahí tienes, cariño: ¡preciosa!

Tras marcharse del salón de belleza, Norma se sentía un tanto inquieta, por lo que cuando llegó a la casa de la tía Elner, se alegró de verla sentada en el porche con una gran sonrisa dibujada en la cara. Mientras subía los escalones le dijo:

—Hoy pareces muy animada.

—Oh, lo estoy, cariño. ¡Acabo de salvar a una mariposa! Estaba andando por aquí y he visto una mariposa lindísima atrapada en una tela de araña, y la he podido liberar. Lamento que la araña se haya quedado sin almuerzo, pero las mariposas sólo viven un día, así que al menos ésta disfrutará de lo que queda del día de hoy.

Norma limpió una silla y se sentó.

—Seguro que estará contenta.

—¿Sabías que las tortugas viven ciento cincuenta años y las mariposas sólo un día? —dijo la tía Elner—. La vida no es justa, ¿verdad?

—No —confirmó Norma—. Hace unos minutos, Tot me ha dicho lo mismo.

—¿Sobre las mariposas?

—No, que la vida no es justa.

—Ah... ¿Y por qué ha salido el tema?

—Le preocupa no llegar a cobrar la jubilación si llega el fin del mundo.

—Pobre Tot, como si no le bastara con esos hijos que tiene. ¿Qué más contaba esta mañana?

—Lo de siempre, esto y lo otro, y que le enoja no saber en qué consiste la vida.

La tía Elner se puso a reír.

—Bueno, bienvenida al club, ¿y quién lo sabe? Es una de las preguntas del millón, ¿verdad? Diría que la respuesta está en lo del huevo y la gallina. ¿Qué opinas?

—Supongo.

—Dile a Tot que, si lo averigua, me lo haga saber.

De repente empezaron a oírse campanas, y Norma tuvo un sobresalto al verse devuelta bruscamente a la realidad. Otra vez a la horrible realidad del momento, cuando sólo cinco días atrás la tía Elner había estado contenta y sonriente y ahora se encontraba en la sala de urgencias de un hospital desconocido en quién sabía qué estado de gravedad. Mientras se reclinaba y aguardaba a que las campanas dejaran de repicar y a que las barreras rojas y blancas del paso a nivel acabaran de alzarse, Norma también se sumó al club y se preguntó: «¿En qué consiste la vida, en todo caso?»

La sala de espera

9h 58 m de la mañana

Por culpa del retraso en el paso a nivel, Norma y Macky llegaron al hospital unos ocho minutos después que la ambulancia. La mujer de recepción les dijo que habían llevado a Elner a la sala de urgencias y que no sabía nada sobre su estado, pero el médico acudiría a la sala de espera para informarles en cuanto supiera algo. Entretanto, Norma tendría que rellenar un montón de impresos del seguro y responder a diversas preguntas lo mejor que pudiera. Le temblaban tanto las manos que casi no era capaz ni de escribir.

Naturalmente, no sabía qué poner en el apartado de la edad de la tía Elner. Como muchas personas de su generación, había nacido en casa, y la única prueba de la fecha de nacimiento era la Biblia familiar en la que se había hecho constar, pero ésta había desaparecido hacía años. La madre de Norma siempre mentía acerca de su edad, y seguramente fue ella la que hizo desaparecer la Biblia. En consecuencia, ahora no había forma de saber los años de la tía, así que apuntó ochenta y nueve.

Se volvió hacia Macky.

—¿Crees que es alérgica a algún medicamento?

Él meneó la cabeza.

—No, creo que no.

Norma leyó la lista de todos los achaques pasados o presentes, y acabó marcando «no» en todos. Por lo que sabía, la tía Elner no había estado realmente enferma ni un solo día de su vida, aunque no sabía por qué. La mayoría de las personas de esa edad ya había pasado por algo, y teniendo en cuenta sus hábitos alimenticios o que lo cocinaba todo con mantequilla, ya años atrás debería haber sufrido diabetes o algún ataque cardíaco; sin embargo, al parecer seguía gozando de buena salud. Desde luego, la tía no era débil; continuamente estaba levantando bolsas de diez kilos de alpiste pese a que se le había dicho que no lo hiciera. Tras rellenar todos los formularios, Norma se dirigió de nuevo a Macky.

—¿Llamamos a Linda y le contamos lo que ha pasado?

—No, cariño, esperemos y veamos primero qué hay, no vayamos a preocuparla por nada. La tía Elner está en buenas manos, todo saldrá bien, ya lo verás.

Norma respiró hondo y alargó la mano para apretar la de Macky.

—Menos mal que te tengo a ti. Si no, no sé qué haría; supongo que volverme completamente loca.

¡Yuju!

10h 9m de la mañana

Cuando Elner se despertó de su sueñecito, la habitación estaba oscura como boca de lobo. No tenía ni idea de qué hora sería, pero sabía que aún se hallaba en el hospital, pues alcanzaba a oír los típicos pitidos y a gente andando al otro lado de la puerta. No obstante, imaginó que se encontraba bien, pues no sentía dolor y podía mover todos los dedos de manos y pies. Ningún hueso roto, perfecto. Permaneció tumbada unos cuantos minutos más y se preguntó dónde estarían Norma y Macky. «Bah», pensó. A lo mejor Norma había tenido otro de sus ataques, y eso los había demorado. Llegarían pronto, supuso. También esperaba que esas personas de la bata verde no la hubieran dejado en una habitación y se hubieran olvidado de ella. «Espero que no me hayan perdido.» Sería realmente difícil perder a una vieja gorda como ella, pero si por casualidad era eso lo que había sucedido, seguro que Norma se pondría como un basilisco.

La pobre Norma había heredado la hermosura y los nervios de su madre. Elner siempre había sido una mujer de aspecto agradable, pero no una belleza como su hermana pequeña Ida. Tampoco había sido una persona nerviosa ni excitable, y más o menos tomaba las cosas tal como venían. Sin embargo, Ida había sido ya una niña inquieta. Y Norma también. Aunque Elner la quería como si fuera su propia hija, a veces era difícil entenderse con ella. Norma, por ejemplo, era una fanática de la limpieza. Macky solía contar que tenía miedo de levantarse en mitad de la noche para ir al lavabo porque a la vuelta ella ya había hecho la cama. Decía que Norma seguramente salió de la barriga de su madre con un bote de Lysol en una mano y un trapo en la otra. Pero pese a sus rarezas, tenía un corazón de oro. Su principal problema era que se preocupaba demasiado por la gente y quería atender a todo el mundo. Si en la ciudad había que hacer algo, lo hacía Norma. Gracias a Norma, no había una sola persona mayor que no recibiera una comida caliente o una visita de alguien una vez al día. De modo que, aun con sus pequeños defectos y sus achaques nerviosos, en el fondo era una de las personas más afectuosas que conocía.

Transcurrió aproximadamente otra media hora sin aparecer nadie, y entonces a Elner se le ocurrió algo de repente. Quizá Norma ni siquiera sabía que ella estaba en el hospital. Tal vez los de la bata verde no sabían quién era ella o con quién ponerse en contacto. Tenía que ser eso, de lo contrario ya habrían llegado, así que Elner supuso que lo mejor era levantarse e intentar que alguien llamara a Norma para que ésta viniera y se la llevara a casa. Desde luego no quería quedarse a pasar la noche. Se incorporó y se levantó de la cama con cuidado. «Sólo me faltaría esto, resbalar y romperme el cuello después de haber sobrevivido a la primera caída.» Pero cuando ya estuvo de pie, se sorprendió de lo fácil que había sido y de lo ligera que se sentía. Calculó que habría perdido peso mientras esperaba. «Norma se alegrará de esto.» Norma estaba siempre preocupada por el sobrepeso de Elner y cada día iba a su casa a tomarle la presión. Incluso le había reducido el bacón a un máximo de dos trozos en el desayuno y ninguno por la noche.

Lógicamente, cuando el otro día fue a cenar con Merle y Verbena y comió hígado y bacón, no se lo dijo a su sobrina. No tenía sentido disgustarla.

Ahora Elner estaba de pie junto a la cama, pero la habitación estaba tan oscura que no veía nada y tuvo que andar a tientas. Se dirigió hacia las voces y, una vez localizada la puerta, fue palpando hasta encontrar el pomo, abrió, y salió a la brillante luz del pasillo. Miró a un lado y a otro, pero no vio a nadie en ninguna parte.

Echó a andar por el pasillo pasando frente a un montón de habitaciones vacías.

—¡Yuju! —gritó, pero no muy fuerte, pues no quería molestar a ninguna persona enferma que estuviera intentando dormir.

Lo había recorrido hasta un extremo y luego hasta el otro cuando vio el ascensor. Como al parecer en aquella planta no había un alma, pensó que sería mejor ir a otra y tratar de encontrar a alguien. Pulsó el botón, y al cabo de unos instantes el ascensor se detuvo de repente y se abrieron las puertas. Entró y se volvió, pero antes de poder pulsar otro botón, las puertas se cerraron y se fue para arriba.

El informe del médico

10h 20m de la mañana

Norma y Macky llevaban más de veinte minutos en la sala de espera del hospital y aún no les habían dicho nada. Había otras tres personas en la sala, dos mujeres y un hombre, aguardando también noticias del implante de prótesis de cadera de su madre. Norma les explicó con todo detalle quiénes eran ella y Macky, de dónde venían, por qué estaban allí y cómo había advertido mil veces a su tía de que fuera con cuidado con aquella escalera, hecho que, según Macky, a la familia de la prótesis de cadera le traía sin cuidado. Y tal vez fue ésa la razón de que los tres decidieran ir al bar a tomar un café. Tras otros angustiosos diez minutos, entró un médico joven con un historial y echó una mirada.

—¿La señora Norma Warren?

Norma se levantó de un salto.

—Sí, soy yo.

—¿Es usted el pariente más cercano de la señora Shimfissle?

Para entonces Norma ya estaba totalmente hecha polvo y empezó a farfullar de manera incontrolada.

—Sí..., es mi tía, la hermana de mi madre. ¿Está grave, doctor? Le he dicho montones de veces que no se subiera a esa escalera, pero no me escucha; le dije «tía Elner, espera a que Macky vuelva de trabajar...».

Macky sabía que Norma no iba a parar de hablar, así que la cortó.

—¿Cómo se encuentra, doctor? ¿Ya está consciente?

Norma, que aún no sabía que la tía Elner había perdido el conocimiento, se volvió y miró a Macky.

—¿Qué quieres decir con eso de si ya está consciente?

El joven médico captó la situación y dijo:

—Tomen asiento.

—¿Qué es eso de si ya está consciente? —volvió a preguntar Norma.

Cuando estuvieron todos sentados, el médico miró primero a Macky y luego a Norma.

—Señora Warren, lamento decirle esto, pero su tía —bajó los ojos al papel—..., eeh, la señora Shimfissle, ha muerto a las nueve y cuarenta y siete minutos. Hemos hecho todo lo posible para reanimarla, pero cuando ha llegado aquí ya estaba muy mal, y teniendo en cuenta la edad y las circunstancias, no hemos podido hacer nada. Lo siento.

Norma se derrumbó y poco a poco fue resbalando por la silla, y Macky y el médico pudieron cogerla apenas un instante antes de que golpeara el suelo con la parte posterior de la cabeza.

Las malas noticias viajan deprisa

9h 59m de la mañana

En Elmwood Springs, las vecinas Ruby Robinson y Tot Whooten recibieron la noticia sobre Elner antes incluso que Norma y Macky. A primera hora de aquella mañana, después de que partiera la ambulancia, Ruby y Tot entraron y la primera llamó a Boots Carroll, amiga suya que trabajaba de enfermera en el Hospital Caraway, y le dijo que su vecina, la señora Shimfissle, iba camino del centro y que estuviera al tanto. Por cortesía profesional, Boots la llamó después y le informó de que desde la sala de urgencias se había notificado oficialmente que la señora Shimfissle había sufrido parada cardíaca a las nueve y cuarenta y siete minutos y acto seguido leyó el informe por teléfono. Cuando Ruby colgó, se volvió hacia Tot, que estaba sentada a la mesa de la cocina, y negó con la cabeza.

—No ha podido ser.

—Oh, no... ¿Qué ha pasado?

—Shock anafiláctico. Tantas avispas picando a la vez, y el corazón se le ha parado.

—No puedo creerlo. ¿Están seguros?

—Sí, claro. Boots dice que prácticamente era un caso de muerte al ingreso, ya desde el principio no había ninguna posibilidad. Yo sabía que su pulso era débil, pero pensaba que se repondría. Pobre Elner. Bueno, al menos no ha sufrido; algo es algo, supongo.

—Entonces, ¿está muerta de veras? —dijo Tot, que aún no se lo creía.

—Sí. —Ruby se acercó y se sentó—. Desgraciadamente, sí, está muerta de veras.

—Si tenía que morirse, me alegra que no se haya muerto allá en Florida, rodeada de desconocidos.

—Sí, menos mal que cuando ha pasado estaba en su patio.

Las dos se quedaron sentadas un momento con la mirada ausente, intentando asimilar el hecho de que habían perdido para siempre a su amiga y vecina.

Al cabo de un rato, Tot respiró hondo y dijo:

—Bueno..., es el final de una época, ¿verdad?

Ruby asintió y habló con tono solemne:

—Sí, así es. Conocía a Elner Shimfissle de toda la vida...

—Yo también —dijo Tot—. Es que me cuesta imaginarlo, no verla cada día en el porche, saludando a todo el mundo. Era una buena viejita, ¿eh, Ruby?

—Desde luego —confirmó Ruby.

Siguieron sentadas pensando en cómo se vería afectada su vida por la marcha de Elner para siempre. No sólo la habían visto cada día, sino que, durante años, habían llevado a diario sus sillas plegables al patio de Elner, donde conversaban y observaban cómo se ponía el sol.

—¿Y ahora qué va a pasar con el Club de la Puesta de Sol? —preguntó Tot.

—No lo sé —contestó Ruby.

—¿Y este año quién esconderá los huevos de Pascua?

—No tengo la menor idea. Ya lo hará alguien.

—La Pascua no será lo mismo sin Elner.

—No, no lo será, y ahora que lo pienso, Luther Griggs va

a sentirse muy afectado cuando lo sepa..., y la pobre Norma seguro que lo pasará fatal.

—Oh..., seguro —dijo Tot—. Probablemente perderá el control y sufrirá un ataque interminable.

—Estará fuera de sí, no te quepa duda. Creo que estaba más unida a Elner que a su propia madre.

—Es cierto. ¿Y quién la va a culpar por eso? —añadió Tot al punto—. A mí Ida me caía bien, pero a veces podía ser insoportable.

Ruby estuvo de acuerdo.

—A mí también me caía bien, pero se daba aires de superioridad. Gracias a Dios, Norma tiene a Linda para ayudarla a superarlo.

—Y también el nuevo nieto le servirá para reconfortarla, lo que no ocurriría en mi caso —soltó Tot.

Siguieron sentadas, mirando fijamente la mesa, ahora pensando en la pobre Norma. Transcurridos unos instantes, Tot dijo:

—Bueno... ¿Qué hemos de hacer ahora?

—Supongo que deberíamos ir a casa de Elner y asegurarnos de que todo está bien, cerrar las puertas y eso; seguramente regresarán tarde.

—Sí, de acuerdo. —Tot levantó la vista al reloj de cocina de plástico rojo con forma de tetera, y luego fue al teléfono y llamó al salón de belleza para hablar con su hija—. Darlene, anula todas mis citas. Hoy no iré. La pobre Elner Shimfissle ha muerto por las picaduras de un enjambre de avispas. Estoy tan afectada que no podría arreglar el pelo de nadie por mucho que lo intentara.

Linda recibe la llamada

10h 33m de la mañana

Linda Warren, una encantadora rubia de treinta y cuatro años, estaba en St. Louis, dirigiendo una reunión en una sala de juntas, cuando su secretaria la interrumpió para decirle que tenía una llamada urgente de su padre. Recorrió el pasillo a toda prisa y cogió el teléfono en su despacho.

—¿Papá? ¿Qué pasa?

—Cariño, se trata de la tía Elner. Se ha caído de la escalera.

—Oh, no, otra vez —dijo Linda mientras se sentaba frente a su mesa.

—Sí.

—¿Y cómo está? ¿Se ha hecho daño?

Macky se quedó callado. No sabía exactamente cómo decírselo.

—Bueno..., está bastante mal —dijo.

—Oh, no. ¿Se ha roto algo?

—Eh..., algo peor que eso.

—¿Qué quieres decir con algo peor que eso? —Hubo una larga pausa. Luego Linda dijo—: No estará muerta, ¿verdad?

—Sí —contestó Macky con tono terminante.

Linda sintió que se le vaciaba la cabeza de sangre y se oyó a sí misma preguntar:

—¿Qué ha ocurrido?

—Cuando Tot y Ruby la han encontrado, estaba en el suelo, inconsciente, y creen que ha muerto en la ambulancia, camino del hospital.

—Oh, Dios mío. ¿Por qué? ¿De qué?

—Aún no lo saben con exactitud, pero en cualquier caso ha sido algo rápido, no ha sufrido. Según el médico, lo más probable es que no supiera en ningún momento con qué se golpeó.

—¿Dónde está mamá?

—Aquí, conmigo. Estamos en el Hospital Caraway de Kansas City.

—¿Se encuentra bien?

—Sí, pero quiere saber si hay alguna posibilidad de que vengas. Hemos de tomar un montón de decisiones, y tu madre no quiere hacer nada sin ti. Ya sé que son muchas prisas, cariño, pero creo de veras que tu madre te necesita aquí.

—Claro, papá; dile a mamá que espere, que iré en cuanto pueda.

—Bien, se alegrará de saber que vienes.

—Te quiero, papá.

—Yo también a ti, cariño.

Macky colgó y sintió un alivio inmenso. La verdad es que necesitaba a Linda tanto como Norma. Por alguna razón sabía que cuando Linda estuviera con ellos, todo iría bien. Su pequeña, aquel pequeño ángel dulce y desvalido que había dependido de su padre en todo, había crecido y ahora él dependía de ella. A veces, Macky observaba a la mujer de éxito y segura de sí misma en que se había convertido y aún veía a su niña; en otras ocasiones, como hoy, se daba cuenta de que Linda era más capaz e inteligente que él o que Norma. Ignoraba cómo se las habían ingeniado para tener una hija así, pero estaba tan orgulloso de ella que no sabía qué pensar.

En cuanto Linda colgó, hizo acopio de toda la formación de ejecutiva que había recibido para saber afrontar situaciones de crisis, y en menos de ocho minutos había dispuesto que la chica *au pair* recogiera aquella tarde a su hija Apple en la escuela y la llevara a la casa de su mejor amiga a pasar la noche. Por otro lado, su secretaria le había conseguido plaza en un jet privado de la empresa, y alquilado una limusina que la llevaría al aeropuerto de St. Louis y una furgoneta que la iría a buscar al de Kansas City. En menos de catorce minutos estuvo sentada en el asiento de atrás del coche.

Linda no había estado muy unida a su abuela Ida, quien, cuando su nieta era todavía un bebé, se había marchado de Elmwood Springs para estar más cerca de la Iglesia presbiteriana y sus reuniones del club de jardinería de Poplar Springs; y cuando tu madre no se lleva bien con tu abuela es difícil tener una buena relación. Una vez su abuela le dijo que Norma la había decepcionado mucho: «No la entiendo, podía haber ido a la universidad y llegar a ser algo, pero desperdició su vida y se convirtió en una simple ama de casa.» Norma sólo se dijo «agradece que sólo es tu abuela y no tu madre». Y por eso la tía Elner fue adquiriendo más relieve. A medida que la limusina sorteaba el tráfico, Linda se puso a pensar en su infancia y en las muchas noches pasadas en casa de su tía.

Desde que era un bebé hasta cuando ya fue demasiado mayor para ello, la tía Elner la había acostado con una botella pequeña de leche chocolatada. En verano, dormían ambas en el gran porche trasero cubierto, y en invierno, la tía Elner la acostaba en la cama pequeña que había al otro lado de la cama grande, y las dos se echaban y observaban el resplandor anaranjado del calentador eléctrico mientras hablaban hasta quedarse dormidas. Cuando Linda iba a la Escuela Dixie Cahill de música y danza, la tía Elner asistió a todos los recitales de baile, a todas las graduaciones, así como a la ceremonia de su fracasado matrimonio. Si hacía memoria, los tres habían estado siempre ahí: mamá, papá y tía Elner. En vista de que su padre no lograba que Norma dejara a Linda formarse en AT&T

en vez de ir a la universidad, fue la tía Elner quien la convenció. De hecho, siempre que había algún problema con alguien, era la tía la que lo resolvía.

Con los años, Linda llegó a valorar y a tener un respeto casi reverencial por la capacidad de la tía Elner de ver los dos lados de un argumento, de comprender exactamente cómo negociar un acuerdo, de decir lo más adecuado para que ambas partes se sintieran satisfechas. Mucho antes de que en las escuelas de empresariales se explicara la solución «todos ganan» en las técnicas de resolución de problemas, la tía Elner ya la había estado utilizando durante años sin formación ninguna. No era tonta, desde luego. Si no había modo de solucionar un problema, se daba cuenta. Cuando el matrimonio de Linda pasaba por un mal momento, tras meses de lágrimas, discusiones, peleas, terapias de pareja, rupturas, reconciliaciones y promesas rotas por parte de él, fue la tía Elner la que finalmente le dio el mejor consejo con sólo cuatro palabras: «Líbrate de él, cariño.» Seguramente Linda estaba lista para escuchar eso, pues es lo que hizo exactamente; y teniendo en cuenta que su ex ya iba por el tercer matrimonio, fue la mejor sugerencia que pudieron hacerle.

Y cuando le dijo a su madre que quería adoptar un bebé chino, Norma intentó disuadirla. «Linda, si no estás casada y apareces de pronto con un niño chino, ¡la gente pensará que tienes una aventura con un chino!» Pero, gracias a Dios, la tía Elner se puso de su lado. «Nunca he visto a un chino en persona, me haría ilusión», dijo. De súbito, la inundó una ola de culpa, remordimiento y pesar combinados. ¿Por qué no había encontrado más tiempo para ir a visitar a la tía Elner a su casa? ¿Por qué no había dejado que su hija Apple la conociera mejor? Ahora era demasiado tarde.

Entonces recordó su última conversación. La tía Elner se había entusiasmado con un artículo que había leído en *National Geographic* sobre una especie de ratones que brincaban a la luz de la luna. Un fotógrafo oculto tras unos arbustos había tomado fotos de los animales saltando, y la tía Elner pensó que aquello era lo más bonito que había visto en su vida e hizo una llamada de larga distancia para sacar a Linda de una reunión y contárselo. «Linda, ¿conoces esos ratones del desierto que saltan a la luz de la luna? Imagínate a esos ratoncitos saltando al claro de luna y pasándolo bien cuando nadie mira, supongo que ellos lo llamarán bailar, es curioso, ¡has de ver esta imagen enseguida!» Linda no fue todo lo paciente que debía haber sido, y por si fuera poco le mintió diciéndole que iba corriendo inmediatamente a comprar un ejemplar de *National Geographic*. Después mintió de nuevo cuando la tía Elner la volvió a llamar al cabo de unas horas para saber qué pensaba.

—Tenías razón, tía Elner, son divinos, ¡lo más hermoso que he visto nunca!

La tía Elner estuvo la mar de contenta.

—Bueno, sabía que te gustaría verlos, algo así te alegra la vida, ¿verdad?

—Desde luego, tía Elner —mintió de nuevo. Ojalá pudiera retirarlo todo.

Ahora Linda sabía de primera mano que lo que siempre había oído era verdad. Cuando se pierde a un ser querido, todo son lamentos. Podría estar la vida entera diciéndose una y otra vez «¿por qué no hice...?» u «ojalá hubiera...». Demasiado tarde. Quizá tras el funeral, cuando todo estuviera más tranquilo, ella y Apple pasarían más tiempo en casa con papá y mamá. Nunca se sabe si una conversación será la última. Linda juró que a partir de ahora lo valoraría todo mucho más. Había aprendido a base de errores: la vida puede acabarse sin avisar.

En casa de Elner

Ruby y Tot cruzaron el césped de la casa de Elner, mientras Merle Wheeler, el marido de Verbena, un hombre corpulento y barrigón que siempre llevaba camisa blanca y tirantes, estaba arrancando malas hierbas en su patio, al otro lado de la calle.

—¿Sabéis algo de Elner? —gritó.

Ruby asintió y respondió:

—Nos han informado hace un momento; no ha salido de ésta.

Merle, experto en funcionamiento y mantenimiento de trenes de juguete L&N, pero en otras cosas un poco corto de entendederas, dijo:

—¿No ha salido del hospital? ¿Qué ha pasado?

—No —repuso Ruby—. No ha salido de ésta y punto. Está muerta, por las picaduras de un montón de avispas. Al parecer, cuando ha llegado allí prácticamente ya no había nada que hacer.

Merle dejó de coger hierbajos y se sentó en su silla plegable verdiblanca de plástico sin creerse todavía lo que acababa de oír. Durante los últimos treinta años, él y Verbena habían vivido justo enfrente de Elner. Hablaban cada día, él desde su patio, ella desde el porche. Después de que Merle sufriera un ataque cardíaco y se jubilara, los dos se apuntaron al Club del Bulbo del Mes y pasaron mucho tiempo juntos ocupándose de sus arriates, observando cómo crecían las diversas variedades de bulbos. Los junquillos de primavera habían florecido hacía sólo unos días, pero los de ella ya estaban medio muertos por culpa de los caracoles que había en su jardín. Elner, que amaba a todas las criaturas vivas, sentía un cariño especial por los caracoles. Los cogía y los enseñaba a las visitas. «¿Verdad que son preciosos? —decía—. Mirad qué caritas.» En consecuencia, las flores no le duraban demasiado.

Merle intentó una vez entrar a hurtadillas en el patio de Elner y rociarlo con veneno para caracoles y babosas, pero ella lo vio y salió de la casa corriendo. «No me mates los caracoles, Merle Wheeler.» Todos los años, los pájaros se le comían la mayor parte de la fruta y las hormigas se encargaban del resto, pero a ella le daba igual. Decía que los únicos a los que no le importaba matar eran los mosquitos, las pulgas y las garrapatas y alguna que otra araña si ésta la picaba primero. Entonces Merle cayó en la cuenta de algo: después de todos esos años amando a los insectos, tomándose la molestia de salvarlos, los insectos la habían matado. «Eso por ser tan buena», pensó. Al día siguiente iría a la casa y los mataría a todos, caracoles incluidos, maldita sea. Se levantó despacio de la silla y se dispuso a llamar a Verbena a la lavandería para darle la noticia.

Cuando Tot y Ruby llegaron al porche trasero de la casa de Elner, *Sonny* estaba arañando la puerta mosquitera de la cocina para entrar y desayunar. Tot abrió la puerta y dijo:

—Pobre *Sonny*, se ha quedado huérfano y ni siquiera lo sabe.

Entraron y advirtieron que aún olía a café. La cafetera seguía encendida, igual que el horno. Lo apagaron todo y sacaron del horno la bandeja de las galletas, negras y duras como piedras, y las tiraron a la basura. La sartén, con varios trozos de bacón, aún estaba sobre el quemador. En el fregadero quedaban algunos platos de la noche anterior, así que Tot empezó a lavarlos mientras Ruby entraba en la despensa y sacaba la comida de *Sonny*, que ya maullaba junto a su plato.

Después de dar de comer al ruidoso gato, Ruby entró en el dormitorio y se encontró con la cama deshecha y la radio encendida, sintonizada en la emisora preferida de Elner. Hizo la cama y limpió el cuarto de baño. Recogió algunas cosas del suelo y las guardó en el cajón. Intentó ordenar un poco todo lo que Elner tenía en la mesilla de noche: el audífono; una vieja fotografía de su difunto marido, Will Shimfissle, donde éste aparecía junto a la antigua granja; un pisapapeles de vidrio con el Empire State Building dentro; un dibujo de sexto curso de su amigo Luther Griggs; y el caracol de cristal transparente que le había regalado Luther. Ruby quería que todo pareciera algo más pulcro cuando llegara Norma. Quitó el polvo de la mesilla, vació un vaso de agua y cerró la pequeña Biblia. Cuando regresó a la cocina, Tot aún estaba en el fregadero. Se volvió y dijo:

—¿Qué harán con *Sonny*?

Ruby echó un vistazo al gato con rayas anaranjadas, que en ese instante estaba sentado junto a su plato limpiándose los bigotes, y dijo:

—No lo sé, pero si no lo quiere nadie, me lo quedaré yo; creo que Elner tenía un alto concepto de esta cosa tan fea.

—Es verdad —dijo Tot—. Me lo llevaría yo, pero al mío le daría un ataque. Sabes, ahora que lo pienso, fue Elner la que me regaló el primer gato, después de mi crisis nerviosa, cuando le expliqué que el médico me había recetado Prozac. Entonces ella dijo «Tot, a veces lo que uno necesita es un gatito»; y, bueno, tenía razón.

—Oh, sí, era muy aguda en cuestiones de salud mental

—señaló Ruby—. Mira cómo fue capaz de enderezar a Luther Griggs.

—Es verdad. Con ese chico tuvo la paciencia de Job.

Ruby miró por la ventana los comederos para pájaros.

—Alguien deberá seguir alimentando a sus pájaros, ya sabes cuánto le gustaba.

—Sí, claro, supongo que lo haré yo.

—No será coser y cantar. Ella les ponía de comer tres veces al día.

—Ya, pero es lo menos que puedo hacer; le encantaban sus pájaros.

—Es verdad, le encantaban sus pájaros.

Tot echó una ojeada a la habitación, llena de láminas de insectos y flores pegadas a la pared con cinta adhesiva.

—No sé si Norma se quedará la casa, la venderá o qué.

—Imagino que la venderá.

De pronto Tot rompió a llorar.

—Cuesta creer que no volverá. La vida es bien extraña. Ahora estás cogiendo higos, y al minuto siguiente estás muerta. Sólo por eso ya se te quitan las ganas de levantarte por la mañana.

Se enjugó los ojos con un trapo de secar los platos. Como había crecido en una pequeña ciudad de gente muy unida, ya había pasado por esas cosas muchas veces; pero seguía siendo algo triste. Y cuando muere alguien mayor, es más triste todavía. Primero uno advierte que ya no le dejan el periódico en la puerta, luego poco a poco se apagan las luces, se corta el gas, la casa permanece cerrada, nadie se ocupa del patio, sale a la venta, y viene gente nueva que lo cambia todo.

Sonó el teléfono de Elner, y se miraron una a otra.

—Puede que sea Norma —dijo Ruby, que se acercó y contestó—: Hola.

La voz en el otro extremo de la línea dijo:

—¿Elner?

—No, soy Ruby. ¿Quién es?

—Irene. ¿Qué hacéis esta mañana, chicas?

—Oh, Irene, espera un momento, ¿vale? —Ruby cubrió el auricular con la mano y le susurró a Tot—: Es Irene Goodnight; ¿se lo digo yo o se lo dices tú? —Tot estaba en el equipo de Damas lanzadoras de Elmwood Springs con Irene.

—Ya se lo digo yo —dijo, y cogió el teléfono de manos de Ruby—. Irene, soy Tot.

—Qué hay, eh, chicas, ¿qué estáis haciendo por ahí? ¿Habéis montado una fiesta?

—La verdad es que no.

—Bueno, no os molesto más, pero dile a Elner que me llame más tarde, ¿vale? He encontrado unos números viejos de *National Geographic* que quizá le interesen.

—Irene, me fastidia ser portadora de malas noticias, pero Elner ha muerto.

—¿Qué?

—Que Elner ha muerto.

—¿Me tomas el pelo o qué?

—No, cariño, nunca he hablado más en serio. La han picado unas avispas, se ha caído del árbol y se ha matado.

—¿Qué..., cuándo...?

—Hace apenas hora y media.

Aquella mañana, Irene había estado limpiando el sótano y no había oído la sirena cruzando la ciudad, ni siquiera sabía nada de la caída de Elner, por lo que la noticia fue realmente inesperada.

—Bueno —farfulló—, estoy... aturdida.

—Todas lo estamos, cariño —dijo Tot—. Cuando acabemos de ordenar todo, me iré a casa y me acostaré. Me siento como si me hubiera atropellado un camión de cien toneladas.

Irene se había sentado en la cama y estaba mirando la casa de Elner por la ventana.

—Estoy... desconcertada. ¿Dónde está?

—En el hospital de Kansas City. Norma y Macky se encuentran ahora allí.

—Oh, pobre Norma, va a ser duro para ella, seguro.

—Sin duda... Espero que le den algo para los nervios.

Irene se mostró de acuerdo.

—Yo también... Bueno... ¿Y qué va a pasar ahora?

—Aún no conozco los detalles, pero te tendré al corriente.

Después de colgar, Tot volvió a sentarse.

—Se ha quedado hundida, apenas podía hablar.

—Supongo que deberíamos hacer una lista de todas las personas a las que hay que llamar y comunicarles la noticia, así le ahorramos a Norma el mal trago.

—Tienes razón, va a estar ocupándose de todo, así la descargaremos de algo. Supongo que Dena y Gerry vendrán de California, ¿no?

—Sí, seguro que sí, será agradable volver a verlos, aunque... ojalá fuera en otras circunstancias —señaló Ruby.

—Sí, es cierto. No sé cuándo será el entierro.

—Imagino que en un par de días.

Tot miró a Ruby. Dijo:

—Estoy tan harta de ir a entierros que no sé qué hacer.

Ruby, que era algo mayor que Tot, exhaló un suspiro:

—Cuando tienes mi edad, los bautizos, las bodas y los funerales empiezan a mezclarse. Con el tiempo te acostumbras.

—Yo no —dijo Tot—. No quiero llegar a acostumbrarme. —Se volvió y miró por la ventana de la cocina las hinchadas nubes blancas en el cielo azul y añadió—: Y además hace un día tan bonito.

Irene Goodnight

Tras colgar el teléfono, Irene tuvo náuseas. Vio el tarro de jalea con el pequeño ramo de narcisos amarillos que Elner le había traído hacía unos días. Sintió que la embargaba la tristeza al darse cuenta de que sólo faltaban unas semanas para la Pascua y que este año Elner no estaría, mejor dicho..., no estaría nunca más. Hasta donde alcanzaban sus recuerdos, todas las Pascuas ella había llevado a sus hijos, y luego a sus nietos, al patio de Elner a buscar huevos escondidos. Cada año sin falta, Elner había pintado más de doscientos huevos y los había ocultado por el patio. Siempre organizaba esa fiesta para todos los niños del barrio. Un año fueron las nietas gemelas de cinco años de Irene, Bessie y Ada Goodnight, quienes encontraron el huevo de oro. ¿Qué harían este año los padres y los niños sin Elner? ¿Qué pasaría con el Club de la Puesta de Sol? ¿Qué iba a hacer ella sin Elner? La conocía desde que era pequeña, y recordaba cuando Elner criaba gallinas en el patio trasero. La madre de Irene solía mandarla a la casa de Elner a por huevos, y siempre se llevaba también una bol-

73

sa de higos. Una vez Elner le dijo: «Dile a tu madre que últimamente mis gallinas han estado poniendo huevos de dos yemas, así que ojo», y seguro que de una docena hubo cinco de dos yemas. Cuando Irene era más joven, para ella Elner era la señora de los huevos y los higos; a medida que se fue haciendo mayor y pasó más tiempo con ella, llegó a conocerla como señora Elner sin más. Y la señora Elner siempre tenía historias divertidas que contar, principalmente sobre sí misma. Recordaba aquella en que explicaba lo sucedido en la tormenta de nieve de las primeras navidades que pasó en la ciudad tras llegar del campo. Estaba esperando que el esposo de Norma pasara a recogerla y la llevara a casa para la cena de Nochebuena, y al ver un coche verde que aminoraba la marcha pensó que era Macky y corrió y se subió al asiento delantero. El caso es que era un completo desconocido que iba conduciendo en busca del tercer cinturón y que de pronto vio que una mujer gorda abría de golpe la puerta y se subía de un salto. Elner explicaba que el hombre se asustó tanto que casi estrella el coche. Aquella historia las hacía reír de tal manera que les corrían las lágrimas por las mejillas. Pequeñas historias tontas, como aquella en que su esposo, Will, vio un botón de nácar que ella había dejado sobre la mesilla de noche y se lo tragó al confundirlo con una aspirina. Por lo visto, nunca le había contado la verdad. Por muy deprimida que estuviera Irene, Elner siempre conseguía hacerla reír. Sería triste pasar por la vieja casa de la Primera Avenida Norte y no verla en el porche saludando, y saber que nunca más estaría allí. Pero, con los años, Irene había descubierto que, por desgracia, la vida era así: algo está aquí durante años, y de pronto deja de estar. Hoy Elner está en el porche, y mañana hay sólo una mecedora vacía, una silla vacía, otra casa vacía esperando a las próximas personas que la habitarán y empezarán de nuevo. Irene se preguntaba si las casas echaban de menos a las personas cuando éstas se marchaban, o si los muebles se enteraban de algo. ¿Sabría la silla que era una persona distinta la que se sentaba ahí? ¿Y la cama? Suspiró. «La muerte... ¿en qué consiste? Ojalá lo supiera.»

El paseo en ascensor

Elner se preguntaba cuándo el ascensor se detendría y la dejaría salir. ¡En su vida se había subido a un ascensor más chiflado! La cosa aquella no sólo subía, sino que además zigzagueaba, daba vueltas sobre sí misma y se desplazaba de lado. Cuando por fin se paró y se abrieron las puertas, Elner no reconoció el sitio. No le sonaba de nada. «Dios mío, este trasto tarado me habrá traído a otro edificio.» Desde luego no se trababa del hospital; era un lugar muy bonito, pero absolutamente desconocido. Le pareció que podía estar en el otro lado de la ciudad, allá donde quedaban los juzgados. «Bueno, ahora seguro que estoy perdida», se dijo a sí misma mientras recorría el pasillo en busca de alguien que le ayudara a regresar al hospital.

—¡Yuju! —gritó—. ¿Hay alguien ahí? —Había caminado un trecho cuando de pronto vio a una bonita señora rubia de ojos azules que corría hacia ella con un par de zapatos de claqué y una boa de plumas blancas—. ¡Eh! —exclamó.

La señora le sonrió y le dijo:

—Hola, ¿qué tal?

Pero pasó tan deprisa que Elner no pudo preguntarle dónde estaba. Menos mal que estaba bien informada, porque al cabo de unos segundos ¡habría jurado que era Ginger Rogers! Sabía exactamente cuál era el aspecto de Ginger Rogers porque había sido siempre su estrella de cine favorita, y Dixie Cahill, que dirigía la Escuela Dixie Cahill de música y danza de Elmwood Springs, donde Linda había recibido clases de baile, tenía una gran foto de la artista en su estudio. Pero cuanto más pensaba en ello, más cuenta se daba de que, aunque la mujer era el vivo retrato de Ginger Rogers, no podía ser ella. ¿Qué demonios estaría haciendo Ginger Rogers en Kansas City, Misuri? No tenía sentido. No obstante, de repente recordó que Ginger Rogers era de Misuri, o sea que si no era ella, seguro que era alguna pariente suya.

Elner siguió andando y admirando lo limpios y blancos que estaban los suelos y las paredes de mármol. «Norma debería ver esto —pensó—. Es un edificio con el que se identificaría.» Tan brillante que se podría comer en el suelo, como le gustaba a Norma, si bien para Elner era un misterio por qué alguien querría comer en el suelo. Al cabo de unos minutos empezó a ver un puntito en el extremo del pasillo, y a medida que se fue acercando le alegró comprobar que era una persona, sentada a una mesa frente a una puerta.

—Eh —gritó.

—Eh —contestó la persona.

Cuando llegó al final del pasillo y estuvo lo bastante cerca para ver quién era la persona sentada tras la mesa, no daba crédito a sus ojos. ¡Era nada menos que Ida, su hermana pequeña y madre de Norma! Allí estaba, en carne y hueso, elegante, con sus pieles de zorro, su collar de perlas y sus pendientes.

—Ida —dijo—. ¿Eres tú de verdad?

—Sí, claro —dijo Ida, mirando con desdén la vieja bata marrón a cuadros de Elner.

Elner estaba atónita.

—Pero, por el amor de Dios... ¿Qué narices estás haciendo en Kansas City? Todos pensábamos que estabas muerta. Dios mío, cariño, si hasta celebramos un funeral y todo.

—Ya lo sé —dijo Ida.

—Pero si estás aquí ¿quién era la mujer que enterramos?

Ida adoptó inmediatamente esa mirada incisiva de cuando estaba contrariada, que era casi siempre.

—Oh, era yo, naturalmente —dijo Ida—. Y por si no te acuerdas, lo último que le dije a Norma fue «Norma, cuando esté muerta, por el amor de Dios, que Tot Whooten no me arregle el pelo». Incluso le di el número de mi peluquera y le pagué a la mujer por adelantado. ¿Y qué hizo Norma? ¡Pues lo primero que hizo después de que me morí fue llamar a Tot para que me peinara!

«Vaya por Dios», pensó Elner. En su momento, ella y Norma pensaron que Ida nunca se enteraría, pero evidentemente se equivocaron.

—Bueno, Ida —dijo Elner, con la esperanza de suavizar un poco las cosas—. A mí me pareció que te quedaba muy bien.

—Elner, tú sabes que nunca me hago la raya a la izquierda. Y allí estaba yo, delante de todos, con la raya en el lado equivocado, por no hablar de ese colorete que me puso. ¡Parecía un payaso en el desfile de Carnaval!

Si por un momento Elner había albergado alguna duda de que la mujer que tenía delante fuera su hermana, esa duda se había disipado. Era Ida, seguro.

—Vamos a ver, Ida —dijo—, intenta no enfurruñarte. Norma no tenía elección. Tot es una buena amiga. ¿Cómo puedes decirle algo así a alguien sin herir sus sentimientos? Apareció en el entierro con todos sus pertrechos. Creía que te estaba haciendo un favor. Norma no tuvo valor para decirle que no podía hacerlo.

Ida no se mostró comprensiva.

—El deseo de un moribundo es más importante que cualquier sentimiento herido en todo momento y lugar.

Elner suspiró.

—Bueno, quizá sea así, pero has de admitir que tuviste una buena despedida. Asistieron más de cien personas, fueron todos tus amigos del club de jardinería.

77

—Pues tanta más razón para tener mejor aspecto. Yo habría ido a la oficina del tanatorio y le habría explicado personalmente a Neva todos los pormenores; esto es lo que habría hecho yo.

—Bueno, en todo caso, cariño, me alegra muchísimo volver a verte —dijo Elner intentando cambiar de tema.

Ida compuso una sonrisa escueta y apretada, pese a estar todavía molesta por lo que Tot había hecho con su peinado.

—Yo también me alegro de verte, Elner. —Luego añadió—: Veo que has engordado unos kilos desde la última vez que te vi.

—Unos cuantos..., pero es la edad, supongo.

—Imagino que sí. Gerta también engordó cuando se hizo mayor.

Elner miró el pasillo de mármol y dijo:

—Ida, no entiendo qué está pasando. Si no estás muerta, ¿por qué no has vuelto a casa?

—Oh, sí estoy muerta. Ahora ésta es mi casa —dijo jugueteando con sus perlas.

—En todo caso, ¿qué es esto? —preguntó Elner mirando otra vez alrededor—. ¿Y qué estoy haciendo yo aquí? Debería estar en el hospital. Me tienes hecha un lío.

Ida la miró con aquella exasperante mirada de sabelotodo tan suya.

—Bueno, Elner, si estoy muerta y tú puedes verme, ¿qué te parece que significa esto?

Ahora Elner empezaba a sentirse inquieta.

—¿Cómo voy a saberlo, Ida? Me he caído de la escalera, en este momento estoy totalmente aturullada, pensaba que acababa de ver a Ginger Rogers..., y ahora me dices que estás muerta cuando te estoy viendo en carne y hueso. Me habré dado un buen porrazo en la cabeza porque nada de esto tiene sentido para mí.

—Piensa, Elner —dijo Ida—. Yo, Ginger Rogers...

Elner pensó un instante; luego cayó en la cuenta. Ginger Rogers llevaba años muerta, igual que Ida. Y no sólo eso. De pronto reparó en que oía todo lo que Ida le decía ¡sin el audífono! Estaba pasando algo realmente extraño. Y entonces lo entendió.

—Un momento, Ida —dijo Elner—. No me digas que yo también estoy muerta.

—¡Bingo!

—¿Estoy muerta?

—En efecto, querida, muerta del todo.

—¡Oh, no!... ¿Y estoy enterrada?

—No, todavía no, te has muerto hace sólo unos minutos.

—Por el amor de Dios, no hablarás en serio.

—Pues sí, hablo en serio. Y por poco te encuentras con Ernest Koonitz, que llegó ayer.

—¿Ernest Koonitz? ¿El que tocaba la tuba en el «Show de la Vecina Dorothy»?

—Sí.

Elner se sintió mareada.

—Tengo que sentarme un momento y pensar en esto. —Fue y se sentó en una silla de cuero rojo que había junto a la puerta.

Ida pareció de pronto preocupada y preguntó:

—¿Estás muy afectada, querida?

Elner la miró y negó con la cabeza.

—No, no es eso, más que nada sorprendida.

—Es lógico, a todos nos pasa. Sabes que va a suceder, pero por algún motivo no crees que vaya a sucederte a ti.

—Oh, yo nunca dudé de que pasaría —señaló Elner—. Pero me habría gustado que me avisaran un poquito antes. Para apagar la cafetera y el horno.

—Sí..., bueno, cada uno se lamenta de lo suyo, ¿verdad? —dijo Ida con tono mordaz.

Al cabo de un instante, tras recobrar la compostura y aceptar lo que parecía ser cierto, Elner miró a su hermana.

—Pobre Norma, primero tú y luego yo.

Ida asintió.

—Ya lo dicen, no hay vida sin muerte ni placer sin pesar.

—Sí, supongo, pero espero que no le haya afectado mucho, al fin y al cabo soy bastante mayor y esto tampoco habrá sido tan inesperado, ¿verdad?

—Sí..., no es como cuando me morí yo. Sólo tenía cincuenta y nueve años. Fue una absoluta sorpresa, y yo aún estaba en bastante buena forma, con toda modestia.

Elner soltó un suspiro.

—Ahora que estoy muerta, espero que *Sonny* esté bien. Macky decía que se ocuparía de él si alguna vez me pasaba algo, y no creo que un gato te eche mucho de menos mientras se le dé de comer. —Elner bajó la vista a sus manos y añadió—: Sabes, Ida, es curioso, pero no me siento muerta en absoluto, ¿y tú?

—No, no como pensaba que me sentiría. Ahora estás viva, y al cabo de un momento estás muerta, no hay mucha diferencia. Es mucho menos doloroso que dar a luz, te lo aseguro.

—No, no hay ningún dolor. De hecho, hacía años que no me encontraba tan bien; la rodilla izquierda me ha estado fastidiando, pero no se lo dije a Norma, pues me habría llevado prácticamente a rastras a un implante de prótesis; pero ahora no me duele nada —dijo levantándola y bajándola—. Así, ¿qué va a ser lo próximo? ¿Voy a ver a alguien más?

—No conozco todos los detalles; sólo me han avisado de que te recibiera y te llevara adentro.

—Te estoy inmensamente agradecida. Ver un rostro familiar enseguida lo pone todo más fácil, ¿verdad?

—Así es —admitió Ida—. Adivina a quién me encontré yo al llegar aquí.

—¿A quién?

—A la señora Herbert Chalkley.

—¿Quién es?

—La última presidenta del Club de Mujeres de Norteamérica, nada menos.

—Ah..., seguro que te encantaría.

Ida se levantó, abrió el cajón de arriba de la mesa y se puso a buscar algo mientras hablaba.

—Por cierto, me han llamado muy deprisa. ¿Qué ha sido, un ataque al corazón?

Elner pensó en ello y luego dijo:

—No lo tengo muy claro, quizá fueron las picaduras de un enjambre de avispas, o a lo mejor la caída, quién sabe; yo quería morirme en mi propia cama, pero supongo que no se puede tener todo.

—Creo que fue un ataque cardíaco. Es lo que mató a Gerta y papá. Desde luego mi corazón estaba perfectamente, pero claro, yo era más joven que tú y tu muerte ha sido repentina..., la mía no. El médico dijo que yo tenía una afección sanguínea rara, aunque bastante común en las familias reales de Alemania.

«Dios mío —pensó Elner—, ya está otra vez, muerta desde hace veintidós años y dándose aires todavía.» Tenía al menos setenta años y había muerto de leucemia, pero Ida siempre tenía que estar por encima de los demás. Toda la vida había sido así. Su padre era un simple granjero, pero según ella había sido barón con lazos de parentesco con los Habsburgo y tierras de los antepasados transferidas a la familia. Después de casarse con Herbert Jenkins, Ida sólo fue a peor. De vez en cuando, Elner se veía obligada a recordarle de dónde venía, pero ahora comprendió que a estas alturas no valía la pena decirle nada. Si no había cambiado, no cambiaría jamás.

Ida buscaba nerviosa en el cajón hasta que por fin encontró la llave que buscaba.

—Aquí está —dijo. Se puso en pie, se acercó a la enorme puerta de dos hojas y empezó a abrirla. Tan pronto terminó, se volvió hacia Elner—. Venga, vamos.

Elner se levantó y se dispuso a seguirla, pero se paró en seco.

—Un momento, éste es el sitio bueno, ¿verdad? No me llevarás al sitio malo, ¿eh?

—Por supuesto que no —dijo Ida.

Elner se sintió aliviada al oír eso. Pero luego, pensándolo bien, entendió que si Ida lo había logrado, todo el mundo tenía grandes posibilidades. No obstante, aún quería hacer otra pregunta.

—¿Qué pasará cuando esté dentro?

Ida se volvió y miró a Elner como si ésta estuviera chiflada.

—¿Qué crees que va a pasar, Elner? Vas a conocer a tu Creador. Ahí es adonde te estoy llevando, boba, a conocer a tu Creador.

—Oh —exclamó Elner—. Imagínate, y yo llevando esta vieja bata con los bolsillos rotos y ni pizca de lápiz de labios.

—Ahora entenderás cómo me sentía yo —dijo Ida sorbiéndose la nariz.

—Sí..., me hago cargo.

—¿Estás lista?

—Supongo que sí, de lo contrario no estaría aquí, ¿verdad?

—Exacto, y ahora que estás aquí, ¿te arrepientes de muchas cosas?

—¿Cómo?

—Cosas que te hubiera gustado hacer antes de que fuera demasiado tarde.

Elner pensó sobre ello unos instantes y luego dijo:

—Bueno, nunca fui a Dollywood..., me habría gustado ir, aunque sí estuve en Disney World, así que no puedo quejarme mucho. ¿Y tú?

Ida suspiró.

—Me habría gustado pasar más tiempo en Londres, visitar los jardines del palacio, quizá tomar el té con la familia real, pero por desgracia no pudo ser.

Y tras decir esto, Ida abrió las puertas de par en par y, haciendo una floritura, dio un paso atrás y dijo:

—¡Tachán!

Verbena Wheeler
difunde la noticia

11h 25 m de la mañana

En los Productos de limpieza Cinta Azul, tras la llamada de su esposo Merle, Verbena quedó tan afectada que empezó a llamar a todos los que se le ocurrieron para decirles que Elner había muerto. Primero telefoneó a Cathy Calvert a su oficina de la revista, pero comunicaban. Sabía que Luther Griggs, el amigo de Elner, querría saberlo lo antes posible, pero nadie cogía el aparato. Volvió a llamar a Cathy, pero seguía comunicando. Frustrada, se sentó, pensó en más personas a las que darles la noticia, y cogió el teléfono para llamar al programa de radio preferido de Elner. Sabía que también desearían saberlo.

A lo largo de los años, el parte agrícola de Bud y Jay de primera hora de la mañana de radio WDOT se fue convirtiendo poco a poco en el parte meteorológico, de tráfico y noticias para todos los que por la mañana iban a trabajar a la ciudad desde los barrios periféricos. En un radio de ochenta kilómetros no quedaban ya muchas granjas, pero Elner había sido una oyente fiel del programa, al que llamaba regularmente.

Bud y Jay siempre se lo pasaban en grande con ella. Mientras estuvieron haciendo el concurso de la pregunta del día, Elner siempre intentó dar con la respuesta, y a veces sus respuestas eran lo mejor del programa. Si nadie acertaba, a Elner le mandaban igualmente un premio. Uno de los patrocinadores era PETCO, con lo que mediante ese sistema Elner consiguió un montón de comida para *Sonny*. Bud también hacía el programa «Compra e intercambia», de once a doce, y recibió la llamada de Verbena durante una pausa publicitaria.

Unos minutos después dio la noticia en su programa:

—Bueno, amigos, acabamos de recibir una llamada de Elmwood Springs para darnos una triste noticia; lamentamos comunicar que esta mañana ha fallecido nuestra buena amiga Elner Shimfissle. Era una señora especial y una de nuestras participantes favoritas en WDOT; la echaremos de menos..., no sabemos cuándo será el funeral, pero en cuanto lo sepamos, lo pasaremos. Bien, vamos a ver qué tenemos ahora... En centralita, Rovena Snite dice que tiene un maletín de hombre con las iniciales B.S., que cambiará por cualquier artículo de «Artesanía sencilla» o por un reloj de mujer. Nos llega un mensaje del Grupo Quiropráctico Valerie Girard...

En ese momento, Luther Griggs, con camiseta blanca y gorra de béisbol, conducía hacia Seattle por la interestatal 90 su camión de dieciocho ruedas en un viaje de seis días. Estaba tomando el desayuno, una coca-cola y una bolsa de cacahuetes salados, y cuando oyó la noticia por la radio se acercó inmediatamente al arcén y paró el motor. Estaba aturdido. Luther era un amigo insólito para una mujer de ochenta y tantos años, pero la señora Elner era para él la persona a la que se sentía más unido en el mundo. Precisamente la noche anterior habían hablado de si debía volver o no con su antigua novia, a la que él consideraba demasiado flacucha, y Elner le había aconsejado que volviera de todos modos.

El impacto de la noticia lo afectó de veras, y empezó a dolerle la garganta y a sentir náuseas. Ahora no quería ir a Seattle, sino dar la vuelta, detenerse en el primer bar de carretera, conseguir algo de marihuana, y beberse una caja de cervezas hasta perder el conocimiento, pero le había prometido a Elner que dejaría eso. Además, llevaba una carga de productos agrícolas que se echaría a perder. Y la señora Elner habría querido que fuera. Ella había firmado conjuntamente la solicitud del préstamo para comprar el camión con el fin de que él tuviera una profesión remunerada, y la idea de decepcionarla siquiera ahora le hizo reaccionar y arrancar.

A medida que Luther se alejaba de la ciudad y llegaba a la salida de Kansas City, hizo acopio de fuerzas para no tomarla. ¿Qué haría ahora? Se había muerto la mejor amiga que había tenido jamás.

La amistad entre Luther Griggs, un fornido camionero de casi metro noventa, y Elner Shimfissle empezó de una manera de lo más inusual. Luther tendría unos ocho años —hacía veintiocho—, cuando un día pasaba frente a la casa de Elner, y ésta salió a toda prisa del porche y lo llamó amablemente.

—Yuju..., eh, chico..., ven un momento.

Él se paró, la miró y recordó que era la misma vieja que unos días atrás le había dado una especie de dulce de leche malísimo.

—Ven aquí, cariño —dijo otra vez.

—No, no voy —dijo él—. Tú no eres mi madre, no tengo por qué hacer lo que me digas.

—Ya lo sé, pero quiero darte algo.

—No quiero más dulce de ése, no estaba bueno —dijo, haciendo un mohín.

—No es un dulce, sino un regalo, y si no vienes, no lo tendrás.

—¿Qué es?

—No te lo diré, pero es algo que te gustará, y si no vienes y lo coges será una lástima.

Luther entrecerró los ojos y se preguntó qué querría la vieja. Sospechaba enseguida de cualquiera que se mostrara amable con él. Había tirado piedras a aquel maldito gato, así que tal vez ella pretendía que se acercara lo suficiente para poder golpearlo. En todo caso, no iba a arriesgarse.

—Mientes —replicó—. No tienes nada para darme.

—Sí lo tengo.

—Entonces ¿qué es?

—Yo lo sé y tú debes averiguarlo.

—¿De dónde lo sacaste?

—De la tienda.

—¿Qué tienda?

—No te lo diré, pero lo compré para ti, y no querrás que se lo dé a otro, ¿verdad?

—Me da igual. Me da igual lo que hagas.

—Bien..., allá tú, si quieres el regalo, ven y cógelo, si no, pues no, a mí también me da igual. —Y tras decir esto, Elner volvió a la casa y cerró la puerta.

Luther se acercó y se sentó en el bordillo que había frente a la casa de Merle y Verbena e intentó entender qué se proponía la señora. Ese día no volvió a pasar cerca de la casa, pero al cabo de unos días Elner miró por la ventana y lo vio merodeando al otro lado de la calle, pateando el suelo. Se preguntó cuánto tiempo iba a tardar él en cambiar de opinión. Por fin, tres días después, al salir ella a recoger el periódico, el chico se encontraba junto al patio y le dijo:

—¿Aún tienes aquel regalo que decías que tenías?

—Quizá. ¿Por qué?

—Sólo preguntaba.

—Todavía lo tengo, pero si hablas con este malhumor, creo que no voy a dártelo. Ahora bien, si me lo pides con educación, entonces sí.

Elner volvió a entrar y esperó. Transcurridos unos diez minutos oyó que llamaban débilmente a la puerta, y casi no pudo aguantarse la risa. Había sobornado descaradamente a un niño de ocho años, y lo sabía, pero ¿qué gracia tiene ser adulto si uno no puede tomar el pelo a los niños? Además, en realidad ella tenía un bonito regalo para él. Unas semanas antes, lamentó enseguida haberle dado aquella golosina laxante y había rezado cada día a Dios para que la perdonara.

Aquellos días, estaba tan enfadada con él por haberle dado al pobre *Sonny* una pedrada que casi lo mata, que quería vengarse del chico, pero ahora se sentía fatal por lo que había hecho, y por eso quería hacer las paces con él. A partir de ese día en que ella le regaló la enorme cometa roja que le había comprado en la tienda de pasatiempos, los dos pasaron horas en los terrenos de detrás de la casa haciéndola volar. Cuando Macky le preguntó por qué había elegido una cometa y no otra cosa, ella contestó: «Bueno, Macky, el chico estaba siempre con la vista baja, y yo quería que mirara hacia arriba para variar.» Después de que Elner le comprara la cometa, Luther pasaba por su casa a verla casi cada tarde. Ella era la primera persona del mundo que le había hecho un regalo, la primera persona que lo trataba bien. Su padre era un miserable borracho de dudosa reputación incapaz de conservar un trabajo que, según decía, si no se hubiera tenido que casar con la madre de Luther porque se había quedado embarazada, quizás habría sido un corredor famoso de coches, como su ídolo, Junior Johnson. Cuando Luther tenía siete años, su madre, cansada de recibir palizas, huyó con un desconocido que había conocido en un bar y seis meses después murió en un accidente de carretera. No era de extrañar que Luther lanzara piedras a todo y a todos.

Y la cosa cada vez iba a peor. Cuando tenía trece años, su padre, borracho, lo arrojó al patio en plena noche. Luther fue a la casa de Elner, y más tarde, cuando el padre, aún bebido, empezó a aporrear la puerta buscándolo, ella lo echó a escobazos. A la mañana siguiente, sentado a la mesa de la cocina de Elner, Luther estaba tan abatido que dijo:

—Nadie me quiere. Volveré, cogeré su pistola y me levantaré la tapa de los sesos. A la mierda, ya no puedo más, maldita sea. No tengo nada, jamás tendré nada.

Elner le dejó hablar un buen rato y luego dijo:

—Muy bien, Luther, si es lo que quieres, hazlo, pero no digas que no tienes nada, porque no es verdad.

—¿Qué? No tengo absolutamente nada.

—En eso te equivocas, tú tienes algo que no tiene nadie más en el mundo.

—¿El qué? ¿Un padre que es un maldito cabrón?

—No, cariño.

—Entonces ¿qué?

—Te lo explicaré —dijo. Acto seguido, abrió un cajón de la cocina y sacó un trozo de papel y un tampón—. Dame la mano —dijo. Le cogió el pulgar, lo apretó en el tampón y a continuación presionó el dedo en el papel—. Mira esto —dijo levantando el papel—, tu huella dactilar es única. No ha habido ni habrá nunca otra igual.

Él miró el trozo de papel.

—¿Y qué?

—¿Y qué? Pues que eres único, estás aquí para algo. Mírame a mí, yo no me mataría nunca, quiero saber qué va a seguir pasándome. Además —prosiguió mientras le servía más café—, hoy no puedes pensar en suicidarte, antes has de ayudarme a sacar todas mis cosas de Navidad del desván para decorar la casa.

Luther pasó con Elner aquella Navidad y alguna que otra más hasta que terminó la secundaria..., que no habría terminado si no hubiera sido por ella. Luther suspendía todas las asignaturas menos manualidades.

Un día Elner le dijo:

—Tráeme tus notas, quiero echarles un vistazo, ¿vale?

Antes nadie había querido nunca ver sus calificaciones; empezó a esforzarse más por ella.

Jamás sacó una media superior a suficiente, pero al menos iba cada día. En trabajos manuales le construyó una pajarera, y ahora que lo recordaba, no era una pajarera muy buena, pero ella la colocó en el patio delantero para que todo el mundo la viera, y se mostraba orgullosa de él.

En el instituto, Luther iba dos cursos por detrás de Linda

Warren, la hija de la sobrina de Elner. Aparte de ser guapa y tener una piel impecable y una hermosa dentadura, Linda sacaba todo sobresaliente, era primera *majorette* y delegada de su curso y salía únicamente con jugadores de fútbol americano. Luther no sólo era un perfecto don nadie, sino que también le faltaba un diente y tenía más acné que nadie en la escuela, o al menos eso le parecía a él. En la jerarquía del instituto, Linda y sus sanos y pijos amigos seguramente jamás habrían advertido la presencia de Luther, pero como la tía Elner era amiga de él, siempre que se cruzaban en el pasillo Linda le sonreía y le decía «hola, Luther», y el resto de sus colegas inadaptados y perdedores quedaban deslumbrados. El mero hecho de que alguien como ella, del nivel superior de la realeza, le hablara en el pasillo hacía que todo fuera algo más soportable. Consiguió incluso algunas citas con un par de chicas decentes no enganchadas a la droga porque ellas pensaban que él era primo de Linda. Luther empezó incluso a creérselo en secreto, y cuando un día oyó a Dwayne Whooten Jr. hacer cierto comentario sexual sobre Linda, le pegó un puñetazo y le rompió la nariz.

Tras dejar el instituto se alistó en el ejército, y Elner fue la primera persona en verlo de uniforme. Cuando regresó tras servir cuatro años en una división acorazada, fue directamente a casa de Elner, donde ella le había preparado un desayuno de bienvenida. La casa de la señora Elner era el único hogar verdadero que había tenido. No sabía cómo le habrían ido las cosas de no haber sido por ella. «Apártate de esa vieja droga, cariño», le decía. «Tú no quieres crecer y ser como tu papá, tendrás cuidado, ¿me lo prometes?» Él sólo necesitaba alguien a quien consultar, que le diera pistas sobre cómo ser una persona. Elner incluso le llevó al doctor Weiser para que le colocara el diente que le faltaba.

Al otro lado de la ciudad, el señor Barton Sperry Snow oyó la noticia por la radio a la misma hora que Luther Griggs. Iba a visitar a uno de los gerentes de su empresa en Poplar

Springs para hablar de la modernización de toda la zona. Al oír el nombre de Elner Shimfissle, se preguntó de pronto si sería la misma Elner Shimfissle que había conocido hacía unos años. Tenía que serlo; era la misma ciudad, Elmwood Springs, y al fin y al cabo, ¿cuántas mujeres en el mundo se llamarían así? Desde luego no era un nombre fácil de olvidar, y ella tampoco era una persona a quien se pudiera olvidar fácilmente.

Cuando la conoció, Barton Sperry Snow se estaba abriendo camino en la administración de empresas y llevaba a cabo un estudio para la Compañía de la luz y la energía de Misuri. Elner Shimfissle era una mujer de campo, grandota, y, por lo que recordaba, tenía un montón de gallinas correteando por el patio. Fue muy amable con él, que al marcharse se llevó consigo un trozo enorme de tarta y una bolsa de higos. Pero lo que más recordaba de ella era que la electricidad le encantaba y la valoraba más que nadie que él hubiera conocido. Elner le contó que una de las cosas que más lamentaba de su vida era no haber conocido a Thomas Edison en persona. «Me fastidia pensar que estábamos en la tierra al mismo tiempo y nunca pude estrecharle la mano y darle las gracias.» En una pared de la cocina incluso tenía una fotografía de Edison recortada de una revista, y le sabía mal que no hubiera una fiesta nacional en su honor. «Vaya, ¡si iluminó el mundo entero! —decía—. Piense, sin el viejo Tom Edison aún viviríamos a oscuras, no habría luz, ni radio, ni dispositivos para abrir el garaje. Para mí, el Genio de Menlo Park es el número dos, después del Señor, naturalmente, así de buena es mi opinión del viejo Tom.» Le dijo al señor Snow que aunque no hubiera una fiesta nacional, ella celebraba personalmente el aniversario cada año encendiendo todos los aparatos eléctricos y dejándolos así todo el día.

Todo un personaje. Aunque pasó sólo cuarenta y cinco minutos con ella treinta años atrás y no la había visto desde entonces, de alguna manera lamentaba su muerte. Él acababa de cumplir cincuenta, de modo que ella seguramente había vivido una bonita vejez, pues ya era muy mayor cuando la conoció. El señor Snow había sido nombrado vicepresidente de la Compañía de la luz y la energía de Misuri y ahora, al mirar atrás y recordarla tan bien, se preguntó si el entusiasmo de ella por todo lo eléctrico había tenido algo que ver con la decisión de él de trabajar para la empresa a tiempo completo. Pensándolo bien, había sido suya la idea de colgar una foto de Thomas Edison en el vestíbulo. No podía asegurarlo, pero quizás en algún lugar recóndito de su mente ella había influido más de lo que él pensaba. Lo que sí pensaba era que, si había un cielo, ojalá la anciana señora pudiera por fin conocer a Thomas Edison en persona. El viejo Tom lo pasaría en grande con ella, sin duda. El señor Snow sacó el BlackBerry y mandó un fax a su secretaria: «Hoy ha fallecido la señora Elner Shimfissle, de Elmwood Springs. Averigüe cuál es la funeraria. Mándele flores con la firma "Un viejo amigo".»

Haciendo preparativos con Neva

11h 38m de la mañana

Cuando Tot Whooten regresó a su casa desde la de Elner, cogió el teléfono para llamar a la funeraria Quédese tranquilo. Contestó su amiga Neva.

—¿Neva? Sólo quería avisarte de que recibirás una llamada de Norma Warren, seguramente más tarde; nos hemos enterado hace un rato de que Elner Shimfissle acaba de morir en el hospital.

—¡Oh, no! ¿Qué ha pasado?

—Un montón de avispas le han picado hasta matarla.

—Oh, no..., pobrecita.

—Sí, ha tocado un nido del árbol y ha caído de la escalera. Cuando Ruby y yo hemos llegado, estaba inconsciente. Según la enfermera del hospital, no ha recobrado el conocimiento; seguramente Elner jamás supo qué la golpeó.

—Oh, no —repitió Neva—. Pero supongo que si te has de morir, lo mejor es que sea... rápido.

—Supongo..., si te has de morir.

—Sí, bueno, gracias por el aviso. Ahora sacaré su carpeta,

pero me parece que ya está casi todo listo, Norma se ocupó de esto con mucha antelación.

—No me cabe duda, hay que admirarla por eso, siempre lleva la delantera. Me parece que si todos van cayendo como moscas, será mejor que ponga en orden mi propio expediente. Quién sabe qué sería de mí si dejara los pormenores de mi entierro en manos de Darlene y Dwayne Jr.

Después de colgar, Tot pensó en lo mucho que iba a echar de menos a su vecina. Elner siempre parecía contenta, de buen humor, pero no había tenido hijos. A Tot sus hijos no le habían creado más que problemas desde el principio, y más todavía desde que llegaron a la pubertad. Si había algún idiota en cien kilómetros a la redonda, lo habían escogido para casarse o tener montones de hijos. Tot les suplicaba que por favor dejaran de tener niños. «En la rama de los Whooten hay un defecto genético grave, nadie tiene ni pizca de sentido común. El que yo hiciera una mala boda no justifica que vosotros hagáis lo mismo», les había dicho a sus hijos en numerosas ocasiones, pero sus advertencias caían en saco roto. Darlene, con treinta y dos años, tenía cinco hijos, más ex maridos que Elizabeth Taylor y ni un centavo de pensión alimenticia de ninguno de ellos. Y vete a saber cuántos tenía Dwayne Jr. vagando por ahí. Seis, por lo que ella sabía, y con las mujeres que había elegido era imposible saber qué sería de ellos. Siempre que él hablaba de alguna de sus novias y decía «pensamos igual, mamá», Tot sabía que la pobre estaba en un apuro. Sus esperanzas de que uno de sus hijos mejorase al conocer a alguien de otro nivel se habían truncado una y otra vez. Y ahora, su nieta de dieciséis años, Faye Dawn, ya estaba embarazada de un chico de quince años que llevaba una cadena de perro alrededor del cuello, esmalte de uñas negro y un aro en la nariz, y no tenía barbilla. «¿Por qué se cumplirá el dicho de que "Dios los cría y ellos se juntan"?», se preguntaba. En su caso, lo de que «el agua de los vasos comunicantes tiende al equilibrio» no era algo bueno. Tot estaba asistiendo a un grupo de oración para bipolares, así como a reuniones de Al-

Anon dos veces a la semana. «¿Y después, qué?», pensaba. ¿Qué nuevo infierno le esperaba?

El año anterior, cuando Dwayne Jr. le preguntó qué regalo quería para Navidad, Tot le pidió una «vasectomía» y le dijo que se la pagaría ella misma, pero él cogió el dinero y se compró un vehículo todo terreno. No tenía remedio. Ahora estaba intentando convencer a Darlene para que se hiciera una ligadura de trompas, pero tampoco iba a servir de nada, pues su hija decía que tenía miedo de la anestesia. Cuando Linda Warren adoptó a aquella niña china, Norma entró un día en el salón de belleza llevando una sudadera con la foto de la niña, bajo la cual ponía «Alguien maravilloso me llama abuela». Tot se imaginó luciendo una que ponía «Un montón de delincuentes e inadaptados me llaman abuela». Y los mantenía a casi todos. Se metió en la cama, se tapó con la colcha y lloró por Elner, y también por ella misma, ya puestos.

Una sorpresa

11h 59m de la mañana

Después de que Tot se marchara, Ruby se quedó en la casa de Elner por si llamaba alguien por teléfono. Mientras esperaba, para que Norma no tuviera que molestarse, decidió lavar las sábanas, las toallas y todo lo que hubiera en el cesto de la ropa sucia, y cuando abrió la tapa y empezó a sacar prendas descubrió algo sorprendente.

Oculta en el fondo de la ropa había una pistola del calibre 38 lo bastante grande para volarle a uno la cabeza. Ruby, con los brazos llenos de ropa, se quedó mirándola fijamente y pensando por qué demonios guardaba Elner Shimfissle un arma en el cesto de la ropa sucia. Supuso que probablemente había una explicación perfectamente válida, pero por otro lado también era consciente de que, por mucho que creas conocer a alguien, nunca puedes estar del todo seguro; con quienes hay que tener cuidado es con los más apacibles. Te pueden sorprender.

Ese imprevisto hallazgo en el cesto de la ropa de Elner planteó a Ruby un dilema importante. ¿Qué debía hacer? Tras darle vueltas durante unos minutos y examinar la situación desde varios ángulos, tomó una decisión. Pensó que una vecina era una vecina, y Ruby habría querido que Elner hiciera lo mismo por ella en la situación inversa. Así que alargó la mano, cogió la pistola y la limpió con uno de los camisones de Elner por si había huellas comprometedoras. A continuación la envolvió con una funda de almohada, fue a la cocina y buscó bajo el fregadero una bolsa de papel, metió el arma dentro y se fue a su casa y la escondió en el arcón de cedro del vestíbulo. Con lo afectada que estaría, a Norma sólo le faltaba encontrar una pistola del 38 cargada en el cesto de la ropa de su difunta tía.

Cuando regresó para lavar la ropa, se fijó en la pila para pájaros y pensó: «Alguien deberá mantener esto lleno de agua.» Y de repente se acordó de otra cosa. «¿Quién va a dar cada noche a ese mapache ciego su plato de helado y barquillos de vainilla?» Y aún recordó algo más. Cada tarde, Elner preparaba a un viejo perro labrador negro llamado *Buster* un bocadillo de queso. «Dios mío», pensó Ruby, ella prepararía el bocadillo, pero Merle tendría que ocuparse del mapache. Tenía miedo de que ese animalito la mordiera. Elner no le tenía miedo a nada y dejaba que las ardillas entraran en su cocina y saltaran a la encimera donde guardaba comida. Como amiga y profesional de la salud, Ruby ya le había avisado: «Elner, las ardillas no son más que ratas grandes con la cola peluda que transmiten toda clase de enfermedades.» Pero por lo visto a Elner no le preocupaban los microbios. «Ahora que caigo —pensó Ruby—, hasta esta mañana en que la han matado las avispas, Elner no había estado enferma ni un solo día de su vida.»

La causa de la muerte

Norma, atendida por varias enfermeras, estaba ahora incorporada y hablando aunque todavía se encontraba mal.

—Sabía que un día iba a pasar, pero aún no me lo creo —repetía una y otra vez.

El capellán de guardia del hospital, un baptista con el pelo mal cortado y un traje marrón de poliéster, llegó para ofrecerle su tarjeta y darle el pésame.

Al cabo de un rato, entró Macky en la habitación tras haber llamado a su hija Linda.

Norma alzó los ojos.

—¿Has podido hablar con ella?

Él asintió.

—Va a venir. Ha dicho que estará aquí lo antes posible.

—¿Ha quedado muy afectada?

—Sí, claro, pero estaba preocupada por ti y me ha dicho que te quiere.

En aquel preciso instante apareció el médico con un historial, se sentó junto a Norma y Macky y les dio toda la informa-

97

ción que tenía. Por lo visto, a su entender la tía había recibido más de diecisiete picaduras de avispa y seguramente había sufrido inmediatamente una parada cardíaca causada por shock anafiláctico. Además, la caída quizá le había provocado un trauma cerebral, aunque no lo suficientemente fuerte para matarla, por lo que el informe oficial decía lo siguiente: «Causa de la muerte: parada cardíaca debida a shock anafiláctico grave.»

—¿Ha sufrido? —preguntó una llorosa Norma.

—No, señora Warren, lo más probable es que no se diera cuenta de qué la golpeó.

Norma soltó un gemido.

—Pobre tía Elner, siempre decía que quería morir en casa, pero seguramente no se refería al patio, no de esta manera y con esta bata vieja y horrible... —Macky la rodeó con el brazo mientras ella se sonaba la nariz.

—Bien, señora Warren —prosiguió el médico—, ahora usted sabe que tenemos una causa oficial de la muerte, pero si no está conforme, podemos practicar la autopsia.

Norma miró a Macky.

—¿Necesitamos la autopsia? No sé, ¿qué te parece? ¿Para estar seguros?

Macky, que sabía de qué iba eso, dijo:

—Norma, depende de ti, pero no creo que haga falta. No cambiaría nada.

—Bueno, quiero hacer las cosas bien. Al menos esperemos a que llegue Linda —dijo, y luego miró al médico—. ¿Podemos hacer esto, doctor? ¿Esperar a nuestra hija?

—¿Cuándo estará aquí? —preguntó el médico.

—En un par de horas..., quizá menos, ¿verdad, Macky?

El médico miró el reloj.

—De acuerdo, señora Warren, supongo que podemos hacerlo; si usted y el señor Warren quieren verla, les puedo acompañar.

—No —dijo Norma al punto—. Esperaré a que Linda esté aquí.

El médico asintió.

—Muy bien. Llegado el momento, díganle a la enfermera si quieren verla y cuándo.

Macky, que había hablado poco, dijo:

—Doctor, a mí me gustaría verla ahora, ¿es posible?

—Por supuesto, señor Warren. Si quiere, lo acompaño.

Macky miró a Norma.

—¿Estarás bien?

—Sí, no te preocupes, es que ahora mismo no soy capaz.

—Me quedaré aquí con ella, señor Warren —dijo la enfermera.

La verdad es que Macky no quería ver a la tía Elner muerta. En realidad, quería recordarla tal como era cuando estaba viva, pero la idea de que aquella mujer encantadora yacía sola en alguna habitación le perturbó aún más. Mientras recorrían el pasillo, el médico dijo:

—Su esposa parece muy conmocionada, supongo que las dos estarían muy unidas.

—Sí, así es, muy unidas —confirmó Macky.

Pasó un camillero, y el médico lo llamó:

—Eh, Burnsie, me debes diez pavos, ya te dije que los Cards ganarían la serie —soltó como si fuera cualquier otro día.

Macky quiso agarrarlo y estrangularlo hasta la muerte, a él y a todo el mundo, pero no podía hacer nada para que ella volviera. Así que continuó andando.

Un negocio triste

En la sala del tanatorio, tras la llamada de Tot, Neva se levantó, entró en el archivo y sacó el expediente que ponía «difunta, Elner Shimfissle», y acto seguido dobló la esquina hasta donde su esposo, Arvis, daba los últimos toques al postizo de Ernest Koonitz, una llegada reciente. Asomó la cabeza.

—Cariño, acaba de llamar Tot. Seguramente Elner Shimfissle llegará a última hora de la noche o de buena mañana, muerta por picaduras de avispas.

Él levantó la vista.

—Vaya. Dos difuntos en veinticuatro horas. No está mal para ser abril.

Era verdad, en abril el trabajo siempre decaía, pero a Neva no le gustaba nada que Arvis dijera esas cosas. De acuerdo, llevaban una funeraria, pero ella tenía sentimientos. Últimamente, a él sólo parecían importarle los números. Si la ciudad sufriera una plaga y murieran cien personas, Arvis probablemente bailaría un minueto. Neva era consciente de que cada fallecimiento significaba dinero para su bolsillo; en

100

fin, le fastidiaba ver que se moría el último de los veteranos, pero los Warren eran sus clientes de toda la vida y era un trabajo que había que hacer. Ellos se habían ocupado de todos sus difuntos hasta la fecha, los padres tanto de Norma como de Macky, diversos tíos y tías, y de vez en cuando algún primo. Neva sabía que no debía decantarse por nadie, pero por ellos tenía cierta debilidad. La familia entera les había sido leal a lo largo de los años, y Neva prestaba una atención especial a sus fallecidos, los trataba como si fueran de su propia familia.

Además de que ellos le caían francamente bien, Neva tenía en gran estima su negocio. Los tiempos habían cambiado. Ya no eran los únicos que se dedicaban a eso; en la interestatal, Costco estaba vendiendo ataúdes a precio rebajado, y ellos habían perdido un montón de clientes al mudarse al edificio donde estaba el restaurante de las salchichas. Muchos decían que no se sentían cómodos contemplando el cadáver de sus seres queridos en el lugar donde se comían salchichas y patatas fritas, y se habían pasado a la morgue recién instalada. Neva suponía que los nuevos eran eficientes a la hora de ofrecer servicios rápidos e impersonales. No iba ella a hablar pestes de la competencia, pero el suyo era un negocio familiar de toda la vida que ofrecía algo muy importante: el servicio completo. Ella y Arvis atendían a sus clientes desde la recogida en coche hasta el enterramiento. Preparaban el cadáver, organizaban las visitas, colocaban las flores, disponían gratuitamente libros para firmar, traían a un pastor, una soprano y un organista que estaban disponibles las veinticuatro horas. Ofrecían el paquete «Suyo y Suya» de dos entierros por uno y tenían un gran surtido de ataúdes y urnas funerarias a precios razonables. Aplicaban un diez por ciento de descuento en las habitaciones del Days Inn local para los parientes y amigos de fuera de la ciudad, incluyendo un desayuno continental gratis el día del entierro y un tentempié en el vestíbulo por la tarde. Se encargaban incluso del transporte a y desde el cementerio y ayudaban a ordenar, medir y colocar las lápidas. «¿Qué más querías en un paquete así?», se preguntaba. Lo que no suministraban era el ser querido muerto, naturalmente. Aparte de eso, hacían todo lo que se podía hacer. De hecho, en las páginas amarillas, el anuncio, que ella se había pasado semanas creando, reflejaba con exactitud sus sentimientos:

FUNERARIA QUÉDESE TRANQUILO
Acude a nosotros cuando lo necesites.
y descansa seguro recibiendo
la mejor atención en tu entierro.
Porque nos preocupas tú.

Volvió a sonar el teléfono de la oficina del tanatorio. Ahora era la esposa de Merle, Verbena Wheeler, que llamaba desde la lavandería, a dos manzanas de allí.

—Neva, ¿te has enterado? —preguntó Verbena.

—Sí, hace un momento ha llamado Tot. Acabo de sacar su carpeta —dijo Neva.

—Es horrible, ¿eh?

—Horrible.

—Era la persona más afable del mundo.

—Así es.

—Cuesta de creer, ¿verdad? —insistió Verbena.

—Sí, es increíble —admitió Neva.

—Según Ruby, quizás Elner no llegó a saber con qué golpeó.

—Es lo que me ha dicho Tot. Al menos no sufrió.

—Sí.

—Al menos podemos dar gracias por eso.

—Sí, es verdad.

—En todo caso, creo que haré ahora mi encargo de flores y así me ahorro aglomeraciones —dijo Verbena.

—Es una buena idea. —Neva cogió su bloc de pedidos—. ¿Qué quieres mandar?

—Lo de siempre, supongo.

Neva anotó «una azalea mediana en un jarro de cerámica». Verbena siempre mandaba plantas, flores no. Pensaba que quedaban bien en las visitas, y luego en el entierro, o que se podían colocar después en la tumba. Le gustaba dar opciones a la gente, como almidonado o no, en percha o envuelto.

—¿El mismo mensaje? —preguntó Neva—. ¿«Con nuestro más sentido pésame, Merle y Verbena»?

—Sí, ya está bien así, nunca se me ocurre otra cosa que decir, ¿y a ti?

—No, así queda muy claro —apuntó Neva.

—Sé que Norma la va a echar de menos.

—Desde luego.

—Al margen de qué edad tengan, o de su estado de salud, siempre les echas en falta. —Verbena hizo una pausa—: Recuerdo cómo me sentí cuando perdimos a mamá Ditty, y luego el pobre papá Ditty el mismo año.

—Sí.

—Y luego al año siguiente la tía Dottie Ditty, ¿te acuerdas?

—Claro —dijo Neva.

—Perdimos los tres Ditty en menos de dos años, y creo que no pasa un día sin que me acuerde de ellos.

—No me cabe duda.

—¿Cuándo serán las visitas?

—No lo sé. Norma todavía no nos ha llamado, y tampoco sé cuándo tendrán el cadáver. Quizás esta noche, o ya mañana.

Verbena exhaló un suspiro.

—Bueno, te veré ahí... Me fastidia tener que ponerme otra vez este viejo vestido de los entierros, pero la vida es así, ¿no?

Neva colgó. Claro que se acordaba de la tía Dottie Ditty de Verbena Wheeler. ¿Cómo no? Dottie Ditty había sido su difunto más difícil, y ella y Arvis aún cargaban con las consecuencias de ese día. Cuando murió, la tía Dottie Ditty pesaba ciento cuarenta kilos y fue un problema desde el principio. Aparte de tener que pedir un ataúd lo bastante grande, al ir a recogerla Arvis se hernió y además se le salió un disco de la zona lumbar que aún le producía molestias. Aunque en general la gente no es consciente de ello, el negocio de las funerarias tiene también su cuota de accidentes, igual que cualquier otra actividad que conlleve levantar peso.

Neva abrió el expediente de Elner Shimfissle y leyó que en su momento se había solicitado el ataúd estilo «lirio de los valles», pero en 1987 se había cancelado el pedido porque Elner cambió de opinión respecto al entierro y de pronto se decidió por la incineración. Neva pensó «tierra, trágame». No porque perdiera la venta de un ataúd, sino porque le fastidiaba el alboroto que causaban las incineraciones, sobre todo entre los baptistas y los metodistas. Éstos se mostraban muy disgustados, casi montaban en cólera cuando se les decía que no había ningún cadáver que ver. Algunos llegaban a reclamar que se les devolviera el dinero de las flores enviadas. Según recordaba ahora, Elner decía que prefería la incineración no para ahorrarse dinero, sino porque le encantaba la idea de desaparecer en una luz blanca de destello. Decía que sería mucho más divertido que ser embalsamada.

Neva siguió leyendo para hacer memoria sobre los demás detalles.

Oficio religioso: metodista
Presidido por el rev. William Jenkins
Himno: *Me muero de ganas de ir al cielo*
Interludio: *Sobre las estrellas*

Como Neva era la soprano y el organista de turno las veinticuatro horas, pensó que debía ir a la capilla y darle un repaso a las canciones. Ya no le pedían las viejas piezas de gospel. En cuanto a la música para funerales, el gusto de la gente había cambiado muchísimo. Precisamente el mes anterior le habían pedido *Fly Me to the Moon*. Neva se levantó, recorrió el pasillo, atravesó la sala de embalsamamiento y llegó a la capilla, donde se sentó frente al pequeño órgano. Hojeó el montón de partituras hasta encontrar la de *Me muero de ganas de ir al cielo*, himno escrito y popularizado por Minnie Oatman y los Cantantes de gospel Familia Oatman, cuya foto aparecía en la cubierta. Neva se quitó todos los anillos, movió los dedos, encendió el órgano, tocó los tres primeros acordes, y empezó a cantar bajito, con una voz débil y aflautada.

Me muero de ganas de ir al cielo
Oh, allí seré muy feliz
Cuando recorra el pasillo de marfil
Y suba las escaleras de cristal.

Oh, Le reconoceré cuando Le vea
Le reconocería en cualquier parte.
Entonces se disiparán todas mis penas
Cuando llegue a ese reino en el aire.

¡Me muero de ganas de gritar aleluya!
No soportaré más cargas terrenas
Porque cuando vea el trono celestial,
Sé... Sí. ¡Sé que Él estará a la espera!

«Bonita letra, y muy apropiada», pensó Neva al terminar. Imaginó que si alguien tenía alguna posibilidad de ir al cielo era Elner Shimfissle. Aquella mujer, siempre con una sonrisa en la cara, había sido fuente de inspiración para toda la ciudad. Notó que se le humedecían los ojos y cogió un kleenex. Lo lógico sería que con tanta experiencia en el negocio de la funeraria se hubiera inmunizado contra el desconsuelo, pero no. Unos fallecimientos eran más fáciles que otros, por supuesto, pero, como decía su anuncio, se preocupaba de veras por todos sus clientes, los vivos y los muertos.

Macky va a ver a Elner

11h 15m de la mañana

Cuando cruzaron la puerta de doble hoja, el médico dejó a Macky en manos de una joven enfermera para que ésta lo acompañara durante el resto del trayecto. Mientras Macky cruzaba el vestíbulo del hospital hacia la habitación donde estaba la tía Elner, sintió como si alguien le hubiera dado un puntapié en el estómago. Aunque había intentado mantener el tipo por Norma, cuando oyó la noticia de labios del médico, quedó deshecho. Durante los últimos cuarenta años, lloviera o hiciera sol, había ido a su casa a tomar café con ella antes de ir a trabajar. Y cuando se mudaron a Florida, ella les acompañó. La verdad era que había sido su mejor amiga y lo había ayudado en muchos momentos difíciles, de algunos de los cuales Norma no sabía nada y ojalá nunca lo supiera.

Entre ellos dos sucedió una vez algo especial. Y no por voluntad de Macky. En el café Tip-Top del centro, enfrente de la ferretería, trabajaba de camarera Lois Tatum, una atractiva chica con el pelo castaño y una cola de caballo. Linda acababa de casarse, y Norma lo había estado pasando muy mal por

106

el llamado síndrome del nido vacío. Se había ofrecido voluntaria para un montón de proyectos sólo para no acabar, tal como ella decía, «rematadamente loca de atar». Norma se estuvo dedicando a servicios comunitarios y estaba tan ocupada con una reunión tras otra que Macky apenas la veía. Así que cuando Lois parecía contenta de verlo a la hora del almuerzo y se reía de sus chistes, él se sentía secretamente halagado.

Ella, divorciada y con una hija pequeña, era unos quince años más joven, y cuando necesitaba arreglar algo en el pequeño dúplex de alquiler donde vivía, él la ayudaba encantado. Macky había echado una mano a un montón de gente de la ciudad; en lo que a él se refería, sólo eran buenos amigos. Una tarde, Lois apareció en la ferretería y confesó entre lágrimas: «Macky, estoy enamorada de ti, no sé qué hacer.» Aquello lo pilló totalmente desprevenido. En todos los años que llevaba casado, jamás había mirado a otra mujer, ni siquiera había contemplado esa idea. Tal vez tenía que ver con la época. Aunque no había hablado del tema, después de que Linda se marchara de casa él también se sintió un tanto perdido, y estando Norma tan ocupada, quizás él era más vulnerable. No sabía por qué, pero cuando Lois se hubo ido, se dio cuenta de que a él también le gustaba ella. Se limitó a pensar en la cuestión, nada más. Pero estuvo haciéndolo día y noche hasta que se convirtió en una obsesión, y cuantas más vueltas le daba, más empezaba a atraerle la idea de ser otra vez joven, huir a alguna parte con Lois, empezar de nuevo, hasta un punto en que no se lo quitaba de la cabeza.

Macky no sabía si estaba realmente enamorado de Lois, o simplemente halagado, o si debía arriesgarse o no. Elner notó que pasaba algo y preguntó. Elner siempre había sido una buena piedra de toque, y en otras ocasiones los dos habían hablado a fondo de muchas cosas. Pero ahora era distinto. Norma era su sobrina, y a Macky le resultaba muy complicado discutir algo así con la tía Elner; no obstante, ésta lo conocía como si fuera un libro abierto, y no hubo manera de ocultárselo, así que al final él no pudo más y le contó lo que le preocupaba y reconoció que estaba pensando seriamente en la posibilidad de pedirle el divorcio a Norma. Tras contárselo todo, ella pensó durante unos instantes y luego dijo: «Macky, esto es muy difícil para mí, sabes que a ti y a Norma os quiero como si fuerais hijos míos, y esto me rompería el corazón, pero también deseo que seas feliz. No puedo decirte qué debes hacer, cariño, lo único que puedo hacer es pedirte que, antes de decidir nada, te lo pienses bien, porque una vez que te hayas ido, si por alguna razón las cosas no funcionan con esta chica, nunca podrás volver a lo que tenías antes. No estoy diciendo que Norma no te aceptaría, pero cuando uno hace algo así, no es tan fácil tenerle confianza, y si ésta desaparece, ya no se puede recuperar.»

Ella no le pidió que no se marchara ni que se quedara; en todo caso, esa noche Macky fue a casa y reflexionó sobre ello un poco más. Gracias a algo que le dijo Elner se dio cuenta de que por muy tentado que estuviera, por mucho que se preguntara cómo sería empezar de nuevo, no estaba dispuesto a echar por la borda todos los años que Norma y él habían pasado juntos, disgustar a Linda y quizá correr el riesgo de echar a perder las vidas de todos. También la de Lois. Cuando comunicó su decisión a Elner, ésta sonrió y dijo: «Estoy muy contenta, Macky, no sé qué haría sin que mi colega viniera a verme cada día»; y nunca más hablaron del asunto.

Norma no lo supo en su momento, pero ésa fue la razón de que vendieran la ferretería y se trasladaran a Florida, para alejarse de Lois, pues Macky no la había olvidado, sino todo lo contrario. Incluso después de que Lois se casara y se fuera a vivir a otro estado, él todavía la tenía en su cabeza, sentía una tristeza y un dolor profundo al recordar su rostro, o cuando pasaba una mujer que usara el mismo perfume, pero, como dice la famosa canción, el tiempo todo lo cura. El recuerdo de Lois se fue desvaneciendo en el tiempo y la distancia hasta que las viejas añoranzas ya no dolían tanto, y Macky apenas pensaba ya en ella.

La tía Elner no sólo había salvado su matrimonio; por extraño que parezca, también había sido la responsable de que él y Norma se casaran en su día. Sólo tenían dieciocho años y estaban locamente enamorados, pero la madre de Norma, Ida, el mismísimo demonio, decía que para que Norma se casara con Macky tendría que pasar por encima de su cadáver. Ella quería para su hija algo más que el hijo de un simple ferretero. A Norma le faltaba una semana para empezar la universidad, cuando tras una llamada telefónica de su hermana mayor, Ida de repente cedió y aceptó la boda. Nunca supieron qué le había dicho Elner a Ida para que ésta cambiara de opinión, pero sea como fuere, él no podía siquiera imaginar cómo habría sido su vida sin Norma y Linda y ahora sin su nieta Apple. También sabía lo dura que iba a ser la vida sin la tía Elner. Ya la echaba de menos y sabía que su mundo no iba a ser ni mucho menos el mismo sin ella.

La joven enfermera lo condujo hasta la habitación del final del pasillo y abrió la puerta sin hacer ruido. Cuando encendió la luz, Macky echó un vistazo y vio a la tía Elner allí tendida, todavía con la vieja bata marrón que Norma tanto detestaba. Se acercó, se sentó en la silla que había al lado y le cogió la mano. Alguien le había arreglado y echado para atrás el pelo blanco; tenía un aspecto tranquilo, como si hubiera acabado de quedarse dormida.

La enfermera le habló con voz suave:

—Quédese todo el rato que desee, señor Warren. Si me necesita, estoy en el pasillo.

La enfermera se fue y cerró la puerta. Entonces Macky bajó la cabeza hasta la cama, sin soltar la mano, y sollozó como un niño. La miró y se preguntó adónde habría ido. ¿Adónde había ido aquella mujer encantadora?

Adónde había ido ella

En cuanto su hermana Ida hubo abierto las puertas del final del pasillo, lo que Elner vio fue tan imponente, tan deslumbrante, que por poco se queda sin respiración. Delante de ella había un tramo de escaleras de cristal centelleante que llevaban directamente al cielo, con la luna grande y redonda arriba del todo.

Elner se volvió hacia Ida con lágrimas en los ojos.

—Oh, Ida, es más bonito de lo que podía imaginar.

—Sabía que quedarías impresionada —dijo Ida.

Cuando empezaron a subir, Elner advirtió que Ida llevaba un bolso. «Sólo Ida es capaz de llevar un bolso al cielo», pensó, y se rió a carcajadas.

—¿Qué te hace tanta gracia? —preguntó Ida.

—Nada, sólo estaba pensando en una cosa.

Era Norma quien había colocado el bolso en el ataúd, pues decía que, según su madre, una mujer no va totalmente vestida sin su bolso. Iba a decirle a Ida que había sido idea de Norma, pero se lo pensó mejor; cualquier referencia al ataúd podía sacar a colación otra vez el asunto de Tot Whooten.

Tras haber subido un rato, de repente el cielo empezó a os-

110

curecerse hasta casi adoptar el tono negro azulado de media-noche; muy pronto fueron apareciendo centenares de diminutas estrellas que se pusieron a titilar por todas partes, sobre sus cabezas, incluso debajo de las escaleras. Elner no cabía en sí de contenta. Siempre había querido saber cómo sería andar por el cielo, entre las estrellas; ahora ya lo sabía. La mar de divertido.

Mientras subían, la gran luna en lo alto iba creciendo y adquiriendo un color dorado y amarillo cremoso, y se puso a brillar en la oscuridad como millones de luciérnagas. Estaba siendo una ascensión larga, pero a Elner le sorprendía lo fácil que resultaba.

—Cabía suponer que estas escaleras me dejarían rendida, pero ni mucho menos —le comentó a Ida.

A medida que se acercaban a la luna, ésta cambiaba nuevamente de color pasando del dorado al blanco lustroso brillante, y cuando ya llegaban al último escalón, de súbito, justo delante de sus ojos, la luna se transformó en un botón brillante de nácar, grande y redondo. «Oh, qué interesante», pensó Elner. En ese momento, estando ya en el último peldaño, en medio del botón se abrió un pasadizo abovedado. Cuando Ida y Elner entraron, el sol estaba brillante y luminoso, era otra vez de día. Elner se paró un momento y miró lo que imaginó que sería el cielo. No estaba lleno de nubes blancas y ángeles volando por ahí tal como esperaba, pero era precioso. De hecho, Elner pensó que se parecía mucho al gran jardín botánico de Kansas City, adonde Ida la había llevado tantas veces. La hierba era lozana y de un verde intenso, con flores de muchos colores por todas partes.

—¿Y bien? —dijo Ida.

—Muy bonito —dijo Elner, y al alzar la vista observó que el cielo no era de un color uniforme como en la tierra, sino más irisado. Alargó la mano, y los colores chispearon en su piel reflejando tonos rosas, azules y verdes suaves—. Es como caminar dentro de un arco iris, ¿verdad, Ida? Por cierto, recuerdo cuando aquella mujer escribió al programa de radio de la «Vecina Dorothy» para explicar cómo ella y su familia habían estado en un arco iris... Ahora entiendo cómo se sentía. —Siguieron andando, y a Elner se le ocurrió otra cosa—. A propósito, Ida, ¿ahora voy a saber todos los misterios de la vida? Dicen que cuando uno se muere, todo le es revelado, ¿no?

—No sé exactamente, Elner, sólo soy una acompañante. El resto lo sabrás sólo si es estrictamente necesario.

—Pues vaya si deseo averiguar los misterios de la vida. Siempre he tenido muchas ganas de desentrañarlos. ¿Me puedes dar alguna pista?

—Lo siento —dijo Ida—, pero no.

—Bueno, si no puedes hablarme de misterios o revelaciones, al menos podrás decirme cómo es Dios, ¿verdad? —Ida no dijo nada y siguió andando. Elner corrió para alcanzarla—. Entonces, déjame preguntarte esto... ¿Se parece a su imagen? No me voy a asustar, ¿verdad?

Ida no respondió, pero negó con la cabeza para que Elner supiera que no había nada que temer.

—Bueno, si te digo la verdad, Ida, estoy algo preocupada. He hecho un par de cosas que quizás a él no le gusten mucho. Una seguro: no tenía que haberle dado al pequeño Luther Griggs aquel laxante diciéndole que era de chocolate. Tal vez perdí el juicio. ¿Se puede alegar locura transitoria? ¿Qué crees?

—Creo que te vas a llevar la sorpresa de tu vida.

—Ah —dijo—. ¿Me voy a sorprender mucho o poco? ¿Será una sorpresa buena o mala?

—Elner, todo lo que puedo decir, y ya no diré más, es que sospecho que vas a tener una sorpresa muy grata.

Elner se sintió algo aliviada.

—Bueno, vale —dijo, y luego pensó: «Si él no saca ningún tema a relucir, desde luego yo no abriré la boca.» Pero tras recorrer unos metros más, le vino otra duda a la cabeza—. ¿Puedo hacerle preguntas, o tengo que estar firmes y escuchar? ¿Debo hacer una reverencia, arrodillarme, o qué? —Elner quería hacer las cosas bien, pero Ida seguía poco comunicativa y sin ayudarla en nada—. Bueno, al menos dime una cosa. ¿Crees que se va a enfadar mucho conmigo?

Ida mantuvo su palabra y no dijo nada más, y eso irritó a Elner a más no poder. «Ella sabe —pensó—, pero simplemente no hablará. Típico.»

Mientras seguían su camino, Elner pensó de repente en algo.

—Oye, Ida, ¿qué pasó con la Biblia de la familia Knott? La última vez que la vi la tenía Gerta, pero después de morirte tú nadie la encontró.

—La escondí —admitió Ida.

—¿Dónde?

—No me acuerdo.

—¿Por qué la escondiste? —quiso saber Elner.

—Pensé que era lo mejor —dijo Ida.

—¿Por qué?

—Porque allí hay información familiar personal que no tiene por qué saber la gente, por eso. Tú no quieres que nadie se meta en tus asuntos, ¿verdad? En todo caso, ¿por qué preguntas?

—Porque quiero saber cuántos años tengo, o tenía. Ahora mismo serán cerca de noventa, ¿no crees? —explicó Elner.

—Oh, Elner —soltó Ida con tono de mofa—. A mí estas cosas me dan igual; y en cualquier caso, ¿por qué es importante la edad? Siempre digo que uno tiene la edad de su corazón.

A Elner no se le escapaba que Ida estaba ocultando información. Ida sabía exactamente dónde había guardado la Biblia y los años que tenían las dos. «Además —pensó—, es absolutamente imposible que tuviera cincuenta y nueve años al morir, y el que una persona siga quitándose años después de muerta es bastante fatuo, la verdad.»

Mientras seguían andando, Ida recordó el día en que murió su otra hermana, Gerta. Era un día gris que hacía un frío que pelaba, y ella llevaba un enorme abrigo de piel y salió por la puerta con la voluminosa Biblia bajo el brazo. Naturalmente, sabía que no podía quemarla, ni tirarla al río, ni arran-

113

car las páginas ofensivas ni hacer nada blasfemo, así que la escondió hasta la primavera, luego la envolvió en algodón, la metió en un recipiente hermético y la enterró en su rosaleda. No se arrepentía ni se sentía culpable por ello. Siempre había mentido sobre su edad, y no veía por qué iba a dejar de hacerlo ahora. Además, quitarse unos años por aquí o por allá no era realmente mentir, sino una cuestión de supervivencia.

Si la familia Jenkins hubiera sabido que la chica con quien quería casarse su hijo Herbert era al menos ocho años mayor, quizá no habría visto la boda con buenos ojos. Acababa de pescar un buen marido, por así decirlo. El padre de Herbert poseía varios bancos en todo el estado y era una figura importante. Herbert no era gran cosa, pero para ella suponía su última posibilidad de prosperar, y sacó el máximo provecho de ello. De hecho, como esposa del presidente de un banco, exprimió hasta la última gota de sus ventajas. Aunque se trataba sólo de una sucursal en la pequeña ciudad de Elmwood Springs, Ida no paraba de darse bombo. De todos modos, mantener las apariencias y ocultar además su verdadera edad resultaba agotador. Una vez casi la pillan, cuando cierta persona mezquina y celosa enseñó a Herbert el anuario del instituto. Ida mintió, por supuesto, y dijo que no era ella, sino una tal Ida Mae Shimfissle, una prima lejana que se había mudado hacía años. Y Herbert, hombre confiado, la creyó.

Y luego, después de todo eso, Norma se casó con ese chico, Warren, sin ningún futuro prometedor salvo trabajar en la ferretería de su padre. Aquello le rompió el corazón. Incluso cuando su hija le contaba lo feliz que era con Macky, ella jamás la entendió. «¿Feliz? Las vacas son felices, Norma, y mira cómo acaban.»

Verbena se lo cuenta a Cathy

Verbena se hartó de llamar a la oficina de la revista, pero siempre comunicaban. Le frustraba tanto no poder hablar con Cathy y darle la noticia, que se estaba poniendo colorada. No podía aguantar ni un segundo más, así que colgó el cartel de «Vuelvo en cinco minutos» en la puerta de la lavandería y salió a la calle. Al abrir la puerta de la oficina del *Elmwood Springs Courier*, oyó a Cathy hablando con alguien por teléfono. Entró, y Cathy levantó la vista, cubrió el auricular con la mano, dijo «acabo enseguida» e indicó a Verbena que se sentara. Estaba terminando su entrevista semanal con el presidente del consejo escolar, reuniendo las últimas novedades de la discusión en curso sobre si incluir o no en el programa de estudios la teoría del diseño inteligente junto a la teoría de Darwin. Cuando vio a Verbena, Cathy imaginó que estaba allí para hablar de ese tema y supuso que la tendría una hora delante defendiendo la inclusión del creacionismo. Pero Verbena la sorprendió. Se acercó a la mesa, y escribió con letras grandes «¡Elner ha muerto!» en un trozo de papel que le dejó delante golpeteándolo con el dedo. Cathy bajó la vista y dijo:

—¿Qué? ¿En serio? —Verbena asintió—. Pete —dijo Cathy—, Elner acaba de morir, te llamo luego. —Y colgó—. ¿Qué ha pasado?

—No lo sabemos, pero hace unos minutos Ruby ha recibido la llamada del hospital; he intentado decírtelo enseguida pero comunicaban. Has de poner lo de llamada en espera —explicó Verbena.

—Ya lo sé. Pues qué horrible noticia —dijo Cathy.

—¿Verdad? Yo estoy destrozada, y Merle está fuera de sí. La vida no será igual sin Elner, ¿eh?

—No.

—Tengo que volver, Cathy; he pensado que te gustaría saberlo lo antes posible.

—Sí, gracias, Verbena.

Tras irse Verbena, Cathy dejó el teléfono descolgado. No tenía ganas de hablar. Elner Shimfissle había muerto. Algo difícil de creer. Estaba prácticamente segura de que si alguien podía sobrevivir a unas cuantas picaduras y a una caída ésa era Elner. Meneó la cabeza y pensó lo extraño que era que precisamente ella, que escribía cada día sobre la vida y la muerte, estuviera todavía perpleja por lo sucedido. «Hoy aquí, mañana muerta, aquí tienes tu sombrero, vaya prisa, ahueca el ala, venga.» Una persona vive una serie de años, deja su impronta en un montón de gente, y acaba siendo simplemente una pequeña imagen y unos cuantos párrafos en el periódico, el periódico termina en la basura, y eso es todo.

Cathy había escrito cientos de necrológicas, y casualmente el día anterior había terminado la de Ernest Koonitz; pero la de Elner iba a ser difícil. Aunque la suya era la revista de una ciudad pequeña, si se trataba de obituarios Cathy se tomaba su tiempo y procuraba escribir algo interesante, ofrecer un poco de variedad y hablar no sólo de hechos. Al fin y al cabo, aparte de los nacimientos o las bodas, era una de las pocas oportunidades que tenían los ciudadanos respetuosos de la ley de ver su nombre en letras de molde. Para los familiares también era importante leer algo un poco especial, algo que pudieran guardar y de lo que pudieran sentirse orgullosos, por lo que quería hacer un trabajo especialmente bueno con la necrológica de Elner. Abrió el cajón, sacó un papel, y echó un vistazo a su lista de frases recomendadas:

Murió
Murió de repente
Murió en la paz del Señor
Falleció
Abandonó este mundo
Fue al encuentro del Señor
Nuestro Señor y Salvador la acogió en sus brazos
Pasó a mejor vida
Ha efectuado el tránsito de este mundo al reino de los
    cielos
Es feliz a la diestra de su Hacedor

Cuando terminó, lo guardó en el cajón. Por algún motivo, no tenía ganas de lucir sus habilidades literarias. Ésta la escribiría con el corazón.

La señora Elner Jane Shimfissle, residente durante muchos años en Elmwood Springs, murió ayer en el Hospital Caraway de Kansas City. Persona dicharachera y amiga de todo el mundo, le gustaba el gospel, charlar con los vecinos y dar de comer a sus pájaros, y amaba a todos los seres vivos. Le encantaba hacer mermelada de higos y pintar y esconder huevos de Pascua en su patio trasero para los niños del vecindario. Ya habían muerto su esposo, Will Shimfissle, y sus hermanas Ida Jenkins y Gerta Nordstrom. Le sobrevive su sobrina, Norma Warren, de Elmwood Springs; su sobrina nieta Dena Nordstrom O'Malley, de Palo Alto, California; su sobrina nieta Linda Warren y la hija de ésta, Apple Warren, ahora residentes en St. Louis; y su querido gato *Sonny*. Todos los que la conocíamos la echaremos mucho de menos. La familia ruega que todos los donativos se hagan a la Sociedad Benéfica.

Tras concluir el primer borrador, lo dejó en la bandeja de su mesa. Más tarde añadiría todos los detalles del entierro. A continuación se levantó y se dirigió a su archivo de fotografías, donde encontró las dos de Elner. Una la había sacado hacía dieciséis años, y en ella aparecía Elner sosteniendo un gato anaranjado, el de los seis dedos. Ese día Elner estaba muy orgullosa. El gato acababa de cumplir veinticinco años, y ella le había preparado una fiesta. Cathy se sentó un momento, contemplando la cara sonriente de Elner, y acto seguido sacó su talonario y extendió un cheque a nombre de la Sociedad Benéfica en memoria de la fallecida, lo menos que podía hacer. Después se reclinó y se preguntó qué rumbo habría tomado su vida si no hubiera sido por Elner. Desde luego no habría ido a la universidad. Le habían concedido una beca, pero su familia no podía pagar la pensión completa. Estaba desconsolada y fue a decírselo a la señora Shimfissle. Al día siguiente, cuando pasaba frente a la casa, la señora Shimfissle la llamó:

—Eh, Cathy, ven un momento.

Cathy se acercó, y Elner le dio un sobre azul con su nombre escrito. Lo abrió, y cuál no sería su sorpresa al ver que contenía diez billetes de cien dólares.

—No puedo aceptarlo, señora Shimfissle.

—No seas boba, es sólo un poco de dinero de la tarjeta de cobro automático; además me alegrará pensar que estoy ayudando a alguien a adquirir una buena formación. En el mundo necesitamos más gente inteligente.

Cathy le devolvió el dinero, desde luego, pero siempre deseó poder corresponder a aquel favor de alguna otra manera, hacer algo de veras bonito por Elner, pero ahora era demasiado tarde... Había muerto.

Un paseo celestial

Ida y Elner seguían andando. Todo estaba muy tranquilo, ni un alma alrededor, sólo el trino de los pájaros.

Elner preguntó adónde iban, e Ida contestó:

—Lo verás muy pronto.

Elner alzó la vista y vio dos cebras con franjas rojas como bastones de caramelo y colas y crines como guirnaldas plateadas; y luego pasó justo delante de ellas un rebaño de pequeños hipopótamos de color amarillo brillante de menos de treinta centímetros de altura.

—Esto es diferente —señaló Elner—. No lo ves cada día.

—Aquí sí —dijo Ida.

Caminaron un poco más, y Elner preguntó:

—¿Hemos llegado ya? —Ida no le hizo caso—. ¿Queda aún muy lejos?

—Tómatelo con calma, Elner, llegaremos cuando lleguemos.

—Muy bien. Sólo preguntaba..., nada más.

Prosiguieron unos minutos más, y al doblar una esquina, Elner miró alrededor y de repente se dio cuenta de que estaban andando por una calle exactamente igual a la Primera Avenida Norte; al cabo de un rato, al reconocer la casa de Goodnight, supo con seguridad que era la Primera Avenida Norte. Volvía a estar en su calle, sin duda, pero había algo extraño. Se veían raíles de tranvías, pero en Elmwood Springs hacía años que no había tranvías; no sólo eso, las espléndidas hileras de olmos que bordeaban la calle a ambos lados, que habían sido cortados en los años cincuenta, estaban nuevamente ahí. Al llegar frente a la casa de Ruby, vieron que no había cambiado mucho, pero cuando pasaron delante de la casa de Elner, ésta advirtió que la higuera del patio no medía ni un metro de altura. Elner dijo:

—Ida, no sé qué estamos haciendo aquí, pero ésta no es la época correcta, te lo aseguro. Habremos retrocedido cincuenta años.

—Por lo menos —dijo Ida, que alzó los ojos a los árboles y siguió andando.

Aunque no entendía por qué regresaba de nuevo a casa, a Elner no le importaba retroceder en el tiempo. Todo era realmente muy agradable, y tranquilo. Las urbanizaciones nuevas no estaban, y en cambio sí volvían a estar los maizales de detrás de las casas. Entonces Elner vio varias ardillas grandes y gordas subiendo y bajando de los árboles, sólo que eran de un color anaranjado brillante con lunares blancos.

—Mira, Ida, a *Sonny* le encantaría agarrar una de éstas. —De pronto cayó en la cuenta de algo—. Espera un momento, Ida, si hemos vuelto atrás cincuenta años, el pobre *Sonny* aún no habrá nacido, ¿verdad? ¿Y por qué hemos retrocedido? ¿Yo también voy a ser más joven?

—Espera, ya lo verás —dijo Ida.

Ida la acompañó hasta el final de la avenida, pero allí, en vez de la pequeña tienda Shop & Go de là pareja vietnamita, vieron la vieja casa de los Smith, con el mismo aspecto que años atrás, con los toldos verdiblancos y la gran torre de radio con la luz roja en lo alto que seguía en el patio trasero. Ida se detuvo justo delante de la casa y anunció:

—¡Ya está!

Elner se quedó sorprendida.

—¿Aquí es adonde íbamos? ¿A la vieja casa de la vecina Dorothy?

—En efecto. Vamos —dijo.

—Oh, por el amor de Dios —exclamó Elner, que la siguió alegremente por la acera.

A Elner aquello la puso muy contenta. Le encantó volver a ver la vieja casa. Durante años, Dorothy Smith había emitido su programa radiofónico favorito desde ese mismo lugar. De hecho, el «Show de la Vecina Dorothy» se transmitía desde la sala de estar de Dorothy. Elner escuchó ese programa cada día durante los treinta y ocho años que había estado en el aire. Dorothy daba recetas y consejos domésticos, y regalaba mascotas no deseadas. Cuando Elner oyó a Dorothy describir un gatito anaranjado que necesitaba un hogar, pidió a Will, su marido, que la llevara a la ciudad y se lo quedó. Incluso lo llamó *Sonny* en honor del tema musical del programa, *On the Sunny Side of the Street*. Elner recordaba todavía la canción y la voz del locutor que presentaba a la vecina Dorothy cada mañana. «Y ahora, desde esta casita blanca justo al doblar la esquina de dondequiera que te encuentres, aquí está, la señora con una sonrisa en la voz, tu vecina y la mía..., la vecina Dorothy.»

Ida condujo a Elner por las escaleras hasta el porche delantero; todo parecía estar igual, con un balancín en un extremo y otro en el otro, y en la ventana a la derecha de la puerta, en letras pequeñas negras y doradas, «WDOT Nº 66 en tu dial». Ida abrió la puerta mosquitera, dio un paso atrás e indicó a Elner que entrara.

—Hasta luego, que lo pases bien —dijo, y se volvió para marcharse.

—Espera —dijo Elner—. ¿Adónde vas? ¿Volveré a verte?

Ida agitó la mano por encima del hombro mientras se disponía a bajar las escaleras.

—Entra y nada más, Elner —dijo, y desapareció tras la esquina.

Al quedarse sola, Elner se puso un poco nerviosa. No estaba segura de qué cabía esperar ahora, después de un viaje tan disparatado, pero en cuanto abrió la puerta y asomó la cabeza en el interior de la casa, advirtió que ésta conservaba el viejo olor familiar que ella recordaba; la casa de la vecina Dorothy olía siempre como si hubiera algo dulce horneándose, y por lo general así era. Al entrar en el vestíbulo, se llevó la sorpresa de su vida. *Princesa Mary Margaret*, el viejo cocker de Dorothy, apareció corriendo para darle la bienvenida, y allá en el rincón vio sentada a su vieja amiga. ¡La vecina Dorothy! Había muerto hacía cuarenta y ocho años, pero ahí estaba, con el mismo aspecto de siempre, sentada en su silla estampada preferida y el mismo rostro dulce y redondo sonriéndole a Elner, enorme como ella sola, con el mismo brillo en la mirada.

—Hola, Elner —dijo—. ¡Te estaba esperando!

Habría reconocido aquella voz en cualquier parte.

—¡Vaya, si eres tú!

—¡Sí, soy yo! —dijo Dorothy, dando palmas de alegría—. ¿Sorprendida?

—Sorprendida es poco.

Después de abrazarse, Elner dijo:

—Cielo santo. Ida no me ha dicho nada. Yo no tenía ni idea de que volvería a verte. Deja que me siente y te mire. —Se acercó a la silla que había frente a Dorothy y se quedó mirándola fijamente, moviendo la cabeza de un lado a otro sin salir de su asombro—. Bueno..., pues si eres tú, es un placer verte. Dios santo, ¿cómo estás?

—Oh, de maravilla, Elner, ¿y tú?

Elner meneó la cabeza y se puso a reír.

—Cariño, si te digo la verdad, en este momento lo ignoro. Evidentemente, estoy muerta, pero no tengo la menor idea de qué está pasando. Ida sólo me ha dicho que iba a conocer a mi Creador. ¿Estoy en el lugar adecuado?

Dorothy sonrió.

—Lo estás, en efecto, y no sabes cuánto me alegro de verte, Elner.

—Yo también de verte a ti; ha pasado tanto tiempo. Y estás estupenda.

—Gracias, Elner. Tú también.

—Oh, bueno —dijo riéndose—, desde la última vez que te vi he aumentado unos kilos, pero me encuentro bien..., salvo que me he caído de la higuera, por eso aún llevo esta bata vieja; hoy ni siquiera me he vestido para salir.

—Ya lo sé —dijo Dorothy con tono comprensivo—. Has tenido una mala caída.

—Sí, ¿verdad? Pero creo que no me he roto nada. Hasta ahora no he sentido dolor.

—Bien. Aquí no queremos huesos rotos —dijo Dorothy.

Elner se reclinó en la silla, cruzó los pies, echó un vistazo a la habitación y reparó en *Dumpling* y *Moe*, los dos canarios amarillos de Dorothy, más gordos que nunca y piando en su jaula. También vio la araña de cristal blanco opaco que todavía colgaba sobre la mesa del comedor, así como en las cortinas con guirnaldas.

—Todo está exactamente igual. Siempre me encantó tu casa, Dorothy.

—Ya lo sé.

—Y también tu programa, todo el mundo lo echó mucho de menos cuando dejaste de emitirlo. No ha habido otro mejor que el tuyo. Ahora por la mañana están Bud y Jay, que son bastante buenos, pero no dan recetas como las que dabas tú.

—No, qué tiempos aquéllos...

Elner miró alrededor y dijo:

—Huelo a algo rico, no será que tienes una tarta en el horno, ¿verdad?

—Pues sí —confirmó Dorothy—. Una tarta de caramelo, y en cuanto esté hecha, tú y yo vamos a probarla.

—Oh, vaya, tarta de caramelo, mi favorita —recordó Elner.

—Lo sé, me acuerdo perfectamente

—Entonces —dijo Elner, muy contenta ante la perspectiva de la tarta— ¿estoy en una especie de compás de espera, descansando, tomando un tentempié, antes de ir a mi destino final?

Dorothy sonrió y dijo:

—No, cariño, es aquí.

—¿Aquí? —dijo una sorprendida Elner—. Estoy muy confusa... ¿Eres tú a quien yo tengo que ver? No serás el Creador, ¿verdad?

Dorothy se puso a reír.

—Sí, al menos uno de ellos, de hecho somos dos, pero quería saludarte primero antes de ir a la reunión. Eras una de mis personas preferidas. Lo pasaba en grande contigo, con todas esas preguntas disparatadas.

—Bueno, gracias —dijo Elner—. Siempre fuiste alguien especial, pero... pensaba que eras una persona normal, jamás se me pasó por la cabeza que fueras otra cosa que mi amiga, pero ahora siento vergüenza..., nunca llegué a imaginar que eras... Bueno, quien eres. ¿Esto me perjudicará?

Dorothy negó con la cabeza.

—No, y no tienes que sentir vergüenza por nada.

—¿No?

—No, la Dorothy Smith que conociste era la verdadera Dorothy Smith, yo sólo estoy hablando contigo adoptando su apariencia, como si fuera un doble. Nos gusta valernos de una forma familiar, con la que el otro se sienta cómodo; no queremos asustar a nadie, como es lógico. ¿Estás asustada?

—No, sólo un tanto desconcertada. ¿Dices que eres como ella, pero que no eres realmente la vecina Dorothy?

—Exacto, aunque en cierto modo sí lo soy. Hay una pequeña parte de nosotros en todo el mundo.

Elner hizo todo lo posible por entenderlo.

—Oh, querida, creo que aún estoy confundida. ¿Qué significa «nosotros»? Ida me ha dicho que iba a conocer a mi Creador, y si tú no eres tú, ¿quién es ese perro de ahí? ¿Es la *Princesa Mary Margaret* o sólo un impostor que finge serlo?

Dorothy rompió a reír.

—Te prometo que no es tan complicado. Espera y verás, en realidad el asunto es muy sencillo. Ven conmigo, cariño, quiero que conozcas a alguien.

Llamando a Dena,
Palo Alto, California

12h 16m (10h 16m hora del Pacífico)

Tras pasar un rato viendo a la tía Elner, Macky regresó a la
sala de espera y se sentó al lado de Norma. La enfermera que
se había quedado con ella preguntó si podía ayudarles en algo, si querían que llamara a alguien, por ejemplo, y entonces
Norma dijo:

—Oh, Macky, has de llamar a Dena. Dile que la avisare-
mos lo antes posible sobre el entierro... —Norma estalló nuevamente en sollozos al oír la palabra «entierro». La enfermera
le pasó el brazo alrededor de los hombros y trató de consolarla—. Lo siento —dijo—. Es que es tan difícil de creer... Vamos, Macky, llama a Dena. No te preocupes por mí.

—Tendré que llamar a cobro revertido.

—Dile a la operadora que es una urgencia —dijo Norma.

Macky se levantó de mala gana y salió otra vez al pasillo.
Le fastidiaba hacer esa llamada, con la de Linda ya había tenido bastante. Si hubiera dependido de él, habría esperado a
estar de regreso en casa, pero supuso que Norma sabía más de
esas cosas. Las mujeres parecían conocer mejor las reglas so-

bre bodas y funerales. Pero no iba a hacer una llamada telefónica de urgencia. La pobre mujer estaba muerta; por lo que a él le alcanzaba no había urgencia alguna. Haría una llamada normal a cobro revertido. Dena Nordstrom O'Malley era prima segunda de Norma, sobrina nieta de la tía Elner. Aunque sabía que ésta era ya muy mayor, cuando Macky se lo dijo se quedó muda de sorpresa, igual que todos. Una noticia así es siempre lo último que uno espera oír.

Tras colgar el teléfono, Dena se quedó quieta un momento pensando si llamaba o no a su marido, pero decidió esperar y decírselo en persona cuando llegara a casa a almorzar. No había prisa; había sucedido hacía poco y ni siquiera sabían cuándo sería el entierro. Se sentó en la silla de la galería y miró al patio, y de pronto se le llenaron los ojos de lágrimas que acto seguido surcaron sus mejillas. No veía a la tía Elner desde la boda de Linda.

Desde que su esposo Gerry fue nombrado director del departamento de Psiquiatría del Centro Médico de la Universidad de Stanford y ella empezó a dar clases de periodismo, estaban tan ocupados que no habían tenido ocasión de ir a visitar a la tía Elner. La última vez que habló con ella por teléfono fue justo la semana anterior. La tía Elner, que nunca entendió lo de las dos horas de diferencia entre Misuri y California, había llamado a las cinco de la mañana tremendamente agitada. Cuando Dena descolgó, la tía le dijo:

—Dena, ¿sabías que una semilla de sandía puede producir una sandía que pesa doscientas mil veces más? Es increíble, ¿no?

—Desde luego —dijo Dena medio dormida,

—Y ahí viene lo que quiero saber. ¿Cómo se las arregla esa pequeña semilla negra para hacer que la capa externa de la sandía sea verde y el interior de la corteza blanco y el resto rojo? ¿Tú lo entiendes? ¿Cómo sabe lo que tiene que hacer?

—Lo ignoro, tía Elner.

—Será uno de los misterios de la vida, ¿verdad?

Dena colgó y volvió a la cama.

Ahora, al recordar esa última conversación, se dio cuenta

126

de lo mucho que echaría en falta hablar con Elner. Durante los últimos quince años, habían charlado al menos una vez a la semana. Mientras Dena permanecía sentada y seguía dándole vueltas, reparó también en que debía buena parte de su vida y su felicidad actuales al hecho de haber conocido a Elner. Se marchó de Elmwood Springs con su madre cuando era todavía un bebé, y cuando regresó ya era una mujer hecha y derecha, aunque no deseaba volver. Dena era una de las nuevas promesas entre las periodistas de la televisión. Había regresado únicamente porque estaba enferma y necesitaba un lugar donde restablecerse. Para ella, Elner era sólo una mujer de campo, y desde luego no muy inteligente, al menos no según los criterios de inteligencia que ella manejaba.

Antes de caer enferma, la principal prioridad de Dena había sido su carrera, progresar, perseguir el éxito y el dinero. Jamás se le había ocurrido que hubiera nada más importante, por lo que una mujer que vivía en condiciones muy humildes y se mostraba conforme con su situación era para ella un enigma. Tras vivir diez años en Nueva York, Dena no podía creer que aquella mujer no cerrara nunca las puertas, que ni siquiera tuviera llave de su casa. Y Elner era la primera persona que conocía que parecía realmente contenta; y Dena no lo entendía. Pensaba que Elner quizás era algo candorosa, y que su fascinación casi infantil por la naturaleza reflejaba simplemente una falta de sofisticación. «Santo Dios, ¿cómo puede uno entusiasmarse tanto por haber encontrado un trébol de cuatro hojas?»

Antes de abandonar Nueva York, Dena no había prestado la menor atención a la naturaleza, jamás había visto salir o ponerse el sol a no ser por casualidad. Rara vez había reparado en la luna o las estrellas, ni siquiera en el paso de una estación a otra, aparte de los cambios que ello suponía en la indumentaria. Y por encima de todo, le resultaba imposible comprender por qué alguien se tomaba la molestia de ver cada mañana la misma salida de sol, y la misma puesta de sol cada atardecer. En lo que a ella se refería, vista una, vistas todas. Pero un día la tía Elner le dijo:

—Oh, cariño, nunca es lo mismo, cada mañana hay un amanecer totalmente distinto, y cada anochecer un crepúsculo también diferente, y nunca vuelven a ocurrir de la misma forma. —Y añadió—: La pregunta que te hago es cómo demonios puedes perderte siquiera una. Es mejor que cualquier película, y además gratis.

Dena tardó un poco, pero después de estar todas las tardes con Elner, sentada a su lado y observando cómo se ponía el sol tras los campos de detrás de la casa, llegó a entender de qué hablaba. La tía Elner le dijo que se fijara en el fugaz destello verde que se producía en el preciso instante en que el sol se escondía tras el horizonte. La primera noche que se sentó al aire libre con ella, la tía Elner le dijo:

—Mira, Dena, para observar las puestas de sol hay un secreto. La mayoría de las personas cree que una vez que el sol ha desaparecido, ya está. Dejan de mirar demasiado pronto, pues la parte realmente bonita sólo está empezando.

La tía Elner tenía razón, por supuesto, y todas las tardes se sentaban en el patio y se quedaban mirando hasta que se desvanecían los últimos rayos y el cielo se volvía negro azulado y aparecía la primera estrella.

La tía Elner decía:

—Yo no podría acostarme si no le pidiera un deseo a la primera estrella, ¿y tú? —Dena siempre quiso saber cuáles eran los deseos de la tía Elner, pero cuando preguntó, ésta sonrió—. Si te los digo, no se harán realidad, pero sí te puedo decir que son buenos.

Dena cambió mucho desde entonces. La tía Elner fue la primera que le abrió los ojos, que le hizo ver las cosas que siempre habían estado justo delante de ella, las cosas ante las que no se había detenido el tiempo suficiente para mirarlas. Más adelante, acabó dándose cuenta de lo inteligente que era en realidad la tía Elner, y pasó a no perderse casi nunca las puestas de sol. De repente la invadió otra oleada de tristeza al comprender lo solitario que sería el mundo a partir de ahora.

Encuentro con el esposo

Dorothy y Elner recorrieron el pasillo, dejando atrás el viejo arcón de cedro, y cuando llegaron a la última puerta de la derecha, Dorothy llamó dando unos golpecitos.

—¿Raymond? ¿Podemos entrar?

—Claro, adelante —respondió una voz de hombre.

Elner se arregló la bata.

—Dorothy, ¿voy bien para encontrarme con alguien? Ojalá no llevara esta bata vieja.

—Vas muy bien —dijo Dorothy, que acto seguido abrió la puerta.

Dentro de la habitación, Elner vio a un hombre anciano, bien parecido, con el pelo brillante y plateado, sentado frente a una gran mesa. Era exactamente igual que el esposo de Dorothy, el doctor Smith, ¡que había sido el farmacéutico de la vieja farmacia Rexall de Elmwood Springs! Dorothy la hizo pasar, y dijo:

—Raymond, mira quién está aquí —y él se puso en pie inmediatamente, rodeó la mesa, y con una enorme y cordial sonrisa estrechó entusiasmado la mano de Elner.

—Bueno, qué tal, señora Shimfissle, ¡me alegro de verla!

Dorothy me ha dicho que llegaría hoy. Siéntese, por favor, póngase cómoda, y disculpe por el desorden. —Le indicó la habitación, abarrotada de mapas, carpetas y papeles desparramados por todas partes—. Procuro tenerlo todo en su sitio, pero como puede comprobar el resultado no es muy satisfactorio.

Mientras él quitaba varios libros y papeles de una silla para que ella pudiera sentarse, Dorothy le hizo un comentario a Elner:

—Para mí es un misterio cómo encuentra algo aquí, pero al final lo consigue.

—Oh, no pasa nada —dijo Elner—, tendrías que ver mi casa.

Mientras se acercaba a la silla, Elner se sintió secretamente contenta al observar varias tazas de café sucias en el suelo y polvo en las estanterías; como siempre había sospechado, la limpieza, o la pulcritud si vamos a eso, no estaba forzosamente ligada a la devoción y la santidad. «Norma se llevará una buena sorpresa cuando vea esto», pensó. Echó un vistazo a la habitación y vio una pared con miles de fotos de bebés, y también le gustó ver en una esquina un gran gato blanquinegro durmiendo en el asiento junto a la ventana, el vivo retrato de *Trasto*, el gato que solía dormir en la ventana del taller de reparación de calzado La Pata del Gato, en el centro de Elmwood Springs.

Dorothy se sentó en la otra silla y le dijo a Raymond:

—Cariño, Elner quiere hacerte unas preguntas; he pensado que sería mejor que hablara con los dos.

Raymond se recostó en la silla y se quitó las gafas.

—Por supuesto, me encantará responder a todas sus preguntas, señora Shimfissle.

Fue entonces cuando Elner reparó en una pequeña placa dorada colocada en el borde de la mesa donde ponía «Ser Supremo», por lo que no estaba segura de cómo dirigirse a él. Lógicamente no quería cometer errores a esas alturas y preguntó:

—¿Debo llamarle Ser Supremo?

Raymond la miró un tanto perplejo.

—¿Perdón, señora?

Ella señaló la placa.

—¿Es su placa?

Raymond alargó la mano, cogió el objeto, le dio la vuelta, leyó lo que ponía y se rió.

—Ah, esto, no, es sólo una tontería que a algunos les gusta ver, así se sienten mejor. —Abrió el cajón del escritorio, sacó un montón de placas y se las enseñó—. Mire..., vea... Tengo «Dios Padre»..., «Buda». Aquí está «Mahoma». Por ahí hay incluso una con «Elvis Presley». Pero llámeme simplemente Raymond. —Guardó las placas en el cajón y le dirigió una sonrisa—. Muy bien, señora Shimfissle, ¿qué quería preguntarme? Por cierto, me gusta su bata.

—¿En serio? —dijo ella mirando hacia abajo—. La tengo desde hace años; se está deshilachando.

—Sí, pero seguro que es cómoda.

—Sí, eso sí —dijo. Elner se sintió aliviada y le asombró ver lo relajada que estaba. ¿Quién iba a pensar que el Creador sería tan agradable?

Se recostó, satisfecha de que empezaran con los «misterios de la vida», primera parte, y dijo:

—Bien, Raymond, seguramente le están preguntando esto continuamente, pero, supongo que igual que todos los que llegan aquí, durante muchos años he tenido ganas de saber la respuesta a esta pregunta.

—¿Cuál? —dijo Raymond.

—¿Qué fue primero, el huevo o la gallina?

Al principio, Raymond pareció sorprendido y luego soltó una carcajada.

—Perdone que me ría, señora Shimfissle, pero normalmente ésta no es la primera pregunta que me hace la gente; en todo caso, la respuesta correcta es el huevo.

Ahora era Elner la sorprendida.

—¿El huevo? ¿Está usted seguro?

—Desde luego. —Él asintió—. No se puede poner el carro

delante de los bueyes; es evidente, para que salga una gallina tiene que haber un huevo.

Elner estaba claramente decepcionada.

—Caray. Pues estaba equivocada. Menos mal que no llamé a Bud y Jay. Vivir para ver. —Entonces miró a Dorothy—. ¿Puedo preguntar otra cosa o ya está?

—Puedes hacer todas las preguntas que quieras, ¿verdad, Raymond?

—Por supuesto. Para eso estamos aquí... Adelante.

—Bien —dijo ella—. Mi segunda pregunta es: ¿En qué consiste la vida?

Raymond asintió pensativo y repitió:

—En qué consiste la vida... Hummm, veamos. —Entonces se inclinó sobre la mesa, se agarró las manos, la miró fijamente a los ojos y dijo—: Que me aspen si lo sé, señora Shimfissle.

—¡Oh, Raymond! —soltó Dorothy—. Vamos, un poco de formalidad. —Se volvió hacia Elner—. Le encanta hacer esto.

Raymond rompió a reír.

—De acuerdo, sólo era una broma. Hablando en serio y de la forma más sencilla y franca..., la vida es un regalo.

Dorothy dirigió a Elner una sonrisa.

—Es verdad, un regalo que te hacemos nosotros, con amor.

—¿Un regalo? —dijo Elner, que pensó por unos instantes—. Bueno, ha sido muy amable de su parte, y le doy las gracias. Naturalmente no puedo hablar por nadie más, pero a mí me encantó ser un ser humano, disfruté realmente de cada minuto de mi vida, desde el principio hasta el final.

—Sabemos que así es, señora Shimfissle —dijo Raymond—, más que la mayoría de las personas, añadiría yo, y nos alegra mucho; es lo que siempre hemos querido, que disfrutara de la vida, ¿verdad, Dorothy?

—Sin lugar a dudas —dijo Dorothy sonriendo.

Elner meneó la cabeza, asombrada por lo que acababa de oír, y dijo:

—Es gracioso, la verdad, tantos años todo el mundo intentando averiguar qué era la vida, y resulta que desde el principio ha sido algo de lo que debíamos disfrutar.

—Así es —dijo Raymond—. Mire, señora Shimfissle...

—Oh, por favor, llámeme Elner.

—Gracias. Mire, Elner, la vida no es tan complicada como la gente piensa, ni mucho menos.

—No —dijo Dorothy con tono alegre—. De hecho, es bastante simple.

Raymond se volvió hacia la pared que tenía detrás, bajó una gran lámina de una escena de Carnaval que se iluminaba con cientos de luces de colores que daban vueltas y en la que se tocaba música verbenera, y dijo:

—Mire, Elner, la vida es como un paseo en montaña rusa, con toda clase de baches, giros, subidas y bajadas.

—¡Aaah! —exclamó Elner—, así que todo lo que hemos de hacer es recostarnos y disfrutar.

—Exacto —dijo Raymond—. Pero el problema es que... la mayoría de las personas se imaginan conduciendo un coche, y están tan ocupadas intentando controlarlo que se pierden toda la parte divertida.

Elner se dirigió a Dorothy.

—Ojalá Norma pudiera oír esto, ella está montada desesperadamente en esta montaña rusa. Debería relajarse un poco.

—Eso es —dijo Raymond mientras enrollaba su lámina de Carnaval—. Entonces..., Elner, ¿la respuesta se aleja mucho de lo que creía? —preguntó.

—No, en realidad no..., siempre he tenido la sensación de que era algo así, pero, claro, una nunca está del todo segura; con lo del huevo y la gallina andaba totalmente equivocada, así que es bueno saber que al menos en este caso iba bien encaminada. Usted quiere que seamos felices.

—No le quepa duda —dijo él—. No nos habríamos tomado tantas molestias si hubiésemos querido que la gente fuera desdichada todo el tiempo, ¿verdad, Dorothy?

—No —certificó Dorothy—. Idearlo todo supuso un montón de trabajo. Naturalmente, Raymond se encargó de casi todas las cosas grandes e importantes, los planetas, las montañas, los mares, los elefantes. Yo me ocupé de los estanques, los lagos de agua dulce y los animales pequeños; y también de los perros y los gatos... Son graciosos, ¿verdad?

—Oh, sí —dijo Elner—. El viejo *Sonny* me tiene entretenida día y noche, y siempre digo que si alguien está abatido, lo único que necesita es un gatito. Cuando Tot Whooten sufrió aquella depresión nerviosa, le regalé un gato, y al cabo de una semana ya estaba más animada.

Dorothy se mostró de acuerdo.

—Sí, al ver cómo salían los gatos me puse muy contenta, con toda modestia; además Raymond hizo el oxígeno, el agua, y todos los minerales importantes: el hierro, el cobre..., ¿qué más, cariño?

—La plata, el oro. —Entonces Raymond miró a Dorothy y dijo con orgullo—: Pero a ella se le ocurrieron las flores, la música, el arte... Yo jamás habría pensado en esas cosas.

—Escucha —dijo Dorothy, rechazando los elogios con la mano—, yo aún estoy asombrada con tus ideas, el Sol, la Luna. Creo personalmente que eres un genio.

Raymond parecía azorado.

—Vamos, Dorothy...

—Lo eres, ¿verdad, Elner?

—Estoy de acuerdo con ella, Raymond. ¿El Sol y la Luna? A mi modo de ver, sólo por esas dos cosas ya sería un genio. ¿Y a quién de los dos se le ocurrió la idea de la gente?

—¡A los dos! —respondieron al unísono, y acto seguido se miraron y rieron.

—A los dos —repitió Dorothy—. Él se encargó de la parte química, las células, el ADN y todo eso, pero fue más o menos un esfuerzo conjunto que no resultó fácil.

Raymond estuvo de acuerdo:

—No, conseguir que cada cosita saliera bien, las rodillas, los codos, por no hablar de los ojos, los dedos, el pulgar oponible.

Al oír la palabra «pulgar», Elner dijo:

—Oh, tengo otra pregunta que hacer: ¿cómo se le ocurrió lo de tantas huellas dactilares diferentes?

—¡Excelente pregunta! —exclamó Raymond—. Mire, le voy a enseñar una cosa. —Sacó un trozo de papel y en un santiamén hizo un dibujo perfecto de un pulgar y lo sostuvo en alto—. Fíjese, Elner, superponiendo ciertas variaciones de patrones recurrentes derivadas de...

Dorothy lo interrumpió.

—Cariño, ella no va a entender todo ese rollo bioquímico.

Elner soltó una carcajada.

—Es cierto, es demasiado profundo para mí, pero seguro que es algo de lo que uno ha de sentirse orgulloso.

—Muy bien —dijo él dejando el lápiz sobre la mesa—. Así, dígame, Elner —prosiguió Raymond con una sonrisa—: ¿en qué disfrutó más como ser humano?

—Bueno, a ver, me gustaba la naturaleza, los pájaros, todas las aves, y me encantaban los insectos.

A Raymond se le iluminó la cara.

—¡A mí también! ¿Cuáles eran sus preferidos?

—Oh, veamos..., los escarabajos de la patata, los saltamontes, las mariposas de la luz, las hormigas, los caracoles..., un momento: ¿los caracoles son insectos?

—No, moluscos —contestó Raymond.

—Bueno, sean lo que sean, siempre me gustaron, y también las libélulas, las luciérnagas, las orugas, las abejas. —Miró a Raymond—. Sin ánimo de ofender, creo que las avispas ya no me interesan.

—Claro —dijo Dorothy—. Nadie te va a culpar por eso.

—Y también me gustaba un buen gospel —prosiguió Elner—, y todas las fiestas, la Navidad, el Día de Acción de Gracias..., sobre todo la Pascua, lo pasé bien de niña, y también de adulta con mi propia casa, fue estupendo estar casada, y me encantaba el café, el bacón, sobre todo el bacón, mi vecino Merle y yo incluso nos apuntamos al Club del Bacón del Mes, algo que por supuesto no dije a Norma. —Cuando reparó en lo que acababa de decir, Elner hizo una mueca—. Ay...

¿Se puede considerar que esto es una mentira, no habérselo dicho?

Él pensó un momento en ello y dijo:

—Esto entraría en la categoría «lo que no sepa no le va a hacer daño», ¿verdad, Dorothy?

—Sí, estoy de acuerdo.

—Uf, cuánto me alegro —dijo Elner con alivio—. Por lo que se refiere a Norma, de éstas tengo un montón. —Y luego continuó—: Me gustaba mucho el helado casero de melocotón..., mi segundo preferido era el de nuez de nogal negro, pero de éstos ya casi no hay, y luego los nabos, el puré de patatas, los fríjoles de vaca, los quimbongós fritos, el pan de harina de maíz y las galletas. —Elner miró a Dorothy—. ¡Y las tartas y los pasteles, desde luego!

—Un montón de cosas —dijo Raymond en señal de apreciación.

—Y el hígado y las cebollas..., a muchas personas no les gusta el hígado ni las cebollas, pero a mí sí me gustaban. Y los pudines de arroz... Y podría seguir y seguir —dijo.

—No, ya está bien, Elner; como hemos dicho, ahora tiene la ocasión de formular preguntas.

—Vale; pues hay algo más que querría saber. ¿Hasta qué punto es buena una pulga?

Dorothy se tapó la boca con la mano para contener la risa.

Raymond se reclinó en la silla, llevó los pulgares al chaleco y se aclaró la garganta.

—Bueno, verá, Elner, los monos, en general todos los primates, tienen un conjunto bastante complejo de rituales sociales y conductas de acicalamiento, y quitarse pulgas recíprocamente es un factor importante para establecer vínculos afectivos.

Dorothy miró de soslayo a su esposo.

—¿Raymond?

Él suspiró.

—Sí, vale, no sé para qué sirven. Seguro que tenía algo en mente pero lo he olvidado —dijo Elner.

—Te he dicho que Elner era inteligente, Raymond —dijo Dorothy.

—Bueno, no se preocupe por lo de las pulgas —dijo Elner a Raymond—. Como estaba diciendo, gocé muchísimo con las puestas de sol, los amaneceres, las estrellas y la luna, y la lluvia, me encantaban las tormentas de verano, y el otoño..., en realidad todas las estaciones, todas eran maravillosas.

—Gracias, Elner, me alegra oírla. Procuramos idear una serie de cosas bonitas que compensaran, porque, por desgracia, en la vida suceden cosas malas.

—Y cuando pasan nos fastidian —dijo Dorothy con tristeza.

—Bueno —dijo Elner—, ahora que lo dice, las personas se preguntan efectivamente por qué ocurren.

Raymond la miró con aire comprensivo.

—Ya lo sé, y no les critico por ello, pero para que todos tuvieran libre albedrío tuve que establecer leyes concretas de causa y efecto, de lo contrario no habría funcionado. —Se encogió de hombros—. No tenía elección, ¿qué otra cosa podía hacer?

—Bueno, Raymond —dijo Elner, pensativa—, ya sé que es muy fácil cuestionar a posteriori cualquier cosa, pero quizá podría reconsiderar lo del libre albedrío. Ése era el problema de Luther Griggs; si podía hacer lo que quería, por lo general se metía en líos.

Raymond asintió.

—Entiendo, y créame, Elner, pensamos largo y tendido sobre el libre albedrío, pero no quisimos obligar a la gente a hacer nada.

—No puedes forzar a las personas a quererte —añadió Dorothy—, o a quererse entre sí, si vamos a eso.

Raymond se mostró de acuerdo.

—No, pero les dimos todo lo que, a nuestro juicio, les podía ayudar: lógica, razón, compasión, sentido del humor, aunque..., si lo utilizan o no es cosa de ellas. Y después de esto, lo único que puedes hacer es amarlas y desear que la suerte les acompañe. —Luego miró a Dorothy—. Creo que fue lo más difícil que tuvimos que hacer, dejarles cometer sus propios errores...

—Oh, con mucho.

A continuación Raymond se dirigió a Elner:

—Bien, supongo que todo el mundo lo ve así; sabes que han de abandonar el nido..., pero te fastidia que se vayan.

—Sí, capto la idea —dijo Elner—. Cuando Linda se fue de casa, Norma pasó seis meses en cama hecha un trapo...

De pronto sonó una campanilla en la cocina, y Dorothy se puso en pie de un salto.

—¡Bien! —exclamó—. La tarta ya está, voy a sacarla del horno. Vuelvo enseguida.

Ante la idea de la tarta, Elner se animó.

La pastora de Norma

Después de que Irene Goodnight hubiera llorado un buen rato por Elner, recobró la compostura, llamó a Neva, hizo un pedido de flores y luego se preguntó qué podía hacer para echar una mano a Norma. La pobre estaría trastornada, necesitaría toda la ayuda y el apoyo del mundo. Prepararía algo de comer y se lo llevaría. Quizás un poco de pollo asado, judías verdes guisadas, macarrones con queso y una tarta Bundt. Nada de cebollas ni pimientos picantes. Nada muy condimentado. Cuando uno está afectado por algo, necesita comida sencilla y fácil de digerir y con mucha crema. Antes de empezar a cocinar, decidió llamar a la reverenda Susie Hill, pastora de Norma en la Iglesia de la Unidad, y ponerla sobre aviso.

Marcó el número de su casa.

—¿Diga?

—Susie, soy Irene Goodnight.

—Vaya, qué tal.

—Bien, pero me temo que llamo para dar una mala noticia. Acaba de morir Elner Shimfissle. Quería que lo supiera.

—¡Oh, no! —exclamó una sorprendida Susie—. ¿Qué ha pasado?

—La ha picado un enjambre de avispas, y se ha caído del árbol. Ahora mismo Norma y Macky están en el Hospital Caraway de Kansas City, tal vez usted quiera llamar o algo.

—Oh, desde luego..., claro..., gracias por decírmelo.

Tras colgar el auricular, Susie se sintió mal. Norma no sólo era miembro de su congregación sino también una buena amiga. Cuando se trasladó a la ciudad, conoció a Norma en «Personas que cuidan la línea» y enseguida le cayó bien. Norma era una mujer encantadora, con estilo, siempre vestida con muy buen gusto. Susie se alegró mucho cuando Norma comenzó a ir a su iglesia; aunque era su pastora, confió en ella y le pidió ayuda y consejo acerca de muchas cosas. Norma le echó una mano para decorar su pequeña casa y mandó a Macky a arreglarle las cañerías del cuarto de baño. Y ahora mismo Susie sabía que la pobre Norma estaría desconsolada. Norma estuvo muy preocupada por su tía e incluso la llevó consigo a la iglesia varias veces; y Elner era un encanto, tan llena de vida, tan divertida para su edad. El primer día que fue a la iglesia, la señora Shimfissle la abrazó y le dijo: «Estoy contentísima, me moría de ganas de ver a una verdadera pastora en carne y hueso, y además es usted tan guapa.» Susie estaba recién ordenada y hasta el momento no había tenido mucha experiencia con la muerte, pero ahora, como amiga y pastora de Norma, su obligación era intentar consolarla por la pérdida que había sufrido.

Susie había trabajado mucho para llegar a un sitio donde ser por fin capaz de ayudar a los demás; se había esforzado a lo largo de un angustioso período de diez años y medio, perdiendo más de veinte kilos y pasando de la talla dieciocho a la ocho. Y no había resultado fácil. Había probado todas las dietas, desde Pritikin a Atkins, desde alimentos bajos en grasas hasta alimentos altos en grasas y vuelta a empezar, pero nunca fue capaz de seguirlas más de unos meses. Su último intento fue en «Comedores compulsivos anónimos», y gracias a «Personas que cuidan la línea» y a rezar mucho cada día, mejoró mucho. Su padrino en «Comedores compulsivos anónimos» le dijo que ni se acercara a las grasas, que caminara cada día y que rezara como una hija de perra, cosa que hizo, pero aun así era una batalla cotidiana.

Fue durante un tiempo científica cristiana, estudió budismo, hinduismo, la Cábala, catolicismo, cienciología, leyó el *Libro de los milagros*; investigó, buscó y rezó prácticamente a todos y cada uno en un momento u otro, pero en el proceso sucedió algo. En septiembre de 1998, mientras participaba en la semana del «retiro silencioso» en el Pueblo de la Unidad, en las afueras de Kansas City, sintió la llamada para ser pastora de la Iglesia de la Unidad, y la pequeña comunidad de Elmwood Springs fue su primera congregación, que en ese momento tenía más de cincuenta miembros. Frente a la pastora de metro sesenta, pocas personas habrían creído que, en realidad, dentro de ella habitaba una mujer enorme y gorda que a la menor señal de estrés estaba dispuesta a precipitarse a la tienda de tortitas fritas más próxima. Tenía que ir con cuidado. La muerte era una situación generadora de estrés, y sólo de pensar que debía ver a la pobre tía Elner muerta en el ataúd, le entraban ganas de comerse una tarta de coco entera. Pero en vez de ello tomaría un vaso de agua y una barra proteínica, luego se vestiría debidamente y se presentaría ante Norma.

Diciendo mentiras

Mientras Linda Warren corría por el hangar privado del aeropuerto y se subía al avión, todo el rato estuvo rondándole un pensamiento por la cabeza: «La tía Elner ha muerto.» Sabía que su papá le había dicho esto, pero aún no se lo creía. Cuando el avión despegó hacia Kansas City, le llegó otra oleada de culpa al recordar qué le habían hecho a la tía Elner ella y su padre. La de los ratones no era la primera vez que le había mentido a la tía; y la primera vez había sido un engaño incluso mayor.

A lo largo de los años, la tía Elner tuvo una serie de gatos atigrados anaranjados llamados *Sonny*, y diecisiete años atrás, cuando su madre y tía Elner fueron a visitar a la sobrina de ésta, Mary Grace, Linda se ofreció voluntaria para quedarse en la casa y cuidar del *Sonny* número seis en ausencia de la tía. Pero el segundo día, el gato desapareció. Desesperada, Linda llamó a su padre presa de la histeria, y durante los cuatro días siguientes, los dos estuvieron buscando por todas partes en vano, y el animal tampoco regresó a la casa. El sexto día, cuando se dieron cuenta de que se había marchado para siempre, les entró la desesperación a los dos pues sabían el disgusto que tendría la tía Elner si llegaba a casa y veía que no estaba el gato. Llamaron a todas las sociedades benéficas y tiendas de mascotas en un radio de doscientos kilómetros en busca de un gato anaranjado que sustituyera a *Sonny*.

Finalmente, una mujer de la Sociedad Benéfica de Poplar Springs les llamó para decirles que tenía un gato atigrado anaranjado de nombre *Mermelada*, del que una mujer quería deshacerse porque le arañaba los muebles. Linda y su padre se subieron al coche y corrieron a verlo, y, gracias al cielo, aunque era más joven y algo más pesado, *Mermelada* era el vivo retrato de *Sonny*. Se lo llevaron a Elmwood Springs..., y que sea lo que Dios quiera. Cuando la tía Elner regresó y lo vio, se limitó a decirle que desde luego *Sonny* parecía bien alimentado y le dio las gracias. No le dijeron nada a Norma, porque ésta era incapaz de guardar un secreto, y durante los dos días siguientes aguantaron la respiración y finalmente exhalaron un suspiro de alivio cuando la tía Elner llamó y dijo:

—Linda, seguro que el viejo *Sonny* me ha echado de menos, es tan cariñoso, día y noche sólo quiere estar en mi regazo.

Todo transcurrió sin novedad hasta que seis meses después volvieron a salvarse por los pelos. Una mañana, la tía Elner llamó a Macky y le dijo:

—Macky, hay que llevar a *Sonny* otra vez a revisión, quizá con la primera no ha sido suficiente, pues está rociando toda la casa.

Macky lo cogió y lo llevó al doctor Shaw; Abby, su esposa y ayudante, estaba perpleja.

—Según me consta, se le castró hace once años.

—Era otro *Sonny* —observó Macky—, pero no se lo diga.

Menos mal que Abby y el doctor Shaw se mostraron de acuerdo. Y la tía Elner nunca supo que *Sonny* número seis en realidad era *Sonny* número siete, y debido a esa mentira la tía Elner tenía un gato de veinticinco años del que alardeaba ante todo el mundo. «Mirad qué guapo está», decía. «Anda, ¡si fuera una persona, tendría más de ciento cincuenta años!» Lógicamente, cada vez que lo decía, Linda y su padre se sentían incómodos; y quedaron horrorizados al ver la foto de la tía en la revista sosteniendo lo que, según ella, era un gato de veinticinco años. Pero ya no se podía hacer nada.

Linda tomó una decisión inmediatamente, y en cuanto el avión aterrizó, aunque a ella no le gustaban especialmente los gatos, cogió el móvil y llamó a su hija.

—Hola, cariño, mamá estará en casa tan pronto como pueda, y cuando llegue te traerá un gatito.

Apple estaba contentísima, y se moría de ganas de que Linda regresara. Le pedía un gato a su madre desde hacía tiempo, y a la tía Elner le habría gustado mucho saber que *Sonny* viviría con ella y Apple. Era lo menos que podía hacer. Subió al coche que la esperaba en el aeropuerto, se recostó, y le vino a la cabeza otra cosa: «¿Cuántos años tendrá ese gato?»

De palique con Raymond

Una vez que Dorothy hubo salido de la estancia para ir a sacar la tarta del horno, Raymond esperó un momento y luego preguntó:

—¿Le importa si fumo?

—No, en absoluto —dijo Elner—. Adelante.

Él sonrió abiertamente mientras sacaba la pipa y una lata de tabaco Prince Albert del fondo del cajón.

—Esto entra en la categoría de «lo que Dorothy no sepa no le hará daño», ¿de acuerdo?

—De acuerdo —dijo ella—. Seré una tumba.

Después de encender la pipa, Raymond se reclinó y dijo:

—Elner, sé que es usted la que ha de hacer las preguntas, pero ¿le importa si yo le pregunto a usted?

—En absoluto. Mientras no sean preguntas demasiado difíciles.

—Mire —dijo Raymond soltando una larga bocanada de humo—, hemos admirado realmente el modo en que usted ha vivido, incluso durante la Depresión, sin una sola queja. Sólo por curiosidad, ¿cuál diría que es su filosofía de la vida?

Elner se rió.

—¿Filosofía? Oh, Raymond, no soy lo bastante inteligente para tener una filosofía; supongo que sólo intento hacer las cosas lo mejor posible y llevarme bien con los demás, eso es todo.

Él asintió y dijo:

—Bueno, basta con eso, no puedo pedir más. —Entonces se inclinó hacia delante y añadió—: En confianza, Elner, entre usted y yo, sea sincera, sin cortapisas, ¿qué piensa de la gente?

—¿Yo?

—Sí —dijo él mirándola fijamente—. Me gustaría conocer de veras su opinión.

—Bueno, Raymond, a mí, personalmente, los demás siempre me han caído bien. Me hacen mucha gracia algunas cosas.

—¿Por ejemplo?

—Oh, no sé, supongo que sus pequeñas rutinas, que para vestirse bien se pongan ropas extravagantes, o que vayan a arreglarse el pelo y les quede hinchado; no sé por qué, pero siempre he pensado que era muy divertido. Me he sentado en el porche durante años, viéndoles pasar, corriendo de acá para allá, y observar a las personas ha sido mejor que ver una película, no estoy diciendo esto sólo porque usted las creó, pero la verdad, casi nunca he conocido a nadie que no me cayera bien; bueno, Raymond —dijo Elner, mirándolo—, ¿y qué piensa usted de la gente? Porque la opinión que cuenta es la suya, no la mía.

—¿Yo? Oh, bueno —dijo Raymond un tanto sorprendido—. Hummm..., a ver... —Se quedó un rato meditando serio sobre la pregunta, dio unas cuantas caladas a la pipa y luego dijo—: ¿La verdad sincera de Dios, Elner? ¿Y con toda la objetividad posible..., dadas las circunstancias?

—Por supuesto.

Él sonrió.

—Me chiflan, todos y cada uno.

—Aaah... ¿Y qué es lo que le gusta?

—Oh, todo —dijo Raymond con la mirada ausente—. Lo

146

duro que trabajan, cómo siguen adelante pese a las dificultades..., y además lo valientes que son. ¡Mire esos chalados que entran en edificios en llamas o saltan a un río sólo para salvar a un perfecto desconocido! ¿Lo sabía?

—Sí, claro, algo he leído sobre ello.

—E inteligentes —prosiguió él—. Imagínese: ¡encontraron el modo de llegar a la Luna! Me asombran continuamente los miles de pequeñas cosas que hacen unos por otros, incluso cuando creen que nadie mira... Naturalmente, aún tienen un largo trecho que recorrer, pero, caramba, cuando por fin se conviertan en lo que se supone que han de ser, ¡serán fabulosos!

—¿Cuánto le parece que nos falta? —preguntó Elner—. ¿No cree que antes vamos a volar por los aires?

—No, no lo creo —afirmó Raymond.

—Bueno, espero que así sea.

—Así será, no le quepa duda.

—Bueno es saberlo —dijo Elner con alivio—. En ese caso, permítame hacerle otra pregunta. De todos los seres humanos que han vivido, ¿cuál es su preferido?

—Sin contar con los que vendrán en el futuro —dijo Raymond mientras con la cabeza indicaba las fotos de los bebés—..., veamos, es difícil, todos son especiales..., maestros..., enfermeras visitantes..., bomberos..., pero me gustaba especialmente el equipo de fútbol femenino de Estados Unidos, eran espectaculares, ¿eh? No, en serio, Elner, no tengo favoritos, todos son diferentes y únicos en...

De repente sonó el móvil de Raymond y se oyó el himno preferido de Elner, *Me muero de ganas de ir al cielo*. Él se puso las gafas, miró la pantallita y dijo:

—Discúlpeme un momento, tengo que atender esta llamada. —Pulsó el botón—. Hola —dijo, y entonces miró a Elner, sonrió y le guiñó el ojo—. Sí, claro que sí. Ahora mismo está sentada aquí...Vale, pues venga. —Dio fin a la conversación y volvió a sonreírle—. Era un admirador suyo que quiere pasar un momento para saludarla... A ver, ¿dónde estábamos? ¿Tiene alguna otra pregunta?

—Sí, bueno —admitió Elner—, no es que no me lo esté pasando bien en esta visita, pero querría saber cuándo pasaremos a la parte del juicio. Me preocupa un poco.

—¿La parte del qué?

—Del juicio. Antes de nada tendré que dar cuenta de mis pecados y todo eso, ¿no?

Raymond estalló en risas.

—Oh, Dios mío, no, no está aquí para ser juzgada.

—¿Ah, no?

—No, usted es un ser humano, por el amor de Dios; todo el mundo comete errores, incluso yo. Además, los errores obedecen a alguna causa. Cabe esperar que aprendamos de ellos.

—En ese caso, ¿usted no está enfadado conmigo por el asunto del caramelo laxante? —inquirió Elner tímidamente.

Raymond volvió a reírse.

—Nooo, pensé que era algo muy divertido; pero fíjese, es un buen ejemplo. Si no lo hubiera hecho y después no se hubiera sentido mal por ese motivo, nunca habría conocido a Luther Griggs.

—Me sentí realmente mal. Figúrese, yo intentando vengarme de un niño de ocho años porque le había lanzado piedras a mi gato.

—Sí, pero si no hubiera lamentado aquello y luego decidido ser amable con el chico, él habría llevado una vida muy diferente. Usted no sabe de lo que le salvó. ¡Yo sí!

—Pero ¿cómo sabe uno que está tomando la decisión correcta?

—¡Es fácil! —soltó Raymond—. Igual que dos y dos son cuatro, la amabilidad y el perdón son siempre buenos, y el odio y la venganza son siempre malos. Es un sistema infalible; si uno se atiene a esta regla tan sencilla, vamos, no puede cometer ningún error. —Se recostó y cruzó los brazos—. Está claro, ¿no?

—¡Vaya! —exclamó Elner—. Me gusta. Así no hay que perder el tiempo en conjeturas, ¿eh?

—Exacto.

Se oyó un ligero golpe en la puerta, y Raymond miró a Elner.

—Oh, prepárese, ahí viene su admirador —dijo, y luego, levantando la voz, añadió—: Pase, la puerta está abierta.

Elner no imaginaba quién podía ser, pero cuando se volvió y vio entrar al hombre de pelo blanco, lo reconoció en el acto.

—Elner Shimfissle —dijo un sonriente Raymond—, le presento a Thomas Alva Edison. —Elner no podía creerlo; ahí estaba el genio de Menlo Park en persona, exactamente igual que en la foto colgada en su sala de estar.

—Lamento interrumpir, Raymond —dijo Thomas—, pero sólo quería pasar y estrechar la mano de esta dama.

Elner empezó a ponerse de pie, pero él la detuvo.

—No, no se levante, señora Shimfissle. Sólo es un momento, para darle las gracias por sus buenos deseos y su apoyo a lo largo de los años.

—Oh, cielo santo —dijo una aturullada Elner—. Bueno, me hace mucha ilusión conocerlo, señor Edison. Siempre quise darle la mano y agradecerle todo lo que hizo.

—Oh, si no fue nada.

—¡Nada! —soltó ella—. Vamos, cariño, iluminó el mundo entero; si no hubiera sido por usted, aún seguiríamos a oscuras.

—Siéntese un momento, Tom —dijo Raymond, verdaderamente encantado de verlos a los dos. Tom se sentó al lado de Elner, en la otra silla.

—Bueno, muchas gracias, señora Shimfissle.

—Llámeme Elner. Yo a la gente siempre le decía que después del Creador, aquí presente —dijo haciendo un gesto con la cabeza en dirección a Raymond—, a mi modo de ver usted es el segundo más importante.

Tom se puso a reír.

—Gracias de nuevo. Pero las ideas eran de Raymond, él me permitió pensarlas.

Raymond golpeó ligeramente el cenicero con la pipa y dijo:

—No sea tan modesto, Tom. Hizo usted un gran trabajo.

—Tal vez, pero también me divertí mucho. Elner, además quería darle las gracias por haber celebrado mis cumpleaños, se lo agradezco de veras.

Elner hizo un gesto para quitarle importancia.

—Venga, después de todo lo que hizo usted por la especie humana, es lo menos que podía hacer yo. Mi sobrina Norma decía que encender los aparatos todo el día era derrochar electricidad, pero yo siempre digo que la electricidad es una ganga. Pero si por unos centavos al día tenía luz y calefacción, y escuchaba la radio. Jamás me perdía los programas de la «Vecina Dorothy», no tiene usted ni idea de lo que anima que alguien te acompañe en casa a través de la radio o la televisión... Imagínese cuánta compañía ha dado usted a todos los enfermos confinados en casa, etcétera, la gente ya no tiene por qué estar sola.

Tom asintió.

—No había pensado eso.

—Bueno, pues piénselo y dese una palmadita en la espalda —dijo Elner—; le diré una cosa, Tom. ¿Puedo llamarlo Tom?

—No faltaba más.

—Ojalá entonces hubiera cuajado su idea de que los coches funcionaran con baterías eléctricas. Macky decía que los precios de la gasolina estaban por las nubes.

Él se encogió de hombros.

—Lo intenté, pero Henry Ford sacó el modelo A y se me adelantó. ¿Qué podía hacer? A quien madruga Dios lo ayuda.

—De acuerdo, por si así se siente mejor le diré que de todos modos tendrán que volver a estudiar su idea. —De pronto ella pensó algo—. Eh, ¿sabe que hicieron un montón de películas sobre usted?

—¿Ah, sí?

—Sí, y además buenas. Vi un par de ellas en Elmwood

Springs, en una trabajaba Mickey Rooney, y Spencer Tracy era usted de mayor. La verdad es que me gustaron los dos.

—Así, Elner, ¿le gusta esto? ¿Lo ha pasado bien hasta ahora? —preguntó Tom.

—¡Sí, claro! Y ahora que sé que no estoy en ningún apuro, más todavía. Precisamente iba a decirle a Raymond que no había estado nunca en un lugar tan grandioso, es mejor incluso de lo que había pensado.

—¿Y no es fantástico volver a oír bien?

—Sí, desde luego, y no sólo eso. Dentro de un ratito voy a comer tarta de caramelo casera.

—Bien —dijo Tom poniéndose en pie—. Debo irme, dejo que termine su conversación con Raymond. Pero me encantaría charlar con usted en alguna otra ocasión.

—Cuando quiera. Me alegrará verlo.

En cuanto Tom hubo salido, Elner se volvió hacia Raymond aún un tanto sobrecogida.

—Imagínese, yo charlando con Thomas Alva Edison, y aún no me puedo creer lo cariñoso y humilde que es. Vamos, que si yo fuera tan inteligente como él, me temo que se me subiría a la cabeza. Y usted, Raymond, fíjese, con todo lo que ha llegado a hacer, y parece una persona normal y corriente..., y me descubro ante usted porque, en serio, si yo hubiera creado todo eso..., vamos..., estaría insoportable.

Raymond soltó una carcajada.

—Elner, es usted la monda.

Ella también rió.

—¿Ah, sí? Bueno, en todo caso es cierto, y además Dorothy es práctica como ella sola... Oh, hay una cosa que siempre me ha intrigado. ¿Cómo es ser Dios? ¿Resulta divertido? ¿O da mucho trabajo y poca diversión?

Él dio una larga chupada a la pipa.

—Bien..., es como cualquier otra cosa, supongo, muy entretenido, pero también conlleva una gran responsabilidad; y mucha congoja.

—Me hago cargo, teniendo en cuenta cómo va el mundo.

—Sí, es tremendo estar aquí viéndoles cometer los mismos viejos errores una generación tras otra.

—¿Cuál diría que es el error más grave?

—La venganza, sin duda, mire..., usted me golpea, por tanto yo le devuelvo el golpe. Se lo juro, es como si el mundo entero se hubiera quedado atascado en segundo de primaria. Cuando superen esta fase y sigan adelante, me alegraré de veras.

—Le entiendo. ¿Y cuánto tardará eso?

—No mucho —dijo él, que vació el resto de tabaco en el cenicero y guardó la pipa en el cajón—. Ya sabe que a veces una idea tarda cierto tiempo en imponerse.

—¿Como el hula-hoop? —preguntó Elner.

Raymond se rió entre dientes.

—Bueno, sí, estaba pensando más bien, pongamos, en Internet. Ya sabe que, cuando cristalizó, la idea se propagó por todas partes como un reguero de pólvora.

—Oh, sí, ahora todo el mundo parece estar conectado —reflexionó Elner.

—Sí, es un ejemplo perfecto de una idea cuyo momento ha llegado; y lo mismo que Internet, vivir en paz unos con otros es una idea ya madura.

—¿En serio?

—¡Ya lo creo! —exclamó Raymond—. Cada vez hay más gente que empieza a entenderlo, no es sólo una cuestión religiosa, sino de puro sentido común, sobre todo ahora mismo, cuando existe el peligro de volar por los aires. No hay otra opción.

—No, no la hay.

—En todo caso, esto es lo que la mayoría de la gente quiere hoy en día. Veo la situación y le aseguro que en la tierra hay muchas más personas buenas de lo que parece, aunque pocas veces se habla de ellas.

—Sí, es cierto, al menos en la televisión no.

—Y no lo olvide, Elner, veo también las nuevas generaciones que vienen; y sé lo que va a pasar. —Raymond alzó los ojos hacia la pared llena de nuevos bebés y de repente pareció entusiasmado como un muchacho—. ¿Y a que no sabe otra cosa?

—¿Qué?

—Cuando pase, no habrá casi diferencia entre la tierra y aquí. La gente no se morirá de ganas de ir al cielo para ser feliz. ¿No es fabuloso?

En ese momento regresó Dorothy, secándose las manos con el delantal.

—Bueno, me la llevo conmigo, vamos a comernos la tarta. ¿Te apuntas? —dijo con tono alegre

—No, id y pasadlo bien —dijo Raymond—. Seguro que tenéis que poneros al día de muchas cosas vuestras. Hasta luego.

Elner se levantó para marcharse; se dirigía a la puerta cuando de pronto se volvió y dijo:

—Ah, se me olvidaba. ¿Y la oración? ¿Sirve de algo?

—¡Por supuesto! —dijo él—. Queremos que tenga lo que desee, y si aquello por lo que usted ruega no la perjudica a la larga, nosotros hacemos todo lo que está en nuestras manos.

Elner asintió.

—No se puede pedir más —dijo—. Bueno, hasta la vista, Raymond. Me ha encantado la charla que hemos tenido.

—A mí también —respondió él.

La señora Franks,
una vieja amiga

12h 01m

La señora Louise Franks había sido vecina de Elner cuando ésta aún vivía en la granja, y a lo largo de los años se visitaron una a otra un montón de veces y cocinaron recetas del programa de la «Vecina Dorothy». Tras fallecer el esposo de Elner, Will Shimfissle, y antes de que ella se trasladara a la ciudad, se estuvieron viendo casi cada día. Louise aún explotaba una granja de diez acres y a esta hora de la mañana estaba ocupada en los quehaceres habituales. Hacia el mediodía entró en el pequeño colmado de la gasolinera a comprar un paquete de bombones de malvavisco para su hija Polly, que estaba autorizada a comerse una bolsa de ésas a la semana. Cogió también un paquete de seis coca-colas light sin cafeína y una botella de Windex. Mientras pasaba las coca-colas por el escáner, el dependiente dijo:

—¿Ha escuchado a Bud y Jay esta mañana, señora Franks?

—No, esta mañana me lo he perdido. ¿Por qué?

—Han dicho que la señora Shimfissle ha muerto.

La señora Franks quedó atónita; precisamente había hablado con Elner el día anterior sobre el asunto de los huevos de Pascua.

—¿Qué?

—Sí. Según Bud, ha fallecido esta mañana en el hospital de Kansas City. Usted la conocía bastante bien, ¿verdad?

—Sí.

El dependiente observó la afligida mirada en la cara de ella y dijo:

—Lo siento. Pensaba que a esta hora ya se habría enterado.

—No, no lo sabía. —Acto seguido, la señora Franks se volvió y se dirigió a la puerta.

El hombre la llamó.

—Eh..., se deja las cosas.

«Bueno, supongo que no le hacían falta», masculló.

La señora Franks salió del aparcamiento aturdida, y aproximadamente una manzana después se acercó a la acera y se paró.

Se quedó sentada pensando en lo que el dependiente le había dicho con tanta naturalidad. «Usted la conocía bastante bien, ¿verdad?»

¿Bastante bien? Las palabras «era la mejor amiga que he tenido nunca» habrían sido insuficientes. Nadie podía saber ni imaginar lo que Elner había hecho por la señora Franks y su hija. Sus pensamientos y preocupaciones se centraron inmediatamente en su hija Polly, que ahora mismo estaba en la residencia esperando que la señora Franks fuera a recogerla. ¿Cómo le explicaría a Polly que la señora Shimfissle había muerto? Polly quería a la señora Shimfissle: era la única persona del mundo con la que podía pasar la noche sin llorar ni reclamar a su madre. Cada año, la señora Franks ponía a su hija su flamante vestido nuevo y la llevaba a la ciudad a buscar los huevos de Pascua de Elner. Aparte de la Navidad y del día en que le sacaban la foto con Santa Claus, la Pascua era el día preferido de Polly. Le encantaba jugar con los otros niños, y con independencia de los huevos que encontrara en el patio,

Elner la mimaba y le daba el premio más grande. Una vez fue un cinturón de vaquera de plata enjoyado y dos pistolas de fulminantes con las que todavía le gustaba jugar.

Pobre Polly, aunque ahora tenía cuarenta y dos años, era muy retrasada; tenía la mente de una niña de seis años. Jamás entendería por qué la señora Shimfissle ya no estaría más ni dónde había ido. «No se lo diré hoy —pensó—. Sólo le daré los bombones y dejaré que sea feliz un poco más de tiempo.» Ya estaba a mitad de camino de su casa cuando la señora Franks reparó en que se había olvidado la bolsa de la compra en el mostrador de la tienda y tuvo que dar media vuelta. Aún no se lo creía. Elner Shimfissle muerta. Elner, el alma más pura y valiente que había conocido en su vida. Ya no estaba. «¿Dónde está ahora?», se preguntó.

Mientras seguía conduciendo, Louise pensó que si existía una cosa llamada cielo, seguro que ahora mismo Elner estaba allí.

Vaya sorpresa, ¿eh?

Mientras andaban por el pasillo, Dorothy dijo:

—Podemos comer la tarta en el comedor o en el porche delantero, ¿qué prefieres?

—En el porche —dijo Elner.

—Estupendo, hace un día precioso; esperaba que dijeras eso.

Elner la siguió y de súbito oyó un ruido procedente del salón desde donde Dorothy solía emitir su programa, y se dio cuenta de que era alguien tocando *You are My Sunshine* con la tuba.

—Parece Ernest Koonitz —dijo.

—Lo es —dijo Dorothy—. ¿Por qué no lo saludas mientras yo voy a por la tarta? Le encantará verte, seguro.

Elner se acercó y asomó la cabeza en la habitación, y allí estaba, con su feo postizo y todo, luciendo el mismo traje blanquinegro de siempre y la pajarita roja.

—¡Hola, Ernest! Soy Elner Shimfissle.

Él alzó la vista y pareció contentísimo de verla.

—¡Hola! ¿Cuándo ha llegado? —Se le acercó y le estrechó la mano a través de la tuba.

—Hace sólo un rato. Me han picado un montón de avispas y me he caído de un árbol, así que disculpe por la bata. ¿Y usted?

—Yo iba camino del dentista cuando me dio un ataque al corazón en el aparcamiento. Pero fue un momento oportuno, pues estaba a punto de gastarme un dineral en prótesis dentales.

—Ah..., bueno, ¿y cómo se encuentra, Ernest?

—Oh, ahora bien. Antes siempre estaba enfermo, pero ahora estoy mejor que nunca. Es la primera vez en años que soy capaz de tocar. La verdad es que éste es el sitio ideal... Dentro de unos minutos veré a John Philip Sousa, el gran director de orquesta, que ha accedido a darme algunas clases. ¿No es fantástico?

—Sí, claro —dijo Elner—. Supongo que nunca es demasiado tarde para aprender, aunque uno esté muerto.

Él miró alrededor.

—Y también es bonito volver a ver la vieja casa. Cuando la derribaron, pensé que había desaparecido para siempre. También pensé que al morirme yo desaparecía para siempre, pero aquí estoy. Vaya sorpresa, ¿eh?

—Una agradable sorpresa. Y además esas escaleras de cristal, ¿son bonitas, verdad?

Él la miró sin comprender.

—¿Qué escaleras de cristal?

Elner se dio cuenta de que él seguramente no había llegado por ese camino y preguntó:

—¿Cómo llegó aquí?

—¡En un flamante Cadillac descapotable con asientos térmicos!

—Ah, bueno...

—¿Ha visto ya a alguien? —preguntó Ernest.

—No, todavía no. Hasta ahora sólo a Ida, pero creo que estoy aún en la fase de registro y control. Si la supero, supongo que seguiré y conoceré a todos los demás; me muero de ganas de ver otra vez a mi esposo Will.

Elner oyó un portazo de la puerta de la calle.

—Bien, me tengo que ir. Sólo quería saludar... y buena suerte con sus clases.

—Gracias. Hasta luego. Que lo pase bien.

—Gracias —dijo ella.

Mientras Elner se dirigía al porche, ahogó una risita. Antes Ernest jamás le había dado la impresión de ser una persona especialmente entusiasta, pero es que ahora parecía contentísimo de estar muerto. ¿Quién lo hubiera dicho?

Un mensaje de consuelo

Aproximadamente una hora después, Macky estaba sentado con Norma, sosteniéndole la mano e intentando pensar en cosas que pudieran ayudarla, pero llegó un momento en que ya no se le ocurría nada y se alegró mucho de ver a Susie Hill, la pastora de Norma de la Iglesia de la Unidad, acercándose por el pasillo. Norma levantó la vista y al verla rompió a llorar.

—Oh, Susie, ha muerto. He perdido a la tía Elner.

Las dos mujeres se abrazaron.

—He venido en cuanto lo he sabido.

—Me alegra de que esté aquí, pero ¿cómo se ha enterado? Todavía no he llamado a nadie.

—Me ha llamado Irene Goodnight.

—¿Ah, sí? —dijo Norma con los ojos llenos de lágrimas—. ¿Y cómo lo ha sabido ella?

—Creo que alguien del hospital ha llamado a Ruby.

—Supongo que debería telefonear a la gente y decírselo.

—Eso ya se ha hecho —señaló Susie—. Todos lo saben y te mandan recuerdos. Ruby y Tot me han dicho que te dijera que ellas están cuidando de la casa de Elner, así que no te preocupes por nada.

—Oh, me olvidaba de la casa. Seguro que estaba todo abierto. Ella nunca cerraba las puertas. —A Norma se le hizo un nudo en la garganta—. Siempre tuve miedo de que le robaran y la mataran en la cama. ¡Quién iba a pensar que serían las avispas! —Soltó un gemido y se desmoronó de nuevo.

—Lo sé, es una pérdida fatal, Norma, y sé que vas a echarla de menos —dijo Susie—, pero al menos sabemos que ha ido a un lugar mejor.

—Oh, Susie, ¿eso cree? —dijo Norma con tono expectante.

—Sí, estoy segura de que ahora mismo es feliz y está en paz.

En ese momento, Macky se excusó y fue a telefonear al trabajo para avisar de que no regresaría en unos días. Aunque él no creía en eso, si a Norma pensar que la tía Elner estaba en el cielo la ayudaba, perfecto. Que pensara lo que quisiera. Hacía años que Macky había dejado de creer en ilusiones vanas. En el ejército había visto a hombres saltar por los aires justo a su lado. Había visto demasiado para tener fe en nada fuera del aquí y ahora. Sería bonito pensar que Elner estaba en algún cielo, pero para él, por desgracia, no había nada de eso.

Comiendo la tarta

Un rato después, mientras estaba con Dorothy en el porche tomando tarta y café, Elner se quedó asombrada ante la visión que se ofrecía a sus ojos. En el rato que estuvo dentro hablando con Ernest, el cielo adquirió un exquisito color aguamarina que Elner no había visto en su vida, y todo el patio delantero se llenó de bandadas de bellos flamencos rosas. Grandes cisnes azules con brillantes ojos amarillos nadaban en un estanque que daba la vuelta a la casa, mientras centenares de diminutas aves multicolores volaban sobre sus cabezas.

—¿Te gustan los pájaros? —preguntó Elner.

—Desde luego.

—A propósito —dijo Elner—, me ha sorprendido saber que Ernest vino en un Cadillac.

—Nos gusta que el viaje sea lo más placentero posible. Tu hermana llegó en el *Queen Elizabeth*, camarote de primera clase —recordó Dorothy.

—Cómo no —soltó Elner, riendo—. Seguro que Macky llegará en esa lancha motora que tanto le gusta para ir a pescar.

—Tal vez —dijo Dorothy mientras servía más café a Elner—. Raymond y yo decimos que uno ha de tener lo que desee, sea lo que sea; y todo el mundo es diferente, a unos les gustan los barcos veleros, a otros los jets privados. La semana pasada llegó una pareja montada en una Harley-Davidson.

—¿Por qué he llegado en ese ascensor que andaba como loco?

—Sabemos que en las ferias te gustaba participar en vuelos acrobáticos.

Elner soltó una carcajada.

—Es verdad. Caramba, Dorothy, tú y Raymond os desvivís para que morirse sea una experiencia verdaderamente bonita.

—Lo intentamos —admitió Dorothy.

—Jolín, si se supiera lo bien que se está aquí, todos caerían como moscas.

Dorothy rompió a reír.

—Bueno, no queremos que la gente venga antes de estar lista, pero desde luego no hay nada que temer.

—No, desde luego.

Entonces Dorothy señaló hacia donde montones de diminutas rosas níveas y brillantes glicinas de púrpura intenso caían en cascada por encima de la cerca.

—Mira, qué bonitas son en esta época del año, ¿no?

—Sí, sobre todo aquí, me siento como si estuviera en un dibujo de una revista —dijo Elner mientras atacaba su segundo trozo de tarta—. Dorothy, te aseguro que no había comido una tarta casera como ésta desde que te moriste —comentó tras el primer mordisco—. No sé cómo lo haces para que te salgan tan ligeras y esponjosas; las mías no salen igual.

—¿Aún guardas la receta que di por la radio? —preguntó Dorothy.

—Sí, en tu libro de cocina, y la seguía al pie de la letra, pero nunca era lo mismo.

—La próxima vez precalienta el horno a ciento noventa grados, Elner; quizá no está lo bastante caliente. A veces pasa.

—Lo haré, y gracias por el consejo. —Elner la miró—. Por cierto, me ha gustado mucho conocer a Raymond, parece muy majo.

—Sí, lo es —dijo Dorothy mientras se servía otra taza de café—. Es un encanto, y muy atento.

—Eso me ha parecido.

—Sufre cuando ve que la gente no se lleva bien.

—Me hago cargo —dijo Elner.

—Según Raymond, los que provocan la mayoría de los problemas son los fanáticos y los radicales. Dice que se toman a sí mismos demasiado en serio, consiguen ponerse frenéticos y a todos los demás también.

—Puede que esté en lo cierto. Fíjate, el fanático corriente no parece tener mucho sentido del humor, ¿verdad?

—No —dijo Dorothy—, me temo que no se ríen ni en broma. Y no puedes estar feliz y furioso a la vez.

—Desde luego que no —admitió Elner.

—Pero comienzo a sospechar que podría haber algo más.

Dorothy echó un vistazo a la puerta por si a Raymond se le ocurría salir y luego susurró:

—Me pregunto si Raymond cometió algún pequeño error con la mezcla de hormonas. ¿Puso en los hombres demasiada testosterona? Piensa en ello, Elner..., son los hombres los que empiezan la mayoría de las guerras, no nosotras.

—Una cuestión interesante —observó Elner antes de tomar otro bocado de la tarta.

Dorothy exhaló un suspiro.

—Pero el pobre hizo todo lo que pudo, y doy gracias al cielo que me dejara ayudarlo, porque todo lo que había hecho, los mares, los árboles, todo, era de un gris sucio.

—¿En serio?

Dorothy asintió.

—Como te lo digo. Es daltónico perdido; todavía hoy

tengo que emparejarle los calcetines, si no, acaba poniéndose uno azul y otro marrón.

—Me alegro de que lo pillaras a tiempo —dijo Elner—. Si no hubiera habido ningún color, habría sido un sitio muy aburrido.

—Gracias, pero fíjate, Elner —dijo Dorothy, pensativa—, hablando de colores, me parece que tuve un fallo.

—¿Cuál, cariño?

—En la gente. No sé si habría sido mejor hacerla de un solo color. No tenía ni idea de que habría tantos problemas, y esto me hace sentir fatal.

—Oh, yo no me preocuparía mucho de eso. En este apartado se están produciendo cambios, Dorothy. Mi sobrina Linda acaba de adoptar una niña china que tiene un color precioso, todo el mundo lo dice.

—Bueno, me gustaría pensar que la cosa mejora, y debo decir que, pese a todos los problemas, Raymond es muy optimista de cara al futuro.

—Ya lo sé; después de hablar con él me he sentido mucho mejor —dijo Elner—. Y eso que antes ya me sentía bien.

En aquel preciso instante, Raymond salió al porche y señaló su reloj.

—Señoras, lamento interrumpir, pero Elner ha de reemprender su camino.

Dorothy miró la hora y dijo:

—Vaya por Dios. Estaba tan a gusto que te he entretenido demasiado.

Elner no salía de su asombro.

—¿No me quedo?

—No —dijo Raymond—, nos encantaría tenerla con nosotros, pero por desgracia hemos de mandarla de vuelta a casa.

—O sea, que no veré a Will.

—No, cariño, esta vez no —dijo Dorothy.

Elner dejó despacio la taza de café en la mesa.

—Bueno..., me sabe mal, claro. Tenía muchas ganas de verlo. Pero supongo que no debo hacer preguntas. En todo caso, ha sido muy agradable estar otra vez contigo, Dorothy, y charlar con usted, Raymond.

—Ha sido fabuloso conocerla, querida —dijo él.

Dorothy envolvió un trozo de tarta con una servilleta.

—Toma, cariño, llévate esto.

—¿Seguro que no lo querrás más tarde? —inquirió Elner.

—No, cógelo, tengo media tarta en la cocina que probablemente no terminaremos nunca.

—Pues muy bien —dijo levantándose y guardándose el trozo de tarta en el bolsillo—. Ya sabes que me gustará. —Entonces miró a los dos y se dirigió a Raymond—. ¿Puedo hacer algo por usted? ¿Quiere que lleve algún mensaje?

Raymond pensó unos instantes y luego dijo:

—Puede decirles que en realidad las cosas no están tan mal como parece, cada día hay más gente que va a la escuela, más mujeres que votan, nuevas tecnologías, nuevos descubrimientos médicos...

—Un momento, espere, Raymond —dijo Elner, mirando alrededor en busca de un lápiz—. ¿No debería apuntarme todo eso?

—No, no hace falta —dijo él—. Dígales tan sólo que los amamos, que tienen nuestro aliento, que perseveren, porque las cosas buenas están a la vuelta de la esquina. ¿Algo más, Dorothy?

—Quizá quieras recordarles que la vida es lo que uno hace, que sonrían, y que el mundo es maravilloso y que todo está en sus manos.

—Muy bien —dijo Elner tratando de recordarlo todo—. Están llegando cosas buenas y la vida es lo que hace cada uno. ¿Algo más?

Dorothy miró a Raymond, y éste negó con la cabeza.

—No, creo que básicamente es esto.

De pronto, Elner notó que la bata se le llenaba de aire caliente que se expandía a su alrededor; después empezó a elevarse lentamente del suelo y salió flotando en el aire como un globo, desde el porche al patio. Mientras ascendía, miró hacia abajo y vio a Raymond y Dorothy, rodeados de flamencos rosas y cisnes azules, sonriendo y diciéndole adiós con la mano.

—¡Adiós, Elner!

—Bueno, adiós..., gracias por la tarta —respondió mientras subía cada vez más alto, superaba el depósito de agua y ponía rumbo a Kansas City.

Un último adiós

2h 46m de la tarde

Cuando Norma levantó la vista y vio a su hija Linda acercándose por el pasillo, se puso a llorar de nuevo. Después de serenarse las dos, hablaron de la cuestión de la autopsia y acordaron que no se hiciera. Tal como dijo Linda, si no podían hacerla volver, ¿qué sentido tenía? La cruda realidad de la muerte era inapelable, irreversible. La dejarían en paz y no prolongarían lo inevitable. Respetarían los deseos de la tía Elner y organizarían la incineración de sus restos. Norma se deshizo otra vez en llanto. Al oír la palabra «restos», no le cabía en la cabeza que una persona que estaba tan viva por la mañana fuera ahora sólo «restos». La pastora Susie Hill dijo:

—Sé que es duro, Norma, pero creo que es lo que ella habría querido.

Macky y Linda se mostraron de acuerdo. Al cabo de un rato, él se levantó y le dijo a la joven enfermera que estaban ya listos para ver a su tía y despedirse. Norma preguntó a Susie si quería acompañarlos, y ésta contestó:

—No, esto es para la familia, creo que es mejor que vayáis los tres; esperaré aquí en el vestíbulo.

Los tres se dirigieron a la habitación de Elner, la enfermera abrió la puerta, entraron y se acercaron a la cama sin hacer ruido. Macky rodeó a Norma con el brazo y tomó a Linda de la mano, y se quedaron mirando a la tía Elner. La enfermera se apartó de la cama mientras la familia pasaba los últimos momentos con la mujer antes de que se la llevaran abajo. Para Linda, contemplarla no fue tan espantoso como había imaginado. Como decía su padre, parecía que la tía Elner estuviera simplemente dormida. Norma se apoyó en Macky mientras se le llenaban los ojos de lágrimas. Elner tenía un aspecto tan dulce y tranquilo que a Norma le resultaba difícil creer que estaba de veras muerta. No habló nadie, y la estancia estaba tan silenciosa que incluso escuchaban su propia respiración. Permanecieron allí de pie, guardando un silencio sepulcral, cada uno despidiéndose de ella a su manera, cuando Elner dijo:

—Sé que estás enfadada conmigo, Norma, pero si aquellas avispas no me hubieran atacado, no me habría caído.

Macky saltó literalmente medio metro hacia atrás.

—¡Dios santo! —exclamó.

Tras ver que Elner abría los ojos, la joven enfermera, que estaba al pie de la cama, soltó un grito espeluznante y se precipitó fuera de la habitación chillando a voz en cuello. Linda gritó a su vez, tiró el bolso al aire y salió corriendo tras la enfermera. Macky tenía los pies pegados al suelo con cola y no podía moverse, de lo contrario habría salido disparado. Pero por una vez en la vida, Norma, que estaba demasiado perpleja para desmayarse, dijo:

—¿Tía Elner? ¿Qué demonios estás haciendo? ¿Qué es esto de fingirte muerta? ¿Tienes idea de lo que nos has hecho pasar? ¡Hemos llamado a Linda y todo!

Elner miró y se disponía a responder, pero antes de tener la oportunidad de hacerlo, una voz histérica de mujer sonó a todo volumen en el interfono:

—¡Pruebas de urgencias! ¡Pruebas de urgencias! ¡Habitación 212, pruebas de urgencias!

Y al instante siguiente, como una manada de búfalos salvajes, médicos y enfermeras trotaron por el pasillo como alma que lleva el diablo e irrumpieron en la habitación arrastrando diversas máquinas y tres o cuatro aparatos intravenosos, dejando a Macky y Norma contra la pared. Cuando el joven médico de la sala de urgencias entró corriendo en la habitación, se quedó blanco como la cera al ver a Elner incorporada en la cama, apoyada en los codos y hablando, y se puso a gritar órdenes desesperadamente. Cuando la habitación estuvo llena de gente y máquinas, Macky y Norma fueron empujados al pasillo; y fue en ese momento cuando Norma cayó en la cuenta de lo que había pasado. Y se desmayó.

En la habitación, Elner se hallaba ahora rodeada de médicos y enfermeras que no paraban de chillar y la conectaban a varias máquinas a la vez; luego la sacaron de la cama y se la llevaron a toda prisa por el pasillo en una camilla. Cuando pasó junto a Linda, apoyada en la pared en estado de shock, Elner gritó:

—¡Eh, si es mi sobrina! ¡Eh, Linda!

Para entonces, la joven enfermera que había sido la primera en salir corriendo de la habitación ya había bajado seis tramos de escaleras, había corrido gritando frente a la enfermera Boots Carroll, a la que casi derriba, había cruzado el vestíbulo, había salido por las puertas de vidrio de doble hoja, y ahora atravesaba el aparcamiento y seguía manzana abajo sin abandonar en ningún momento su velocidad punta. En cinco minutos, el hospital entero fue un hervidero de noticias. ¡Una mujer muerta que habla! Cuando Elner pasó zumbando junto a la pastora Susie Hill, gritó:

—¡Eh, Susie! ¿Qué está haciendo aquí? Es la pastora de mi sobrina —le dijo a una enfermera que corría a su lado.

Después de que hubieran llegado a toda prisa al final del pasillo, hubieran doblado la esquina y la hubieran metido en un ascensor, Elner preguntó:

—¿Y ahora, adónde voy?

—Relájese, señora Shimfissle, procure calmarse —le gritó un enfermero.

«Yo estoy tranquila, son ustedes los que vociferan y resoplan», se dijo a sí misma Elner.

En cuanto se volvió a abrir la puerta del ascensor, todos corrieron por otro pasillo y luego cruzaron la puerta abierta de la unidad de cuidados intensivos. Una vez dentro, la incorporaron inmediatamente, le quitaron la bata y empezaron a conectarla a distintos aparatos a mil por hora. Mientras hacían todo esto, Elner no estaba nada contenta y dijo:

—Oigan, yo tengo que ir a casa. Norma y los demás han venido a recogerme, y creo que *Sonny* aún no habrá comido.

Pero el médico y las enfermeras no le hicieron ningún caso y siguieron como si ella no estuviera. Hablaban de sus constantes vitales, miraban pantallas y decían números a gritos. De todos modos, Elner supuso que estaba bien, porque entre número y número también respondían «estable» y «normal» a las preguntas del médico. En aquel momento Elner juró que si llegaba a salir de allí, jamás volvería a pisar un hospital, porque en cuanto te tienen, ya no puedes marcharte.

—¿Duele? —le preguntó el médico mientras le apretaba el cuerpo por todas partes. Pero no esperó respuesta y dijo—: Llévenla abajo. Necesito enseguida una resonancia.

Y otra vez se la llevaron... y la empujaron por otro pasillo y la metieron en otro ascensor. Cuando estuvieron abajo, la introdujeron en una habitación que a Elner le hizo pensar en una lavadora de grandes dimensiones. Mientras la trasladaban de una camilla a otra, preguntó:

—¿Me van a meter en esa cosa?

—Sólo un rato —dijo una amable enfermera a quien no había visto hasta ese momento.

—¿Me va a doler?

—No, no va a notar nada, señora Shimfissle.

—¿Para qué es esto?

—Sólo queremos asegurarnos de que no tiene ningún hueso roto ni nada por el estilo. No tardaremos mucho. ¿Sufre usted claustrofobia?

—No creo..., hasta ahora no.

—Si quiere, podemos ponerle unos auriculares. ¿Qué tipo de música prefiere?

—Qué bien. ¿Tienen algo de gospel? Me gusta Minnie Oatman.

La enfermera negó con la cabeza.

—No, creo que no. Podemos intentarlo con la radio.

—Ah, ¿qué tal Bud y Jay? —sugirió Elner.

—¿Quiénes? Vale, lo probaré. ¿Sabe la cadena?

—No, es igual. Seguramente ahora no están emitiendo. No necesito escuchar nada.

—De acuerdo, señora Shimfissle, estaré en la otra habitación —dijo la enfermera—. Volveré en cuanto hayamos acabado, ¿vale?

Mientras la enfermera se dirigía a la máquina, Elner reparó en que no tenía ni idea de qué hora era. La última vez que había mirado el reloj eran las ocho de la mañana, y Linda había venido desde St. Louis. «¿Qué había pasado durante el día?», se preguntó.

La enfermera vuelve
a llamar a Ruby

2h 59m de la tarde

Boots Carroll estaba en su puesto en el hospital, ocupada en papeleos, cuando desde arriba le llegó la orden de cambiar el estado de la señora Shimfissle de fallecida a estable.

—¿Qué? —exclamó cuando leyó el cambio. Subió inmediatamente, recorrió el pasillo con el papel en la mano, y vio a la enfermera de planta que la había llamado—. ¿Qué demonios pasa con el informe de la señora Shimfissle?

Su fuente de información parecía muy consternada y le susurró:

—El doctor Henson ha cometido un error; ella está otra vez en la sala de operaciones, incorporada y hablando.

—¿Estás segura? —preguntó Boots.

—Sí, estoy segura... La acaban de llevar allí hace dos minutos, se ha puesto derecha y me ha saludado.

—¡Dios santo! Van a rodar cabezas. ¿La familia ya lo sabe?

—Oh, sí. Cuando la mujer ha empezado a hablar, estaban todos en la habitación. La sobrina se ha desmayado. —Seña-

173

ló hacia el final del pasillo, y Boots alcanzó a ver un grupo de gente hablando.

—Ahora iré a hablar con ellos, pero primero he de hacer una llamada.

Boots cogió el teléfono, pero no encontró a Ruby en casa. Acto seguido, llamó a la centralita de las enfermeras, y éstas le dieron el móvil de emergencias de su vecina.

Ruby estaba en casa de Elner, revisando la nevera, decidiendo qué podía estropearse y qué había que tirar. Pensó que Norma no podría hacerlo hasta pasados unos días. Estaba intentando leer la fecha de caducidad de un cartón de leche cuando sonó su móvil.

—¿Hola?

—Ruby, soy Boots. Escucha, sobre la señora Shimfissle me han dado mal la información. No era un caso de muerte al ingreso.

—¿Qué?

—La acaban de llevar otra vez al quirófano. Por lo visto se ha recuperado y está bien, al menos según el último informe. No sé qué está pasando, pero te llamo en cuanto sepa algo.

Ruby estaba estupefacta.

—¿Qué quieres decir con que no está muerta? ¡Precisamente estaba tirando su leche!

—Lo lamento mucho, Ruby, alguien ha metido la pata. Estoy tan furiosa con esa panda de arriba que les pondría a caldo con ganas. En serio, si supieras la mitad de las cosas que pasan aquí, se te pondrían los pelos de punta.

—¡Vaya por Dios! —exclamó Ruby—. Bueno, empezaré a llamar y avisar... Señor, si prácticamente estábamos organizando su entierro.

Tras colgar, Boots se sintió mal; había infringido la regla de confidencialidad de los pacientes. Pero es que los de arriba estaban tan seguros... Ella y Ruby habían ido juntas a la escuela de Enfermería, o sea que no era como si se lo hubiera dicho a una persona cualquiera; pero si alguna vez se enteraban de que había revelado el estado de un paciente a un no familiar, perdería el empleo, y, con la edad que tenía, el hospital buscaría un motivo para librarse de ella sin contemplaciones. Pero Ruby la protegería. Entre las enfermeras existía una lealtad tácita en la que ella podía confiar. Sin duda. Ruby habría protegido su fuente de información con su propia vida. Pero ahora mismo su amiga ni siquiera tenía tiempo de tomarse un respiro y alegrarse de que Elner estuviera viva. Eso quedaba para luego. Ahora debía impedir que la noticia siguiera circulando, antes de que llegara más lejos. Llamó inmediatamente a Tot al salón de belleza. Apenas media hora antes, Tot había tenido que levantarse de la cama y arrastrarse a su trabajo porque Darlene no encontraba la fórmula del tinte de Beverly Cortwright.

Por suerte fue Tot quien contestó.

—Salón de belleza.

—Tot, soy Ruby, acaban de llamarme del hospital; resulta que Elner no está muerta.

—¿Cómo?

—Han cometido un error, así que empieza a decírselo a todo el mundo, volando. Me tengo que ir —dijo, y colgó.

«Dios Todopoderoso —pensó Tot—. ¿Un error?» Y ahí estaba ella, con la sala de espera llena de mujeres afectadas llorando la muerte de Elner Shimfissle.

Tot recorrió toda la habitación, apagó los secadores, dijo a las clientas que se quitaran el algodón de los oídos y ordenó a Darlene que cerrara el agua y dejara de desteñir el pelo de Beverly Cortwright. Cuando vio que todas le prestaban atención, dio la noticia:

—A ver, acabo de recibir una llamada de Ruby Robinson; resulta que finalmente Elner Shimfissle no está muerta. En el hospital se ha colado un informe equivocado.

Se quedaron todas boquiabiertas, y mientras una onda expansiva recorría la estancia, a Marie Larkin se le cayó al suelo su *Cortes de pelo modernos* y Lucille Wimble derramó café sobre su vestido. Se habían pasado la última hora llorando y hablando de lo mucho que echarían en falta a Elner. Algunas habían llegado al punto de pensar qué ropa llevarían en el entierro y qué tipo de guiso prepararían para llevárselo a Norma. ¡Vaya bombazo! Lucille estaba fuera de sí.

—¡En mi vida había oído nada más disparatado! —soltó mientras se secaba el vestido con una toallita de papel—. ¿Qué los llevaría a hacer semejante cosa, decir que estaba muerta y que todo el mundo se pusiera histérico? Yo ya había iniciado mi proceso de duelo y todo, ¿y ahora resulta que en balde?

Vicki Johnson estuvo de acuerdo.

—No sé si reír o llorar.

—Bueno, me he quedado pasmada —dijo Beverly con los ojos enrojecidos y llorosos mientras le corría tinte marrón por un lado de la cara—. No sé qué sentir ni qué pensar.

—Yo tampoco —dijo Darlene, buscando en el bolsillo la otra mitad de su caramelo.

—Bueno —dijo Tot—, yo ahora mismo no siento gran cosa; me he tomado dos Xanax hace más o menos una hora, pero seguramente tendré un ataque una vez que se haya pasado el efecto de las pastillas.

La sobrina de Elner de California estaba buscando en Internet vuelos de San Francisco a Kansas City. No sabía cuándo iba a ser el entierro, pero quería saber qué aviones podría coger. Sonó el teléfono. Era otra llamada a cobro revertido de Macky, que parecía muy alterado.

—Dena, no tengo tiempo de entrar en detalles, pero tenía que decírtelo; la tía Elner no está muerta como se pensaba. Ha habido un error.

—¿Qué?

—Que no está muerta. Lamento la primera llamada, pero yo sólo te he dicho lo que nos han dicho a nosotros.

—¿No está muerta?

—No, por lo visto nos han dado una información errónea —admitió Macky—; el caso es que ahora se encuentra en cuidados intensivos. Te tendré al corriente... Debo irme, Norma ha sufrido un ataque. Luego hablamos.

Dena seguía de pie, con el teléfono en la mano, cuando entró su esposo.

Al verlo, ella dejó caer el auricular, corrió hacia él y lo abrazó.

—¡Oh, Gerry! ¡La tía Elner está viva! ¿No es maravilloso?

Gerry, que no sabía de qué le estaba hablando, sonrió y también la abrazó.

—Sí, cariño, es maravilloso.

Después de haber cerrado todo con llave en la casa de Elner, Ruby cruzaba el césped corriendo hasta su casa cuando vio a Merle al otro lado de la calle y lo llamó.

—¡Merle! Elner no está muerta, díselo a Verbena.

Merle se quedó quieto, sin estar muy seguro de lo que había oído.

—¿Cómo?

—¡Se ha recuperado, pásalo! —gritó Ruby mientras entraba ya por la puerta de su casa.

Merle entró lo más rápido que pudo y llamó al instante a su esposa a la lavandería.

Cuando ella cogió el auricular, él estaba casi sin aliento.

—¿A que no sabes? —dijo él—. Acaban de llamar a Ruby desde el hospital, al final Elner no está muerta.

—¿Qué?

—Que no ha muerto.

—Merle —dijo Verbena haciendo una mueca—, no me vengas con chorradas, que tengo a dos clientes aquí esperando su ropa.

—Verbena, te juro que estoy diciendo la verdad —afirmó él levantando la mano—. Está viva.

—¿Me tomas el pelo?

—No, parece que hablaba y todo.

Verbena miró hacia el mostrador, a sus clientes, y gritó:

—¡Elner no ha muerto! Gracias al Señor. He estado toda la mañana hecha polvo por esto. Bueno, que Dios la bendiga. Ha salido de ésta.

Tan pronto los clientes, que no tenían ni idea de quién era Elner, hubieron abandonado la lavandería, Verbena se sintió tan feliz por el hecho de que su amiga y vecina estuviera con vida que empezó a dar saltos y a gritar «aleluya, aleluya». Fue en el tercer salto cuando reparó en lo que había hecho. Vaya, ahora lamentaba haber llamado a la emisora y habérselo dicho a Bud.

En el otro extremo de la ciudad, Neva cogió el teléfono del tanatorio.

—Neva, soy Tot..., falsa alarma.

—¿El qué?

—Dile a Arvis que lo siento mucho, pero resulta que finalmente Elner Shimfissle no está muerta. —Y colgó.

Neva estaba un tanto confusa; como aún no se creía lo que acababa de oír, se levantó, se dirigió a la parte de atrás, asomó la cabeza por la puerta y transmitió de todos modos el mensaje.

—Arvis, acaba de llamar Tot Whooten. Me ha dicho que te diga que lo lamenta pero que al final Elner Shimfissle no está muerta.

Él levantó la vista.

—¿Cómo?

Neva pensó en lo que acababa de decir.

—Un momento. Esto suena raro, ¿verdad? No sé si Tot lamentaba que Elner estuviera muerta..., o que no lo estuviera, en todo caso esto es lo que ha dicho.

—Dios bendito —soltó Arvis—, ¿es que Tot se ha dado a la bebida?

—No lo sé, pero a ver qué hago ahora con todos estos pedidos de flores.

—Se habrá vuelto majara, venga decirle a todo el mundo que Elner Shimfissle se había muerto. Antes de hacer nada con las flores llama a Verbena y asegúrate de que Tot no estaba loca o borracha.

Neva telefoneó, pero comunicaban. Verbena estaba hablando con los de la emisora.

Bud, del «Show de Bud y Jay», aún no había ido a casa y estaba todavía trabajando cuando recibió la segunda llamada de Verbena.

—Bud —dijo un poco tímidamente—, soy Verbena Wheeler, de Elmwood Springs. Oiga..., eeeh..., anule todo lo que haya podido decir sobre Elner Shimfissle. Era un error; al final no está muerta.

—¿Cómo?

—Sí, Bud, por alguna razón ha desafiado las leyes de la naturaleza y ha sobrevivido. Alabado sea el Señor.

Después de colgar, Bud juró que nunca más daría en su programa ninguna noticia antes de verificarla. Ahora entendía cómo se sentían la CNN y la FOX News cuando en alguna ocasión se adelantaban a los acontecimientos. Escribió rápidamente una nota para Bill Dollar del programa de tarde «Bill y Pattie Dollar», que en ese momento estaba en antena. Quería que se diera la noticia lo antes posible. Al cabo de unos minutos, después de que Pattie terminara el spot publicitario, Bill, tras leer la nota que le habían pasado, dijo a su colega:

—Oye, Pattie, parece que llevamos un rato con un error. Según dice Bud, la señora Elner Shimfissle, de Elmwood Springs, no ha fallecido, tal como se ha dicho esta mañana en el programa «Compra e intercambia», y por lo pronto está bien viva. Disculpen, amigos..., como decía Mark Twain «la noticia de mi muerte se ha exagerado mucho». Bien, pues éste parece ser el caso.

Pattie se puso a reír y llamó a Bud, que se encontraba en la sala de control.

—Hola, Bud, te has adelantado un poco en el asunto de la señora Shimfissle, ¿eh? Seguro que si ella estaba escuchando, se habrá llevado una buena sorpresa. Bueno, en cualquier caso..., bienvenida nuevamente al mundo de los vivos, señora Shimfissle.

Para cuando se emitió la segunda información, Luther Griggs ya estaba fuera del estado y muy lejos del área de captación de la onda de WDOT, pero aún pensaba en el impacto que la señora Elner había causado en su vida. De acuerdo, pasó seis meses en la cárcel porque había destrozado la caravana de su padre y la nueva esposa de éste mientras se encontraban en Nashville asistiendo a un concierto de Clint Back. Se llevó sólo lo que le correspondía por legítimo derecho: unas botas de caza, una pistola, cuatro dólares de plata de Kennedy y un aparato de televisión que su padre se había quedado cuando había echado a Luther la última vez. No obstante, a eso lo llamaron allanamiento de morada; y mientras estaba en prisión, Elner le envió un poco de mermelada de higos con una nota: «Cariño, no dejes que te tatúen, sólo te pido esto.»

Luther quería en el hombro la espada flamígera con la leyenda «Jesús te salva», pero no se la hizo. Era la única persona de su edad, hombre o mujer, que no llevaba ni siquiera un aro en la nariz o algo por el estilo, pero es que no quería decepcionar a Elner. Lamentaba no poder estar presente en su entierro. En cierto momento ella lo escogió para que fuera uno de los portadores del féretro..., antes de cambiar de opinión y decidir que la incineraran. En su momento se sintió decepcionado, pues había abrigado muchas fantasías sobre sí mismo entrando en la iglesia y oyendo a la gente susurrar «mira, éste es Luther Griggs. Elner tenía un alto concepto de él, ya ves. Era como un hijo para ella». Y cosas así. Luther creía que quizá después del entierro se quedaría un rato con los familiares, tal vez al lado de Linda, y les estrecharía las manos. Después, probablemente lo invitarían a la casa a comer y a beber. No sabía muy bien cómo funcionaban los entierros, pero imaginaba que, como «portador oficial del féretro», sin duda él tenía que estar incluido en todo. Se había sentido importante sólo con pensar en ello, pero ahora lo único importante era que Elner estaba muerta, y volvió a sentirse muy solo en el mundo. Ahora lamentaba no tener una foto de Elner. Un verano que trabajó de ayudante de exterminador de insectos, vio un montón de casas bonitas y observó que la gente tenía por todas partes fotografías de la familia. Desde luego él no quería ninguna foto de su familia, pero ahora pensaba que estaría bien tener enmarcada una de la señora Elner. Podría colocarla sobre el tocador.

Lo planeó mentalmente todo mientras conducía. Cuando estuviera de regreso, le preguntaría al señor Warren si podía tomar prestada alguna foto de la señora Elner para llevarla luego al Wal-Mart y sacar una copia. Ojalá hubiera una de los dos juntos. Igual en Wal-Mart tenían algún sistema para tomarle una foto a él y luego con las dos hacer una. Para que pareciera que estaban juntos en el mismo momento. Había visto montones de marcos bonitos en las Mañanas de los Martes, junto a las flores de plástico.

Una época más feliz

3h 38m de la tarde

Mientras la exploraban de pies a cabeza allí tendida, Elner se aburría, y lamentó no haber aceptado los auriculares que le ofrecía la enfermera. Sólo para pasar el rato, cerró los ojos y dejó que sus pensamientos se deslizaran hacia otra época, muy remota. Pensó en la vieja granja; casi veía otra vez a su marido Will, en la lejanía, arando los campos con la mula, saludándola con la mano. Sonrió para sus adentros mientras recordaba el mejor momento del día, cuando Will terminaba su trabajo y entraba de golpe en la casa llamándola: «Eh, mujer, ¿dónde está esta guapa esposa mía?» Después de que él se bañara, cenaban bien; algún tipo de carne, verduras frescas y un buen postre, y pasaban el resto de la noche simplemente juntos, escuchando la radio o leyendo. Por lo general se acostaban a las ocho y media o las nueve.

Will procedía de Kentucky. Cuando se conocieron, él estaba atravesando el país con intención de llegar a California, y el padre de Elner lo contrató por espacio de un par de semanas para que le ayudara en la granja. Seis años antes había muerto la madre, con lo que Elner, la mayor, pasó a ocuparse de cocinar, limpiar y educar a sus dos hermanas más pequeñas. Durante la estancia de Will, ella le preparó todas las comidas, pero él no solía decir gran cosa salvo «magníficas vituallas» y «gracias, señora».

Acabaron las dos semanas. Elner, su padre y sus hermanas estaban sentados en el porche cuando Will cruzó el patio, se paró, se quitó el sombrero y dijo:

—Señor Knott, antes de irme, le pido permiso para hablar con su hija.

Henry Knott, un hombre de casi metro noventa, dijo:

—Claro, hijo. Ve y habla.

Aunque era un chico tranquilo, a Elner le gustaba, y por ello le alegró que se interesara por alguna de sus hermanas. Supuso que seguramente estaba enamoriscado de Gerta, que era delgada y pelirroja, o quizá de Ida, una deslumbrante morena de ojos verdes que sólo tenía dieciséis años pero también muchos chicos rondándola. Elner era una muchacha alta y huesuda que había salido a la rama familiar de su padre y jamás había tenido ningún pretendiente; y con sus dos preciosas hermanas por allí ni se le pasaba por la cabeza tener alguno. Sin embargo, aquella tarde, el pequeño Will Shimfissle, de aproximadamente metro sesenta y poco más de cincuenta kilos vestido y empapado, se acercó con el sombrero en la mano y se detuvo justo delante de ella:

—Elner Jane —dijo aclarándose la garganta—, en cuanto haya ganado dinero y tenga un lugar donde vivir, volveré y te pediré que seas mi esposa. Lo que debo saber antes de marcharme es si tengo alguna posibilidad.

Ese imprevisto episodio la sorprendió tanto que rompió a llorar, se levantó de un salto y se metió corriendo en casa. Will se quedó totalmente desconcertado y miró al señor Knott en busca de ayuda.

—Señor, ¿esto ha sido un sí o un no?

El padre estaba tan confundido como Will y contestó:

—Bueno, hijo, podría significar tanto una cosa como la

otra, con las mujeres nunca se sabe, voy a averiguarlo. —Se puso en pie, entró y llamó a la puerta del dormitorio—. Elner, este muchacho está esperando una respuesta. No creo que se vaya antes de saberla, debes decirle algo.

Entonces Will oyó que Elner lloraba aún con más fuerza.

El padre abrió la puerta, entró y se sentó en la cama, a su lado. Ella alzó los ojos llorosos.

—Es que ha sido una sorpresa tan grande que no sé qué decir.

Él le cogió la mano y le dio unas palmaditas.

—Bueno, pues me parece que se trata de esto, has de decidirte. ¿Quieres que este alfeñique de ahí fuera sea tu marido o no?

Elner levantó la vista, el rostro surcado por las lágrimas.

—Creo que sí, papá —dijo, y se anegó de nuevo en llanto.

—¿Ah, sí? —Ahora era él el sorprendido. Aquello le había pillado totalmente desprevenido. Le disgustaba la idea de perder a Elner, pero dijo—: Bueno, cariño, no es gran cosa para marido, pero trabaja duro, justo es decirlo, así que si aceptas, sal y díselo.

—No puedo. Díselo tú.

—Muy bien, hija —dijo él—, si lo hicieras tú tendría más valor, pero de acuerdo. —Se levantó y salió al porche, meneó la cabeza en señal de asombro y dijo—: No lo entiendo, muchacho, pero te han dado el sí.

Las chicas soltaron un grito, pegaron un salto y corrieron adentro a ver a Elner, agitadas y con risitas nerviosas. Will, con una sonrisa radiante de oreja a oreja, se acercó y estrechó la mano del señor Knott.

—Gracias, señor, gracias —dijo—. Dígale que volveré en cuanto pueda.

—Así lo haré. —Luego el señor Knott le puso la mano en el hombro, se lo llevó aparte para que nadie más pudiera oír y dijo con calma—: Sabes que te llevas la mejor, ¿verdad, hijo?

Will lo miró directamente a los ojos y respondió:

—Sí, señor. Lo sé.

Fiel a su palabra, Will regresó un año y medio después y

compró veinticinco acres de tierra a unos quince kilómetros de la granja del padre de Elner. Ésta nunca había pensado en casarse, jamás había imaginado que sería la primera de las hermanas en hacerlo. Pero, más adelante, Will le dijo que la había escogido desde el principio.

—Desde el instante en que te vi por primera vez supe que eras para mí. Sí, señor. Eres mi fuerte, grande y hermosa mujer —le dijo.

Hacían una pareja extraña, la alta y fornida Elner y el pequeño y flacucho Will, pero fueron felices; y ahora ella se moría de ganas de volver a verlo.

Entretanto, en Elmwood Springs, la pobre Verbena Wheeler había sentido tanta vergüenza al llamar de nuevo a la emisora, que ahora lamentaba haber ido a la redacción de la revista y habérselo dicho a Cathy. Cogió la Biblia y la hojeó en busca de ayuda. Cuando por fin encontró la cita adecuada, marcó el número.

—¿Cathy? Soy Verbena. Quiero leerte algo de Lucas 8:52 a 55.

«Oh, Dios mío —pensó Cathy—, otra vez no», pero dijo:

—Vale.

—¿Estás escuchando?

—Sí. Adelante —respondió Cathy.

—«Pero Él dijo "no lloréis, no está muerta sino que duerme". Y se burlaban de Él, porque sabían que la niña estaba muerta. Pero Él la tomó de la mano y la llamó, diciendo: "Niña, levántate." Ella recuperó el aliento y se levantó en el acto.»

Cathy, armada de paciencia, esperaba una explicación de por qué Verbena tenía que leerle aquello, pero ésta guardaba silencio.

—Sí. ¿Y...?

—Creo que deberías saber que en este preciso momento estamos viviendo una situación parecida. ¡Elner Shimfissle se acaba de levantar!

¿Que ella hizo qué?

3h 39m de la tarde

Franklin Pixton, gerente del Hospital Caraway, era un hombre de cincuenta y dos años, alto, emperifollado y algo pijo. Lucía un traje elegante, camisa a rayas y pajarita, y llevaba gafas con montura de concha. Era el típico ejecutivo de nivel alto cuya principal actividad era codearse con los viejos y los nuevos ricos para que éstos donaran fondos al hospital, lo que se le daba bastante bien. Él y su esposa eran miembros de todos los clubes adecuados, sus hijos iban a las escuelas adecuadas, y vivían todos en la casa adecuada de ladrillo rojo estilo Tudor. No permitiría que una minucia como una paciente declarada muerta por error pusiera en peligro el prestigio de su hospital. Tras recibir la llamada, dijo a la enfermera que dentro de una hora quería ver en su despacho a todas las personas implicadas, y dio orden de que no se hablara de aquello con nadie.

Colgó e inmediatamente llamó al abogado del hospital, Winston Sprague, especialista en asuntos administrativos.

—Tenemos un caso complicado —dijo Pixton.

186

—¿Cómo?

—Paciente declarada muerta. Varias horas después empieza a hablar.

—¡Mierda! —soltó Sprague.

—Muy gráfico; y acertado —admitió Pixton.

—¿Quién ha sido informado?

—Por lo que sé, los familiares más cercanos.

—Muy bien —dijo el abogado—, no acepte ninguna responsabilidad ni admita culpas ni fallos. Puede pedir disculpas por lo sucedido, pero de una manera vaga..., sin especificar. No piense ni pronuncie la palabra «negligencia». En treinta minutos estoy ahí. Nos vemos abajo.

El joven abogado, al que apodaban «pijo número dos», cogió su maletín con el habitual documento de renuncia, se echó encima la chaqueta, se alisó el pelo hacia atrás y respiró hondo. Va por ti, Franklin Pixton, «pijo número uno». Winston Sprague ardía en deseos de entrar en el club de campo, y Pixton sería su calzador. Sprague también quería ganar un millón de dólares antes de cumplir los treinta, y pisaría a quien fuera para lograrlo. Su lema era: «Jode a los débiles.» Había mentido antes, y volvería a mentir. La ética era para los imbéciles. Hacía años que había dejado de pensar en lo que estaba bien y lo que estaba mal. Para él, sólo se trataba de ganar o perder. Era el típico sabelotodo, cínico e insidioso, que además despreciaba a la especie humana y pensaba que estaba rodeado de estúpidos.

Media hora después, el abogado pelirrojo salía de un ascensor y Franklin del otro. Los dos se acercaron al mostrador y Franklin preguntó:

—¿Quién es el pariente más cercano? —La chica señaló la habitación 607.

Ahora Norma se encontraba en una habitación privada, sentada en la cama, tomando un zumo de naranja tras haberse desmayado otra vez, y estaba siendo observada por un médico de urgencias encargado de su recuperación.

—Hola, señora Warren —dijo Franklin con voz almibarada—, soy Franklin Pixton, y éste es mi socio, Winston Sprague. Acaban de llamarnos para explicarnos la situación..., y he venido en cuanto me ha sido posible. Antes de nada, ¿cómo se encuentra?

—Bueno, me siento tan desconcertada que apenas puedo pensar con claridad. Primero me han dicho que mi tía estaba muerta y luego resulta que no; estaba desconsolada, y al cabo de un rato rebosaba de alegría porque ella está viva, y ahora mismo me siento como si alguien me hubiera estampado contra la pared.

—La entiendo —dijo Franklin asintiendo.

—Mi pobre hija está muy afectada, y aún no sé cómo a mi esposo no le ha dado un infarto. Fíjese, se me está cayendo el pelo. —Les enseñó unos cabellos que efectivamente se le habían caído y luego se dirigió al médico—: Doctor, ¿una conmoción puede hacer que se te caiga el pelo? Oh, Dios mío, no me diga que ahora tendré que llevar peluca.

—Señora Warren, ¿hay algo, lo que sea, que podamos hacer por usted? Todos nos sentimos mal por lo sucedido. Como es lógico, todos los gastos hospitalarios correrán por nuestra cuenta.

—Oh, es muy amable de su parte, señor...

—Pixton.

—No, señora Warren, insisto, queremos compensarla a usted y a su familia por cualquier, eh... —Echó un vistazo a Sprague en busca de la palabra apropiada.

—Inconveniente —dijo el abogado.

—Eso es, cualquier inconveniente que se haya podido producir —dijo mientras el abogado le daba el documento que había acabado de sacar del maletín.

—Pero entretanto, si nos quiere firmar esto.

—¿Qué es? —preguntó Norma—. Ya he firmado un montón de cosas.

—Sólo una pequeña formalidad, para asegurarnos de que está usted protegida en todo momento si algo..., eh..., si usted necesita algo..., y así nosotros estamos protegidos. Pensamos que es mejor ocuparnos de ello ahora, y de este modo podemos tramitarlo lo antes posible.

—¿Protegida de qué?

Sprague pegó un salto.

—De hecho, tiene más que ver con asegurar que no se incurrirá en gastos mientras su tía esté a nuestro cargo.

—Ah, ya entiendo —dijo Norma—. Se lo agradezco, pero, en serio, ustedes no tienen por qué pagar nuestras facturas, lo que ha pasado no es culpa suya.

Para Sprague y Pixton, la última afirmación de Norma, «no es culpa suya», no fue simplemente música celestial sino todo un concierto de Beethoven.

—Si acaso —prosiguió Norma—, nosotros deberíamos perdirles disculpas a ustedes. Me he sentido tan mal por esa pobre enfermera. Se ha pegado un susto de muerte. Espero que esté bien. Dicen que aún no ha regresado.

—Seguro que ella está bien, señora Warren.

—Ojalá. Lamento haber quedado tan afectada y haberme desmayado dos veces, pero tienen que comprenderlo, ustedes quizás estén acostumbrados a estas cosas, pero yo no.

Ambos asintieron comprensivos.

—No tiene por qué disculparse, señora Warren. Lo único que puede hacer por nosotros es firmar este documento para que podamos ponerlo todo en marcha.

Norma aún parecía reticente.

—Tal vez debería preguntarle a mi esposo. No creo que él quiera que ustedes paguen nada. Seguramente será un pico.

El abogado intervino al punto.

—No se preocupe por eso, tenemos una póliza de seguros que cubre este tipo de cosas.

—Es muy habitual, pasa continuamente —añadió Franklin.

—Muy habitual —dijo el abogado Sprague asintiendo.

—Bueno, de acuerdo —dijo Norma—; sigo creyendo que no debería, pero si insisten.

—Insistimos, es lo menos que podemos hacer.

Mientras Norma firmaba el documento, tuvieron que aguantarse las ganas de pegar un brinco y entrechocar la mano abierta, pero permanecieron impasibles. Ella no leyó la cláusula según la cual renunciaba al derecho de pedir responsabilidades al hospital.

El señor Pixton sacó una tarjeta suya y escribió en ella su número.

—Aquí están los números de mi despacho y de mi casa; prométame que me llamará si usted o su familia necesitan algo.

—Y aquí los míos —dijo el abogado—. Estoy disponible las veinticuatro horas del día.

Tras abandonar los dos la habitación, Norma se dirigió al médico y dijo:

—Qué amables han sido, ¿verdad?

El médico quiso decir algo, pero se abstuvo.

Mientras los dos hombres esperaban el ascensor, Franklin dijo con calma:

—Nos hemos librado de una buena.

Más tarde, ya en su despacho, Winston Sprague no sentía el menor remordimiento. Tenía la obligación de proteger el hospital antes de que ese rastrero picapleitos, Gus Shimmer, obsesionado con las indemnizaciones por accidentes y siempre dispuesto a demandar, lo descubriera todo, apareciera y localizara a la señora Warren. Alguien del interior del hospital le había estado suministrando información sobre todas las negligencias que se producían, lo que había costado millones a la entidad. Menos mal que la señora Warren era estúpida y no leyó lo que firmaba. Ella tendría toda la razón; desde luego el hospital tenía la culpa. ¿Pero cuánto podía costar un error? ¿Valdrían la pena los millones de dólares que tendrían que pagar? Tampoco es que ellos intentaran matar a sus pacientes.

Franklin Pixton también fue directamente a su despacho. Ahora que ya habían resuelto la cuestión legal con la señora Warren, tenía que llegar al fondo del asunto lo antes posible. Pulsó el interfono.

—Brenda, quiero los nombres de todos los que estaban de servicio esta mañana.

Una trabajadora de la plantilla, la joven enfermera que una hora antes había salido corriendo de la habitación de Elner gritando a todo pulmón, fue recogida por su madre en un 7-Eleven a unos tres kilómetros del hospital. Mientras iban en coche a casa, la madre volvió a preguntarle.

—¿No quieres que te lleve al trabajo, seguro?

—Ya te lo he dicho, no volveré. Lo dejo.

—No puedes dejarlo y ya está.

—Claro que puedo.

—¿Vas a desperdiciar toda tu formación de enfermera por este pequeño incidente?

—Si los muertos se levantan y empiezan a hablar, tenlo por seguro —dijo la joven enfermera.

—¿Y qué harás?

—Haré de manicura, lo que quería desde un principio.

La madre exhaló un suspiro.

—En fin, es tu vida, qué le vamos a hacer.

Después de la resonancia

4h 30m de la tarde

Aquella misma tarde, después de que a Elner le hicieran una RM y un TAC, la llevaron en camilla a cuidados intensivos y la volvieron a conectar a todas las máquinas. Para entonces, Norma estaba ya de vuelta en la sala de espera con los demás, preguntándose qué pasaba. Macky se impacientaba por momentos. Al final, se acercó al mostrador y preguntó a la chica dónde se encontraba Elner y por qué no aparecía nadie para explicarles nada. La joven hizo una llamada y luego dijo:

—Está otra vez en cuidados intensivos, es todo lo que puedo decirle.

—¿Dónde está cuidados intensivos?

—En la planta séptima, pero tiene que esperar aquí.

Macky no esperó. Se acercó a los otros y dijo:

—Venga, esto es absurdo, iremos a verla ahora mismo.
—Susie se quedó por si venía el médico. Cuando llegaron a la séptima planta, Macky se dirigió a Norma y Linda—: Dejad que entre primero y esperad, luego salgo a buscaros.

Macky cruzó varias salas hasta encontrar la de Elner, y en el preciso instante en que iba a entrar salió un enfermero, quien al ver a Macky allí preguntó con cierta indignación:

—¿Puede saberse qué está haciendo aquí?

—Voy a ver a mi tía —contestó Macky.

—¡De ninguna manera! —soltó el enfermero, cerrando la puerta a su espalda—. ¿Es que no sabe leer? El letrero dice que no se permiten visitas.

—Sí, claro que sé leer, pero voy a ver a mi tía.

—¡De ninguna manera! —repitió poniéndose las manos en la cintura y dando casi un pisotón.

Macky lo miró y dijo con voz tranquila:

—Mire, amigo, si quiere intentar impedírmelo, es su problema, pero no se equivoque, voy a entrar.

El enfermero miró con detenimiento al hombre que tenía delante. Era más viejo que él y no tan alto, pero en su mirada había algo que lo impulsó de repente a hacerse a un lado y franquearle el paso. No le apetecía nada habérselas con un tipo así.

Macky entró en la habitación y se acercó a la cama; cuando Elner alzó la vista y vio quién era, se alegró.

—¡Hola, Macky! —dijo, tratando de cogerle la mano.

—Hola —dijo él, mirándola con una sonrisa—. ¿Qué tal estás, chica?

Ella se rió.

—Bien conectada.

—Ya lo veo —dijo él.

—Menudo lío, ¿eh? ¿Cómo es que Linda ha venido tan rápido? Aparte de todo, ¿qué hora es? Estoy totalmente despistada, espero no haberte hecho perder horas de trabajo.

—No te apures por eso. ¿Cómo te encuentras? —quiso saber Macky.

—Oh, bien, sólo que las picaduras de las avispas comienzan a escocer. ¿Norma y Linda siguen aquí?

—Están fuera, esperando para verte.

—Macky —dijo ella levantando los ojos—. Siento mucho

haberme caído de ese árbol. ¿Norma se ha enfadado mucho?

—Nooo, qué va, está contenta de que no haya sido nada. ¿Necesitas algo, Elner?

—Sí, que alguien vaya a dar la comida a *Sonny* y a mis pájaros; y a mirar si el horno está apagado.

—Todo eso ya está. Lo han hecho Ruby y Tot.

—¿Ah, sí? Menos mal. A propósito, ¿dónde estoy? —preguntó Elner.

—En el Hospital Caraway de Kansas City.

—Lo que me imaginaba, pero ¿cómo he llegado hasta aquí?

—La ambulancia te ha recogido y te ha traído.

—¿Una ambulancia? No recuerdo haber estado en ninguna ambulancia.

—Estabas sin conocimiento.

—¿Hablas en serio, Macky?

—Completamente.

—¿Llevaban puesta la sirena?

—Desde luego.

—Jolín, una vez que voy en ambulancia y no me entero de nada —se lamentó Elner.

—¿Tienes ganas de ver a Norma y a Linda? Ellas arden en deseos de verte.

—Oh, claro... Por cierto, Macky, entérate de qué han hecho con mi bata, ¿vale?

Cuando Norma y Linda entraron en la habitación, se acercaron y le dieron un beso, y la tía Elner le dijo a Linda:

—Lamento haberte hecho venir por nada.

—No seas boba, tía. Me alegra tanto ver que estás bien; creíamos que te habías muerto.

—Yo también lo creía —dijo Elner—. Cuando me he despertado viva, me he sorprendido como el que más.

—Bueno, lo dudo —dijo Norma.

Hacia las cinco y media, el médico tuvo por fin todos los resultados de las pruebas y fue en busca de Norma y Macky. Cuando éstos salieron al vestíbulo, les explicó que hasta el momento sólo habían encontrado picaduras de avispa y algunas magulladuras, pero que todo lo demás estaba bien. Entonces Macky le preguntó:

—¿Qué demonios ha sucedido? ¿Estaba en una especie de coma y luego simplemente se ha despertado?

—La verdad es que no sé qué ha pasado —admitió el médico.

—¿Por qué pensaban que estaba muerta?

—Señor Warren, según todas nuestras indicaciones estaba muerta.

—Pues entonces deberían ustedes verificar esas indicaciones, porque algo ha fallado.

El médico meneó la cabeza.

—Señor Warren, todavía no sabemos qué ha salido mal, pero le prometo que llegaremos al fondo del asunto, y en cuanto sepa algo se lo haré saber.

Norma advirtió que el médico estaba sinceramente afectado y parecía muy agotado; entonces dijo:

—Nos alegramos de que ella esté bien y de que no se haya roto la cadera.

—No, no tiene ningún hueso roto, pero nos gustaría mantenerla ingresada unos días y hacerle algunas pruebas más para asegurarnos de que está del todo bien.

—Lo que usted diga, doctor —dijo Norma—. Espero que no se meta en ningún lío —añadió cuando el médico se hubo ido.

Al cabo de unos minutos, el doctor Henson entró en el despacho de Franklin Pixton visiblemente agitado.

—¿Cuál es su estado actual? —preguntó Franklin.

—Estable, todas las constantes vitales normales, igual que la RM y el TAC.

—¿Qué ha pasado?

—Esta mañana estaba clínicamente muerta... Lo he intentado todo.

Franklin levantó la mano para hacerlo callar y pulsó el interfono.

—Ordene inmediatamente una revisión de todos los aparatos de la sala de operaciones. —Luego se reclinó—. Muy bien, Bob, siga.

—Ha venido con un Código Tres, y cuando he llegado ya había fallecido. Pero lo hemos hecho todo, ¿qué más puedo decir?

—Usted sabe que habrá una investigación. Tendré que hacerle el control antidoping.

—Sí, lo sé —aceptó el médico.

—¿Se encuentra bien?

El médico asintió.

—Sí, sólo algo cansado, pero esto no es excusa. Asumo toda la responsabilidad, simplemente no entiendo cómo he podido equivocarme. Lo he revisado una y otra vez...

—¿Dónde está ella ahora?

—En intensivos; he llamado a un neurólogo para que mañana a primera hora le haga un examen cognitivo.

Después de que el médico hubiera abandonado su despacho, Franklin pensó que era raro que algo así no hubiera pasado antes. Los médicos de urgencias estaban exhaustos, pasaban una semana tras otra durmiendo dos o tres horas, trabajando bajo presión, tomando decisiones de vida o muerte. Era casi inhumano esperar que una persona aguantara eso. Franklin entendía lo del cansancio. Todo el mundo estaba cansado. Él mismo había estado agotado durante años. Parecía que sólo daba bandazos de una catástrofe a otra. Si no era una maldita cosa, era otra; ahora apaciguas a éste, ahora te reúnes con tal o cual grupo que se queja constantemente de algo, amenazando con ir a la huelga. Todo el hospital estaba siempre al borde de algún desastre.

En los últimos diez años, los gastos se habían disparado. Con tantos delincuentes y toxicómanos entrando y saliendo del hospital, ahora se veían obligados a gastar un dineral en guardas jurados, y encima el año anterior tuvieron que despedir a siete por robar analgésicos. La empresa proveedora de ropa de cama había subido los precios, el servicio de recogida de basuras estaba en huelga, y habían tenido que modernizar todo el sistema informático después de que unos hackers entraran en el mismo y accedieran a los historiales de los pacientes.

En un principio, el Hospital Caraway fue una institución creada para ayudar a la gente, pero ahora todo parecía contribuir para que ésta fuera una misión imposible. Las compañías de seguros, los sindicatos, los abogados granujas; si en aquella época conseguían que un paciente entrara y saliera del hospital sin que les robaran o los demandaran ya era todo un éxito. Su sala de urgencias estaba atestada de gente que ahora la utilizaba como clínica personal. Que el hospital cobrara por sus servicios, ni hablar; la mayoría de los pacientes no tenía seguro, y en el caso de los que sí tenían se tardaba meses, incluso años, en cobrar la factura mientras la empresa sí abonaba las nóminas. Las personas que podían permitírselo acababan pagando un pequeño dineral por lo que casi todos conseguían gratis. Desde luego había gente que realmente no podía pagar. Él comprendía eso, pero eran los otros, quienes buscaban cualquier excusa para presentar una demanda, los que creían que no tenían por qué pagar, que tenían derecho a la asistencia médica gratuita. Daba igual que eso le costara millones al sistema y lo obligara a él a despedir a trabajadores muy válidos y a quedarse con otros mal pagados y sobrecargados de tareas.

Se oponía con vehemencia a la costumbre un tanto alegre de la gente y el gobierno de desplumar a los ricos. La mayoría de las personas ricas que conocía, incluyéndose él mismo, trabajaban muy duro para ganar su dinero y eran quienes hacían casi todas las donaciones importantes al hospital. Se seguía funcionando gracias a la generosidad de los ricos. No creía que los ricos debieran nada a nadie; y sin embargo, eso precisamente era lo que pasaba en Caraway. Todo el mundo, también parte del personal, lo quería todo sin hacer ningún esfuerzo. Y si el hospital pretendía sobrevivir, las cosas tenían que cambiar pronto, de lo contrario él no daba muchas esperanzas. Le preocupaban los ricos y los pobres, lo que les pasaría cuando el hospital se viera obligado a cerrar las puertas para siempre.

Brenda lo llamó por el interfono.

—Su esposa por la tres.

Cerró los ojos cinco segundos. Sabía que ella llamaba sobre el baile benéfico «Ten piedad». Cogió el auricular y escuchó los problemas de ella: los centros de mesa no eran del color adecuado.

—Sí, cariño —dijo él—. Sí, cariño, estoy de acuerdo, es tremendo.

En ese mismo momento, desde la cafetería del hospital, alguien estaba haciendo una llamada furtiva al abogado Gus Shimmer.

—¿Gus?

—Sí.

—Soy yo.

—¿Qué tienes para mí?

—Una paciente, la señora Shimfissle; su pariente más cercano, la señora Norma Warren.

—¿Sí?

—Declarada muerta por error durante cinco horas.

—¿Me tomas el pelo?

—No, he visto el expediente.

—¿Han firmado algo ya?

—Sí..., los dos «sonrisas» fueron por ella enseguida.

—Muy bien. Esto puede ser gordo. Gordo de veras. Decir que alguien está muerto sin estarlo es un diagnóstico errado de tres pares de narices.

—Eso mismo he pensado yo.

—Si sale bien, te llevas el veinte por ciento, ¿vale?

—Además de mis habituales honorarios de exploradora.

—Por supuesto —dijo el abogado, mientras se callaba lo que pensaba: «Codiciosa de mierda.»

Pero cuando el abogado de ciento veinte kilos colgó, estaba eufórico. Podía ser un caso bueno de verdad. Le daba igual que la familia ya hubiera firmado la consabida renuncia a reclamar responsabilidades. No había documento de renuncia, fuera un fondo fiduciario irrevocable, un acuerdo prenupcial o un contrato verbal o escrito, del que no pudiera librarse o no pudiera sortear. El Hospital Caraway era su fecunda mina de oro personal, a la espera sin más de ser explotada una y otra vez. Calculaba que después de pagar a la enfermera y quizá sacar algo de pasta para los clientes, cuando todo hubiera terminado estaría forrado. Naturalmente, su esposa Selma se quejaba cada vez que él entablaba una nueva demanda judicial contra un hospital. Una vez ella dijo:

—Gus, si sigues poniendo pleitos a esos hospitales por cualquier cosa, Dios quiera que yo no tenga que acabar nunca en la sala de urgencias, porque si se enteran de quién es mi marido, no se atreverán a tocarme.

El dilema de un médico

Aquella tarde, hacia las cinco, la pastora Susie Hill, que aún se sentía algo agitada después de la dura experiencia de ver que una mujer supuestamente muerta pasaba volando por su lado y la saludaba, abandonaba el hospital. Norma, Macky y Linda se quedaron con la tía hasta agotar las horas de visita. Decidieron que esa noche Linda iría a casa con Norma y Macky, y que todos procurarían dormir y volverían a la mañana siguiente. Si la tía Elner seguía bien, Macky acompañaría a Linda al aeropuerto para que pudiera regresar a su trabajo el día siguiente.

Abajo, hacía un momento que el doctor Bob Henson había entregado su muestra de orina al tipo del laboratorio y estaba cruzando la puerta. Había comenzado en el mundo de la medicina como la mayoría: joven, lleno de ambición, espoleado por el deseo de ayudar a la humanidad, de salvar vidas, de marcar la diferencia. Ahora tenía treinta y dos años, estaba un poco hastiado, pero sobre todo cansado y muy harto de la estupidez de la mayoría de los marginados que día y noche entraban y salían de la sala de urgencias. La pura inutilidad de pasar horas extrayendo balas a jóvenes, suturando heridas de navaja, ocupándose de sobredosis, borrachos, locos, prostitutas apaleadas, intentos de suicidio, tratando a los mismos una y otra vez por lo mismo, lo había vuelto irascible e irritable. Tener que atender constantemente a desconsoladas madres de hijos abatidos a tiros en la calle a manos de una banda rival, comunicar a decentes padres de clase media que sus hijos estaban muertos porque conducían borrachos o drogados, o que habían sido embestidos por alguien que iba drogado o borracho... En sólo dos años en la sala de urgencias, su opinión sobre la especie humana había caído en picado.

Estaba comenzando a creer que un montón de gente estaba ocupando espacio inútilmente, haciendo perder el tiempo de los médicos, agotando los recursos del hospital, consumiendo energía y dinero que podían ser utilizados en otras cosas. Tras confiar sus sensaciones a un colega médico de urgencias, el otro le dijo: «Por Dios, Bob, vaya disposición de ánimo la tuya, alguien debería ayudarte.» Pero no hizo caso. Su vida transcurría en el hospital, donde pasaba largas horas o en la sala de urgencias o en su pequeño, sucio y desordenado despacho, sin apenas tiempo de cepillarse los dientes, ocupado en interminables papeleos o intentando echar una cabezadita en el futón lleno de bultos.

Y en casa la situación no era mejor. Se había casado con una chica algunos años mayor, resuelta a quedarse embarazada lo antes posible. Él quería esperar, pero ella estaba decidida, y ahora, gracias a los nuevos métodos de fertilidad, tenían dos niños pequeños, uno de tres años y el otro de dos, y según la ecografía de la semana anterior, venían de camino dos gemelos. La casa ya era muy pequeña, con dos niños de menos de tres años berreando, y una esposa que también estaba tan cansada y atareada que apenas tenía tiempo para sí misma, y mucho menos para él. Entre el trabajo y la casa imposible saber cuándo había podido dormir más de treinta minutos seguidos, y menos aún almorzar un día decentemente. Comía deprisa y corriendo, tomaba café y también barras energéticas para seguir el ritmo. ¿Aún le sorprendía haber cometido un error? Si no hubiera estado tan cansado, quizás habría prestado más atención, no se habría dado por vencido tan deprisa. Pero a los médicos no se les permite tomar decisiones equivocadas, cometer errores. Esperaba que el fallo no hubiera sido suyo.

Después del incidente, se quedó esperando a que los técnicos revisaran los aparatos minuciosamente, y cuando éstos salieron e informaron de que funcionaban a la perfección, sintió que su vida y su carrera se iban al traste. ¿Qué había pasado? Vale, estaba agotado, en otras ocasiones también lo había estado. ¿Por el hecho de que la paciente era muy vieja? ¿Pensaría él por un instante, inconscientemente, que la vida de la mujer no era tan importante como la de una persona más joven? Si el ingresado era joven, siempre había una sensación de urgencia algo mayor, se invertía más esfuerzo. Pero ¿por qué? Él no era nadie para juzgar la importancia de una vida; pero resultaba que quizá lo hiciera, y debido a ello casi mata a alguien. A veces un pequeño detalle provoca un giro de los acontecimientos: el hecho de haber accedido a esperar unas horas a que llegara la hija de los Warren había salvado la vida de la anciana. Si no hubieran esperado, tal vez la señora Shimfissle habría acabado metida en un cajón de la morgue o, peor aún, podían haber empezado a hacerle la autopsia. Aunque no perdiera el empleo, jamás se perdonaría eso a sí mismo. En lo que a él respectaba, su carrera había acabado, con independencia de lo que dijeran las máquinas. Tenía que haberse esforzado más, dedicar más tiempo a la mujer, no abandonar tan pronto. Tantos años de sacrificio, tantos años de estudio y trabajo, y todo para nada.

Después de limpiarse bien y cambiarse para salir a la noche, el doctor Henson fue a la habitación de Elner.

—Hola, señora Shimfissle. ¿Cómo está?

—Bien, gracias, ¿y usted?

Evidentemente ella no sabía quién era él, así que se lo explicó.

—Señora Shimfissle, yo era el médico encargado de la sala de urgencias cuando ha llegado usted esta mañana.

—Oh, no le reconocía sin el gorro de ducha —dijo Elner.

—¿Puedo sentarme un momento?

—Desde luego.

Él se esforzó por encontrar las palabras adecuadas.

—Señora Shimfissle, debe saber que he sido yo quien la ha declarado muerta, y quiero que sepa que lo lamento.

—Bueno, no lo lamente por mí —dijo Elner—. Esto ha asustado un poco a mi sobrina y a los demás, pero está claro que no tengo nada grave.

—No, no lo entiende, ha sido culpa mía. Usted podía haber muerto por mi culpa —dijo el médico.

Ella lo miró.

—Pero no me he muerto, doctor. Mire, estoy rebosante de salud, y a que no sabe una cosa: pues que ya no me hace falta el audífono. Cuando he despertado, me he dado cuenta de que oía perfectamente. ¿Qué le parece?

—Esto es fantástico, pero quería que supiera que estoy pensando en abandonar la medicina.

—¿Por qué?

—Porque... casi la mato —dijo él conteniendo las lágrimas.

—Oh, a ver, escuche, usted no ha tenido nada que ver. Además, todo pasa por alguna razón. Así que no hable de dejar la medicina, es ridículo.

—Quizá me vea obligado a ello, señora Shimfissle, seguramente su sobrina va a demandarme a mí y al hospital, algo que entenderé perfectamente.

Elner lo miró sorprendida.

—¿Norma? Venga, vamos, Norma Warren es la chica más encantadora del mundo, no va a denunciar a nadie, por el amor de Dios, quítese eso de la cabeza ahora mismo.

203

Después de que el médico se hubo ido, entró una enfermera en la habitación para darle una pastilla.

—Ahora va a dormir un poco, señora Shimfissle —dijo—... Si necesita algo, estoy fuera..., simplemente pulse el botón de llamada.

—Muy bien. Eh, por cierto, ¿dónde está el botón? Por si acaso.

—Aquí mismo —señaló la enfermera—, en el lado de la cama; si aprieta este botón blanco, se enciende el número de su habitación en el puesto de enfermeras.

—Vale, buenas noches.

Después de que la enfermera se hubo marchado, Elner cogió el botón blanco y lo miró. Le gustaba la idea de tener un botón de llamada. Estaba la mar de contenta. Pensó que era casi como tener uno de esos buscapersonas que salían en la televisión, como en el anuncio de «¡Socorro, socorro, me he caído y no puedo levantarme!». Le vino a la cabeza una vieja canción y se quedó allí tumbada cantando: «Cuando te llame, ooh, ooh, oh, oooh, tú responderás, oh, oh, ohoooh», y se fue quedando dormida. Estaba cansada. Había sido un gran día, y hasta hacía una hora habían estado observándola, tocándola y clavándole agujas.

Mientras conducía de regreso a casa aquella noche, Macky dijo:

—Cuando antes he estado en la habitación con ella, habría jurado que estaba muerta, y luego, cuando hemos entrado todos y ha comenzado a hablar, me ha dado un susto de muerte.

—Yo casi me meo en los pantalones —dijo Linda.

—Vaya día, ¿eh? —comentó Norma—. Es increíble lo que hemos pasado en las últimas doce horas. Yo me he desmayado dos veces, y esa pobre enfermera, jamás en mi vida he oído gritar a nadie así.

De repente Linda rompió a reír.

—Tenías que haber visto la cara de Susie Hill cuando la tía Elner ha pasado volando por su lado. Casi se le salían los ojos de las órbitas, ha dado un salto hacia atrás, y ha soltado «¿quiéeen?».

Luego, ya relajados del todo, a los tres les dio un ataque de risa hasta que les corrieron lágrimas por las mejillas. Cuando llegaron a casa, estaban exhaustos. Norma dijo:

—¡Creo que no había reído y llorado tanto en toda mi vida!

Mientras esa noche Norma se iba quedando dormida, pensó que del desastre al menos había resultado una cosa buena. Cuando la enfermera le dio una bolsa blanca de plástico con los efectos personales de la tía Elner, Norma se acercó tranquilamente y lo tiró todo a un gran cubo de basura que había junto a la puerta.

¡Por fin se había librado para siempre de aquella espantosa bata marrón!

El concurso

6h 45m de la mañana

La noche antes, el doctor Brian Lang había recibido una llamada en casa; le pedían que por la mañana, antes de nada, examinara a una paciente. Cuando leyó el historial que le enviaron por correo electrónico, le asombró el hecho de que la mujer hubiera logrado sobrevivir a una caída como aquélla. El TAC no mostraba señales de nada, todas las constantes vitales estaban bien, pero lo mandaban llamar como medida de seguridad, para verificar cualquier pérdida de memoria a corto o largo plazo antes de darle el alta. Él era un experto en lesiones cerebrales y tenía su propia serie de preguntas para detectar traumatismos que hubieran podido no ser advertidos.

A primera hora de aquel martes entró en la habitación y dijo:

—Buenos días, señora Shimfissle, soy el doctor Lang.

—Buenos días —dijo ella alzando la vista con cautela—. No habrá venido para llevarme no sé dónde a que me hagan otra prueba, ¿verdad?

—Oh, no, señora Shimfissle —dijo él mientras acercaba una silla a la cama—. Sólo quiero charlar un rato con usted aquí mismo, si le parece bien.

—Pues claro, me encantará charlar con usted siempre y cuando no me pinche con nada. Siéntese. Le ofrecería algo de beber, pero no encuentro el botón. Me traen cualquier cosa que les pida.

—No importa, gracias —dijo él mientras se sentaba y sacaba sus papeles.

—Fíjese —dijo Elner al tiempo que pulsaba el control de la cama y empezaba a ponerse derecha—. Curioso, ¿eh?

—En efecto. Bien, señora Shimfissle: ¿ha tenido dolor de cabeza en las últimas veinticuatro horas? —preguntó el doctor Lang.

—No, ni una sola vez —contestó ella mientras volvía a bajar la cama—. Menos mal que en casa no tengo una cosa así, porque no me levantaría nunca.

—¿Y qué tal ve?... ¿Aprecia manchas, falta de nitidez o cambios en su visión?

—No. Como ya le dije a mi oculista, veo perfectísimamente bien, de aquí a la luna.

El médico notó que los ojos de ella eran brillantes y claros. Buena señal.

—Señora Shimfissle, ¿puede decirme qué día es hoy?

Ella lo miró de una manera extraña.

—Pero bueno, cariño, ¿es que usted no lo sabe?

—Oh, claro que lo sé, pero son preguntas que debo...

El médico se calló al advertir que ahora ella no lo escuchaba porque estaba absorta en algo que había debajo de las mantas.

—Ah, aquí está —dijo sacando el botón de llamada—. Estaba encima de él. ¿De qué quería usted charlar?

—Bueno, no es charlar en el sentido estricto. En realidad he venido a hacerle unas preguntas.

Elner se animó.

—Oh, ¿como un concurso?

—Algo así, supongo —dijo el doctor.

—Qué bien. Adelante. Pero que las preguntas no sean muy difíciles.

—No, procuraré que no lo sean. Bien, empecemos. ¿Qué día es hoy?

Ella lo miró con atención.

—Ahh..., estoy segura de que es una pregunta con trampa. ¿Es el cumpleaños de alguien? Sé que no es el de Thomas Edison ni el de George Washington... Oh, jolín, no lo sé. Me rindo. ¿Qué día es hoy?

—Sólo estoy preguntando el día de la semana.

—Ah, bueno —dijo ella—. Esto es fácil. Pensaba que quería saber algo más complicado. Martes.

—¿Me puede decir el mes?

—Estamos a dos de abril; le diría la hora pero no tengo el reloj.

—Entiendo. ¿Su nombre completo?

—Elner Jane Shimfissle.

—¿Nombre de soltera?

—El nombre de pila, igual. El apellido, Knott.

—¿Nombre de soltera de su madre?

—Nuckle, y se casó con un hombre llamado Knott, o sea que su nombre completo era Nancy Nuckle Knott. Intente pronunciarlo cinco veces seguidas.

—Señora Shimfissle, ¿cuál es el primer acontecimiento importante que recuerda?

—Bueno, cuando tenía tres años, un pato me picoteó el dedo gordo del pie... Un momento. ¿Se refiere usted a sucesos familiares o no familiares?

—A sucesos históricos —precisó el médico.

—Ah, veamos. Pearl Harbor, siete de diciembre de 1941. Thomas Edison, que nació el once de febrero de 1847, y murió... el dieciocho de octubre de 1931. Roosevelt murió en 1945. Luego la inauguración de Disneylandia, el diecisiete de julio de 1955. ¿Quiere más?

—No, sólo la última fecha importante que recuerda.

—El once de septiembre de 2001. Una que me gustaría olvidar —se lamentó Elner..

—¿Su fecha de nacimiento?

—El veintiocho de julio.

—¿Qué edad tenía usted en su último cumpleaños?

—No lo sé.

—¿No sabe en qué año nació?

—No, se lo aseguro. Lo siento —admitió Elner compungida.

El médico levantó la vista.

—¿No recuerda el año?

—No, era demasiado pequeña para recordar el año exacto, y mi hermana Ida escondió la Biblia familiar, así que no tengo ni idea.

Él bajó los ojos al historial.

—Su sobrina anotó ochenta y nueve.

—Oh, esto es sólo una suposición, para ella unas veces soy más joven, otras más vieja. Depende de su estado de ánimo. ¿Cuántos años tiene usted?

—Treinta y cuatro.

—Yo tengo una sobrina nieta también de treinta y cuatro. ¿Está casado, doctor?

—No, eeeh, señora Shimfissle, tengo algunas preguntas más...

—Ella tampoco está casada, y tiene una hija china. La consiguió en China. ¿Qué le parece?

—Me parece fantástico. Bien...

—Se llama Linda. Linda Warren. Vive en St. Louis y también tiene un buen trabajo. En la compañía telefónica, como Mary Grace. La compañía telefónica tiene más beneficios que nadie.

—No me cabe duda —dijo él—. ¿Recuerda qué hacía justo antes de caerse?

—Estaba cogiendo higos. Su hija se llama Apple. Naturalmente, a Norma no le gustó nada ese nombre. «¿Cómo le vas a poner a tu hija el nombre de un ordenador?», decía. A propósito, ¿para qué son esas preguntas?

—Sólo para comprobar si hay señales de pérdida de memoria a corto o largo plazo.

—Ahh, bueno, tiene sentido. Se trata de averiguar si todavía sigo en mis cabales —reconoció Elner.

—Exacto.

—Bueno... ¿Lo he superado?

El médico sonrió y cerró el historial.

—Sí. Con buena nota, diría yo.

—Eh, escuche, ¿va a andar por aquí dentro de unas horas?

Él miró el reloj.

—Sí, aún debería estar aquí. ¿Por qué?

—Quiero que vuelva a verme, ¿de acuerdo? —expresó Elner con cordialidad.

—Lo intentaré.

Mientras salía, el médico no pudo contener la risa. La anciana señora era un lince. Demonio, él no se acordaba de la mitad de las fechas que recordaba ella. A ver: ¿cuánta gente recordaría la fecha de nacimiento de Thomas Edison?

¿Dónde está Elner?

8h 30m de la mañana

En Elmwood Springs, las últimas noticias e informaciones sobre Elner colapsaron las líneas de teléfono durante toda la mañana. En su granja, Louise Franks, la buena amiga de Elner, había estado toda la noche levantada preguntándose cómo se lo diría a Polly, su hija retrasada. Polly no sabía qué era la muerte. ¿Cómo le explicaría a su hija que no volvería a ver nunca más a Elner? Cuando Irene Goodnight la llamó para decirle que Elner estaba viva, Louise rompió a llorar. Tot y Ruby habían estado tan ocupadas respondiendo a preguntas y llamando a gente que se les había olvidado completamente dar de comer al gato o llenar la pila de los pájaros. Y *Sonny* no estaba contento. Se acercó a su plato y vio que estaba vacío. Para él esto era un golpe. Su desayuno estaba siempre ahí a esa hora. Se agazapó y miró fijamente el plato unos instantes, y luego se incorporó y merodeó por la casa. Después regresó al plato y se quedó allí, enfrascado en sus pensamientos de gato, dudando si echar una siesta o intentar cazar algunos de los pájaros que volaban por el patio, también despistados y preguntándose dónde estaría su alpiste. Un viejo arrendajo azul graznaba estirando la cabeza, y tres pájaros más pequeños estaban en su pila buscando agua en la que chapotear. Dos ardillas parloteaban subidas en un árbol. Hasta ahora la vieja siempre les había tirado un par de galletas por la puerta trasera. Algo pasaba. Al cabo de unos minutos de darle vueltas al asunto, *Sonny* decidió echar una cabezadita y se dirigió a su sitio, en la parte de atrás del sofá.

Entretanto, un Luther Griggs con los ojos enrojecidos se detenía en un bar de carretera Flying J de las afueras de Yuma, Arizona. Jamás se había sentido más solo en su vida. Mientras se colocaba en la parte trasera del camión para dormir un poco, pensó en lo que Elner le había dicho tantas veces. «Cariño, tienes que casarte. Yo no voy a vivir siempre, y quiero estar segura de que no vas a quedarte solo. Por mucho que no lo creas, debes estar con alguien. Las mujeres salen del paso, pero los hombres no saben apañárselas solos.» Luther no había querido casarse, y pese a que Elner se lo había dicho muchas veces, nunca creyó que ella pudiera morirse. Pero ahora se daba cuenta de que su amiga estaba en lo cierto. Ahora estaba solito y desamparado, y si a Elner le gustaba Bobbie Jo Newberry, supuso que era la elegida. La señora Elner siempre había sabido qué le convenía a él, así que, ¿por qué andar con tonterías? Antes de quedarse dormido, tomó la decisión: cuando llegara a casa, iría al *Dairy Queen*, donde trabajaba Bobbie, y se declararía.

Los arreglos florales

Cuando a la mañana siguiente los Warren llegaron otra vez al hospital, la habitación de Elner estaba llena de flores. Todos los arreglos florales encargados el día anterior habían visto desviada su ruta. Por desgracia, en la funeraria, Neva no había tenido tiempo de cambiar las tarjetas, con lo que la mayoría todavía decían cosas como «Nuestro más sentido pésame» o «Estás presente en nuestros pensamientos y oraciones». En la de Louise Franks, la amiga de Elner, ponía: «Muerta pero no olvidada.»

Al entrar los Warren en la habitación, Elner, sentada en la cama, estuvo contenta de verles.

—¡Mirad todas estas flores! —dijo—. Parece una casa de pompas fúnebres, ¿verdad? —Luego se puso a reír—. Uno nunca es popular hasta que estira la pata. —Entonces señaló un enorme arreglo de gladiolos anaranjados—. Éste es de Bud y Jay, qué bonito, ¿eh?, y esos otros de la Compañía de la luz y la energía de Misuri. Beverly Cortwright me ha enviado estas rosas blancas, seguro que le habrán costado un dineral.

—Caray, tía Elner —dijo Linda—. En mi vida había visto tantas flores.

—Hemos tenido que dejar algunas en el cuarto de baño. Me siento un poco culpable de que la gente se haya gastado todo este dinero sin motivo. Merle y Verbena me han mandado una azalea que puedo plantar, pero el resto es dinero malgastado. —Se volvió hacia Norma y añadió—: Norma, prométeme que la próxima vez dirás a todo el mundo que nada de flores. No van a mandarlas dos veces.

Al cabo de un rato, el doctor Brian Lang llamó suavemente a la puerta en cumplimiento de lo prometido.

—Hola.

Al verlo, Elner lo saludó con la mano. Dijo:

—Eh, pase, quiero que conozca a todo el mundo. Es mi médico de la cabeza..., me ha examinado la cabeza.

El médico entró y dijo:

—Hola, soy el doctor Lang.

—Ésta es mi sobrina nieta Linda de la que le hablé, la de la niña china. Y ellos son mi sobrina Norma y su esposo Macky.

Todos lo saludaron y le estrecharon la mano. El doctor Lang echó una mirada rápida a Linda y luego se dirigió a Norma:

—Señora Warren, ¿puedo hablar con usted un momento?

—Oh, claro.

Salieron al pasillo y él dijo:

—Señora Warren, sólo quería decirle que, según todas las pruebas, no hay ninguna lesión cerebral ni pérdidas de memoria a corto o largo plazo.

—Vaya, pues menos mal —dijo Norma—. Estuvo mucho tiempo inconsciente, y temía que hubiera habido complicaciones por eso.

—No, está perfectamente —aseguró el doctor Lang—. Su conversación es algo deshilvanada, pero es algo bastante lógico en una persona de su edad, así que no me preocuparía.

—No, esto no va a preocuparme, doctor; su conversación siempre es un poco inconexa, desde hace mucho.

Cuando volvieron a entrar, el doctor Lang se acercó a Elner.

—Antes de irme quise pasar a decirle adiós.

—Me alegra que lo haya hecho. Quería que conociera a Linda.

Entonces el médico miró a Linda y dijo:

—Su tía me ha dicho que usted vive en St. Louis, ¿es así?

—Sí —dijo Linda.

—Bien. —Luego se volvió otra vez hacia Elner—. Bueno, buena suerte, señora Shimfissle. No se caiga de otro árbol, ¿vale?

Elner soltó una carcajada.

—No, no lo haré. Tengo la sensación de que eso de coger higos se me ha acabado.

Al cabo de un rato, los Warren llegaron a la conclusión de que Elner estaba bastante bien y que Linda podía regresar a casa; y Macky acompañó a su hija al aeropuerto.

Tan pronto hubieron salido por la puerta, Elner se mostró repentinamente muy agitada y le dijo a Norma:

—Cierra la puerta, Norma. Deprisa, antes de que vuelva la enfermera. Quería estar contigo a solas, tengo que decirte algo. Apúrate.

Norma fue a cerrar la puerta y se acercó nuevamente a la cama.

—¿De qué se trata?

—Sé que estás enfadada conmigo por haberme caído de la escalera, pero cuando oigas lo que voy a decirte, estarás muy contenta de que eso pasara, me lo agradecerás.

—¿Qué quieres decir? —preguntó Norma.

—Bueno, ¿conoces el dicho «me sentí como si hubiera muerto y hubiera subido al cielo»?

—Sí.

—Bueno..., ¡pues a mí me pasó esto de verdad! —admitió Elner.

—¿El qué?

—¡Que me morí y fui al cielo! Quería que fueras la primera en saberlo. ¿No estás contenta? Y, oh, Norma —dijo Elner con los ojos brillantes—. ¡Ojalá hubieras estado conmigo para ver lo hermoso que es! Sé lo mucho que te preocupa la salud y morirte, pero ahora ya no tendrás por qué temer nada, porque las personas no paramos nunca, seguimos y seguimos eternamente... ¿No es una gran noticia?

—Bueno, sí, todos esperamos que esto sea verdad —dijo Norma—, pero...

Elner la interrumpió.

—¡Oh, lo es! Ni en un millón de años adivinarías a quién vi.

—¿A quién?

—¡A tu madre!

—¿A mi madre? —Norma abrió los ojos asombrada.

—Y otra cosa. Sabe que Tot le arregló el pelo.

—¿Qué? —Norma empezaba a alarmarse.

—Sí, pero no te preocupes por eso, ya la calmé un poco, y después tuve una charla muy agradable con la vecina Dorothy y Raymond. ¿Te acuerdas de la vecina Dorothy?

Llegó un punto en que Norma estaba hecha un lío y dijo:

—Claro que recuerdo a la vecina Dorothy..., pero no entiendo de qué estás hablando... ¿Quién es Raymond?

—El marido de Dorothy.

Al oír eso, Norma se dio cuenta de lo que pasaba y dijo:

—Oh, tía Elner, cariño, habrás tenido una especie de sueño. Recuerda que el marido de la vecina Dorothy se llamaba Robert.

—Bueno, no puedo evitar que se parezca a su primer marido —señaló Elner—, el caso es que ahora está casada con Raymond, y no fue ningún sueño, Norma. Dorothy estaba tan viva como tú y yo ahora mismo. Y también vi a Ginger Rogers y a *Princesa Mary Margaret*, el viejo cocker de Dorothy. Allá arriba también hay perros y gatos. ¿No es fantástico? Y, oh, también tuve una agradable conversación con Ernest Koonitz, y Thomas Edison pasó un momento a saludarme.

Norma se arrellanó en la silla. «Oh, Dios mío», pensó mientras una entusiasmada Elner seguía contando con gran detalle todo lo que le había sucedido desde el momento en que entró en el ascensor hasta que salió desde el porche flotando en el aire y llegó al hospital y despertó en su habitación. Cuando acabó, miró a su sobrina con una enorme sonrisa y exclamó:

—Bueno, ¿qué te parece? ¡Aquí abajo estaba muerta, pero allá arriba seguía viva!

Norma estaba aturdida, no muy segura de qué decir, y por unos instantes se limitó a mirar a Elner con expresión afligida.

—Tía Elner... ¿Estabas muerta de verdad? ¿Seguro? —preguntó Norma.

—¿Cómo voy a saberlo, cariño? No soy profesional de la medicina, sólo una persona normal, sé únicamente lo que vi, y con quién hablé, imagínate, ¡Tom Edison vino a verme! Es un hombre de lo más amable, y tan humilde.

«Oh, Dios mío», pensó de nuevo Norma. El médico estaba totalmente equivocado. El cerebro de la tía Elner sí había sufrido alguna lesión. La pobrecita creía realmente que había estado en el cielo y hablado con personas muertas. Norma sabía que era una situación grave de consecuencias impredecibles y que debía andar con tiento, así que tomó la mano de Elner y le preguntó dulcemente:

—Tía Elner, ¿has hablado con alguien más de tu... visita?

—No, todavía no, quería que tú fueras la primera.

Norma forzó una ligera sonrisa.

—Me complace mucho, pero, cariño, creo que sería mejor que no se lo contaras a nadie, ¿de acuerdo?

Elner se sorprendió.

—¿Por qué?

—Mira, sólo prométeme que éste será nuestro pequeño secreto. ¿Vale? ¿Harás esto por mí? —dijo Norma con dulzura.

—Pero ¿por qué? ¿No deberían saberlo todos? Tengo algunos mensajes que transmitir.

—Tía Elner... Por favor, si me quieres, prométeme que no

217

le dirás a nadie que viste ardillas a topos, ni a Thomas Edison, ni a ninguno de los demás, ¿vale?

—Pero ¿por qué? No lo entiendo —expuso Elner.

Norma se mantuvo firme.

—Confía en mí y nada más, tía Elner, tengo mis razones.

Elner estaba decepcionada.

—Muy bien, Norma, lo prometo, pero...

En ese momento, la enfermera llamó ruidosamente a la puerta.

—Señora Warren, tiene una llamada en recepción.

Norma, aún un tanto aturullada, salió a contestar. Era Louise Franks.

—¿Cómo está Elner? ¿Se encuentra bien?

—Oh, sí, Louise. Le han hecho un montón de pruebas y todo parece que está bien, ningún hueso roto, sólo algunas contusiones y picaduras de avispa, pero aparte de esto todo bien.

—Bueno, gracias al Señor —dijo una aliviada Louise—. He estado preocupadísima.

—Pues no te preocupes, todo parece ir sobre ruedas —mintió nuevamente—. Le diré que has llamado, Louise.

—Oh, sí, por favor, y dile que Polly le manda muchos recuerdos.

—Lo haré.

—¿Crees que estará en casa para la Pascua?

—No estoy segura, pero te tendré al corriente.

Norma colgó y pensó: «La tía Elner podrá pasar la Pascua en casa si mantiene la boca cerrada y no se la llevan al manicomio.»

Al volverse, Norma vio un rostro conocido que le sonreía.

—¿Señora Warren? —dijo él—. ¿Podría hablar un momento con usted?

Norma no quería hablar con él, pero era educada incluso bajo presión. Sabía quién era el hombre. Había visto su anuncio en la televisión varias veces. Gus Shimmer, el abogado más grande de la ciudad, como a él le gustaba definirse. Macky decía que era un cazador de indemnizaciones por accidente, pero pese a que ella quería regresar con la tía Elner, se sentó con él y dejó que soltara su discurso mientras no quitaba ojo de la puerta de la habitación.

Cuando el abogado hubo terminado, ella dijo:

—Le agradezco su interés, señor Shimmer, pero ya nos damos por satisfechos con que esté viva; gracias por venir.

Shimmer, insensible al desaliento, dijo:

—Señora Warren, creo que no se da cuenta muy bien del estrés mental y emocional que este contratiempo, o esta negligencia flagrante, como yo prefiero llamarlo, ha supuesto para usted y su familia.

—Mire, lo sé mejor que nadie, créame... Voy a tardar una semana en escribir todas las tarjetas de agradecimiento sólo por las flores, pero, en serio, no quiero demandar a nadie. Estoy segura de que el pobre médico no lo hizo adrede.

—Señora Warren —dijo él—, en una situación como ésta no caben las buenas o las malas intenciones; el hecho es que esto pasó en su hospital. Declarar a un paciente muerto cuando aún está vivo sin duda justifica de sobra la interposición de un pleito... de los gordos. Y si usted me permite ocuparme de ello, le garantizo que, cuando todo haya terminado, puede ser suyo el hospital entero.

Norma lo miró perpleja.

—¿Y para qué quiero yo un hospital? —preguntó mientras seguía vigilando la puerta—. No, no me parecería bien.

—¿Y qué le parecerían veinticinco millones de dólares, o según el jurado que nos toque, quizá cincuenta? ¿Esto no le haría sentirse mejor?

De repente a Norma no le gustó el tono de voz, se volvió hacia Shimmer y dijo:

—Señor Shimmer, no soy idiota. ¿A quién no le gustaría una cantidad así de dinero? Pero si para conseguirlo hay que arruinar la vida de un médico y obligar a esa gente a pagar tanto, no, ni hablar, prefiero dormir tranquila. Lo siento, pero está perdiendo el tiempo. —Se puso en pie para irse.

Shimmer se levantó.

—Quizá debería explicárselo a su esposo —dijo—. Tal vez él se lo haría entender con más claridad.

—Yo lo entiendo perfectamente y estoy intentando decírselo de la forma más educada posible: no pienso demandar a nadie, y mi esposo tampoco.

El señor Shimmer miró hacia la puerta de la habitación de Elner.

—En este caso, quizá tendré que ir a hablar directamente con la señora Shimfissle. Al fin y al cabo, ella es la parte afectada.

Norma notó que se ponía colorada.

—Piense lo que le dé la gana, pero le aseguro que ella no va a demandar a nadie, salvo quizás a usted, por acosar a una anciana enferma. Mi tía quizá podría conseguir un interdicto contra usted, y que así lo echaran del hospital, y lo digo con toda cordialidad.

Después de que Shimmer se hubo marchado contoneándose enfurruñado, Norma se alegró de haber visto tantas series de *Perry Mason* con la tía Elner, porque así pudo utilizar algún término jurídico que ni siquiera sabía muy bien qué significaba. Esperaba no haber herido los sentimientos del señor Shimmer, pero algunas personas le obligan a uno a ser grosero. Cayó en la cuenta de que, por primera vez en su vida, por fin se había impuesto en algo.

Una llamada inquietante

9h 48m de la mañana

Arriba, en las oficinas, Franklin Pixton acababa de recibir una llamada inquietante y telefoneó de nuevo a su abogado.

—Gus Shimmer ha estado aquí. Alguien lo ha visto hablando con la señora Warren. ¿Qué hacemos?

Winston Sprague pensó unos instantes y luego dijo:

—Supongo que, si Shimmer quiere armar jaleo, una declaración de la vieja no nos vendría mal.

—¿Y la señora Warren?

—Deme una hora y piense la manera de sacarla de la habitación durante un rato. Mejor que no esté ahí.

Una hora después, Norma, aún un poco trastornada por lo sucedido, intentaba comportarse de la manera más normal posible teniendo en cuenta que la tía Elner estaba convencida de que había muerto e ido al cielo. La enfermera y ella estaban ocupadas ordenando las flores de la habitación cuando alguien llamó a la puerta.

221

—¿Señora Warren? —dijo una atractiva mujer entrada en años con un vestido gris.

—Diga.

—Soy Brenda Hampton, ayudante del señor Pixton. ¿Tiene la amabilidad de subir a su despacho?

—Oh, es que no me gustaría dejar sola a mi tía, además acabo de llegar.

Por desgracia, intervino Elner.

—Vete, Norma, yo estoy bien.

Norma no quería irse. Aún temía que la tía Elner le contara a alguien su viaje, pero no podía ser descortés, así que siguió a la mujer arriba a su pesar.

En cuanto Winston Sprague vio que la señorita Hampton y la señora Warren subían en el ascensor, él y la pasante Kate Packer entraron en la habitación de Elner.

—Buenos días, señora Shimfissle —dijo—. ¿Cómo se encuentra hoy?

—Muy bien, gracias, ¿y usted?

—Bien. ¿La atienden como Dios manda? —preguntó Sprague.

—Oh, sí. He tomado un buen desayuno, aquí mismo, en la cama.

Sprague se volvió hacia la enfermera y le indicó que saliera con cierta brusquedad.

Después de que ella se hubo ido, él dijo:

—Señora Shimfissle, tenemos que hacerle unas preguntas. Es sólo rollo legal pesado, pero en el expediente tiene que figurar todo.

—Oh, bueno —dijo Elner—, si es algo legal podríamos esperar a mi sobrina, ella me lleva todos los papeles.

—No, de hecho no hace falta que ella esté aquí, sólo tardaremos un minuto. Adelante, Kate —dijo Sprague chasqueando los dedos en dirección a la pasante—. La señorita Packer le formulará las preguntas.

La señorita Packer, una joven de aspecto eficiente que llevaba un traje chaqueta azul de oficina, se acercó y se sentó junto a la cama.

—Señora Shimfissle, ¿jura usted que los hechos que está a punto de exponer son la verdad y nada más que la verdad?

—Desde luego —dijo Elner levantando la mano. Luego miró a la señorita Packer—. ¿No me va a hacer jurar ante la Biblia?

—No, no es preciso. Por favor, dígame su nombre completo.

Elner extendió el brazo.

—Mírelo usted misma, aquí está, escrito en la muñequera, sólo que han deletreado mal Shimfissle.

—Pasa ya a las preguntas, Kate —dijo Sprague, que estaba de pie junto a la puerta por si venía alguien.

La señorita Packer parecía molesta. Le gustaba hacer las cosas ciñéndose a las reglas, pero hizo lo que él le dijo.

—Por favor, ¿puede exponer los hechos que recuerda de la mañana del uno de abril?

—Sí, claro —dijo Elner—. Me desperté, y tomé el café como de costumbre con Macky. Después apunté la pregunta del día del programa de Bud y Jay. Era «¿qué altura tiene el Empire State Building?». Pensé en llamar a mi sobrina nieta Dena de California y preguntárselo; ella vivió un tiempo en Nueva York y una vez me envió un pisapapeles con el Empire State Building dentro, así que supuse que ella lo sabría. No es hacer trampa, decían que se podía llamar a un amigo. La cuestión está en ser el primero en telefonear con la respuesta correcta, y ya estaba a punto de coger el auricular cuando la amable señora Reid, que vive más arriba, me trajo un cesto de tomates cherry, y yo le dije: «¿Quiere usted pasar y sentarse un rato?» Y ella contestó que no, que tenía que volver a casa. A su marido acababan de sacarle todos los dientes y no se encontraba muy bien, por lo que ella tenía que ir corriendo a la tienda y comprar un poco de compota de manzana, y yo le dije: «Bueno, muchas gracias...»

La señorita Packer estaba atareada apuntando cada palabra, pero Sprague se impacientaba y comenzó a hacer crujir sus nudillos.

—Eeeh, señora Shimfissle..., esta parte se la puede saltar. De hecho, necesitamos más sobre el accidente.

—Bueno, estoy llegando a eso —dijo Elner—. Así, después de que la señora Reid se hubo ido, se me ocurrió que a ella quizá le gustaría un poco de mermelada de higos, y pensé en llamar a Macky, pero no quería molestarle sólo por unos cuantos...

—¿Qué pasó después? —Sprague la volvió a interrumpir.

—Después salí, me subí a la escalera, y estaba alcanzando un higo cuando de repente un montón de avispas se me echan encima. Recuerdo haber pensado «ay, ay», y luego lo siguiente que recuerdo es que levanté la vista y vi a varias personas con gorros verdes de ducha inclinadas sobre mí y hablando a mil por hora.

—¿Recuerda lo que decían? —preguntó la señorita Packer.

—No, porque no llevaba puesto el audífono, y sólo supe que hablaban porque movían los labios. Entonces me pregunté dónde estarían Norma y Macky, y si ella me iba a quitar mis privilegios de escalera, y luego eché una cabezadita.

La señorita Packer alzó los ojos.

—¿Sí?

—Y luego, lo siguiente fue que desperté en una habitación oscura. Esperé que viniera alguien, pero nada, así que me quedé ahí tumbada un rato.

—¿Pulsó el botón de llamada para pedir ayuda? —preguntó la señorita Packer.

—No, entonces no sabía que tenía un botón de llamada. Si lo hubiera sabido, lo hubiera usado.

—¿Cuánto tiempo esperó?

—No lo sé. Estaba oscuro y no llevaba el reloj, pero me pareció mucho, y al cabo del rato empecé a pensar que quizá me habían extraviado o algo, así que me levanté y fui al pasillo a buscar a alguien, pero allí no había nadie.

Sprague volvió a interrumpir.

—Señora Shimfissle, las enfermeras dicen que jamás abandonaron su puesto, ¿lo sabía?

Ella lo miró.

—Pues qué quiere que le diga, cariño, pero cuando salí, allí no había nadie.

—¿Es posible que usted pasara por delante de ellas sin que la vieran? —inquirió Sprague.

—Todo es posible, digo yo. Pero soy una mujer corpulenta, sería difícil no verme, ¿no cree? Además, estaba llamando a voces por si había alguien. Me habrían oído.

—¿Qué gritó concretamente? —preguntó la señorita Packer.

—Decía «¡Yuju! ¿Hay alguien ahí?»

—¿Lo gritaba muy fuerte? —preguntó la señorita.

—Bueno, no a voz en cuello, no quería despertar a nadie. Pero sí lo bastante fuerte para que me oyera alguien.

—Señora Shimfissle, ¿es posible que usted se confundiera y sólo imaginara que abandonaba su habitación? —preguntó Sprague, mientras miraba furtivamente por la abertura de la puerta.

—Sólo puedo decir lo que recuerdo, y estoy bajo juramento. —Elner miró a la señorita Packer—. ¿Es usted enfermera voluntaria?

—No, señora, soy pasante.

—La prima de Will, mi difunto esposo, que vivía en Mount Sterling, Kentucky, era enfermera voluntaria, y fue ascendiendo en el escalafón hasta que llegó a llevar la tienda de artículos para regalo del hospital. De las cuñas y los calientacamas a gerente de la tienda en menos de dos años, no está mal, ¿eh?

—En efecto —dijo la señorita Packer.

—¿Qué pasó después? —Sprague lanzó a la pasante una mirada de tensa impaciencia.

—¿Qué pasó después, señora Shimfissle? —preguntó la señorita Packer.

Elner esperaba que la señorita no le hiciera esa pregunta. Ahora se hallaba en un verdadero dilema. Tenía que tomar la

225

decisión de mentir bajo juramento e infringir la ley, o incumplir la promesa hecha a Norma.

Y decidió aplicar la regla de «lo que no sepa no le va a hacer daño», y se saltó la parte en la que estuvo charlando con todo el mundo y pasó directamente al final.

—Bueno, recuerdo estar flotando en el aire, por encima del hospital —dijo.

Kate levantó la vista de la libreta, no muy segura de lo que acababa de oír.

—¿Por encima del hospital?

—Sí, estuve unos minutos suspendida ahí arriba, como una especie de colibrí —dijo Elner.

Kate miró a Sprague, los ojos abiertos como platos.

—¿Anoto esto?

—Sigue —dijo él, asintiendo, mientras Elner proseguía.

—Luego recuerdo que miré hacia abajo y que me extrañó que alguien hubiera perdido un zapato en una azotea.

—¿Puede describirlo? —inquirió Kate.

—Era una azotea normal, con una cornisa alrededor, y la parte lisa era gris, y parecía tener una especie de gravilla y en algunos puntos un poco de alquitrán.

—No, el zapato, señora Shimfissle.

—Oh, era tan sólo un zapato sencillo de piel marrón, que estaba en un rincón, junto a una de esas chimeneas cuadradas.

—¿Era un zapato de hombre o de mujer? —preguntó Kate.

—De hombre, a menos que fuera de una mujer con el pie muy grande. La otra sobrina de Will, Mary Grace, calzaba un cuarenta y cinco, y tenían que traerle los zapatos especialmente desde St. Louis. El dedo gordo le sobresalía una barbaridad.

—¿Algo más? —preguntó Kate.

—Humm, bueno, no presté mucha atención, estaba demasiado ocupada preguntándome qué hacía revoloteando en el aire, pero sí recuerdo que al zapato se le veían unas cosas puntiagudas en la planta. Como clavos.

Ahora la señorita Packer estaba fascinada.

—¿Tacos, quizá? ¿Lo que llevan los jugadores de baloncesto o de golf?

—Olvidémonos del zapato —soltó Sprague—. ¿Qué pasó después?

La señorita Packer repitió la pregunta:

—¿Qué pasó después?

—Inmediatamente después estaba de nuevo en mi habitación, y Norma y ellos se hallaban justo a mi lado, y pensé «Norma se va a enfadar conmigo por haber subido a ese árbol», y no me equivoqué: lo estaba. —Elner agregó—: En este sentido, es como su madre. No deja pasar una. No estoy diciendo que no tenga razón. Yo tenía que haberle hecho caso. Eh, estaba pensando en algo que quizá le gustaría apuntar, cariño.

Kate alzó los ojos.

—¿Sí?

—Yo tenía un gato que vivió veinticinco años.

Más tarde, mientras recorrían el pasillo, la señorita Packer, una fanática seguidora de *Star Trek*, dijo:

—No sé si pudo entrar en otro plano astral, en otra dimensión. ¿Qué le parece?

Winston Sprague la miró como si se hubiera vuelto loca. Dijo:

—Lo que no sé yo es si la mujer ya estaba chalada antes de llegar al hospital.

Vaya por Dios...

11h 30m de la mañana

Norma salió del despacho confundida. El señor Pixton se había mostrado muy amable, eso sí, pero ella no entendía por qué él había querido enseñarle todos aquellos proyectos de los nuevos edificios que se iban a construir en 2012. Cuando estuvo otra vez en la habitación, la tía Elner estaba allí sentada, con el mando a distancia en la mano, haciendo *zapping* frente a la televisión en lo alto.

—Hola, Norma —dijo—. Creo que aquí no tienen cable. Esperaba pillar el Discovery Channel, pero no hay manera.

Norma se sentó con Elner mientras ésta almorzaba, contenta como unas pascuas. Había pedido tres postres de gelatina Jell-O y dos helados, y por alguna desconocida razón se los habían traído. En todo caso, Norma observó atentamente a su tía por si detectaba algo anómalo, pero parecía estar la mar de bien, charlando amistosamente con todos los Tom, Dick o

Harry que entraron en la habitación. Comenzó a sentirse algo mejor, pero para estar más tranquila, cuando estuvieron solas le preguntó:

—Tía Elner, ¿estás segura de que no has hablado con nadie más sobre tu..., viajecito?

Elner la miró.

—No, cariño —contestó—. Sólo contigo. —Norma se sintió aliviada por momentos hasta que Elner añadió—: Y esa gente sólo me ha tomado declaración.

—¿Qué? —exclamó Norma—. Oh, Dios mío. ¿Qué gente?

—Bueno, un abogado pelirrojo y una chica.

—¿Cuándo?

—Ahora mismo, mientras estabas fuera —dijo Elner sin dejar de zapear—. Pero no te preocupes, no les he dicho nada de que vi a tu madre o a la vecina Dorothy. Sólo les he contado lo de que estuve flotando sobre la azotea del hospital y vi un zapato.

Norma pensó «tierra, trágame». De pronto temió que algo de eso pudiera llegar a los periódicos y que la familia entera terminara siendo pasto de los tabloides. «Oh, Dios mío —pensó—, enseguida buscarán trapos sucios en la familia», y empezó a hiperventilar y se precipitó al lavabo a echarse agua en la cara.

Elner la miró.

—Bueno, Norma, la chica me ha hecho jurar que diría la verdad, toda la verdad y nada más que la verdad. No iba a mentir descaradamente, ¿verdad?

—¡Sí! Oh..., no. Oh, Dios.

Norma se excusó y corrió rápidamente al despacho de Franklin Pixton sin dejar de respirar hondo, y una vez allí preguntó a la señorita Hampton si podía verlo enseguida.

Cuando entró, le temblaban las piernas.

—Señor Pixton, lamento molestarlo, pero... —Echó un vistazo a la habitación y bajó la voz—. Es un asunto un poco embarazoso, pero quería hablar con usted sobre esa... declaración.

Pixton fingió no saber de qué le estaba hablando.

—¿Declaración?

—Sí, mi tía dice que su abogado ha ido y le ha tomado declaración.

—Ah, eso —dijo—. Sí, me había olvidado. Es sólo una nimiedad para nuestros archivos, nada que deba inquietarla.

—Sí, bueno, yo sólo quería explicarle que mi tía... Bien, quizás ella está un poco confusa, y cualquier cosa que pueda haber mencionado sobre flotar en el cielo y ver zapatos extraños o alguna cosa... Espero que esto no vaya a ser utilizado en su contra ni se haga público.

Franklin se apresuró a tranquilizarla.

—Oh, desde luego que no, señora Warren. La declaración es una cuestión estrictamente confidencial, y en cuanto a si ella ha dicho algo sobre flotar, no se preocupe lo más mínimo. Las ECM son muy frecuentes.

—¿Perdón? —dijo Norma.

—No, perdone usted. ECM, «Experiencias Cercanas a la Muerte». La gente afirma haber experimentado la sensación de flotar, haber visto luz blanca, haber hablado con parientes fallecidos o figuras religiosas, etcétera. Bastante habitual.

Norma se sintió aliviada.

—Entonces no es nada fuera de lo normal.

—En absoluto. Se trata de una especie de experiencia alucinatoria, debida a que el oxígeno abandona el cerebro repentinamente y se liberan ciertas endorfinas. Pero, en lo que a nosotros respecta, carece totalmente de importancia.

—Entiendo. ¿Entonces no se hará público ni saldrá en los periódicos ni nada?

—Oh, no, de ninguna manera, y sinceramente, señora Warren, no veo por qué no podemos quitar una cosa así de la declaración.

—Oh, muchísimas gracias. Estaba preocupada —admitió Norma.

—Quédese tranquila.

Norma se deshizo en agradecimientos y se marchó sintiéndose mucho mejor.

Franklin no sabía qué ponía la declaración ni le importaba. Sólo sabía que Winston Sprague creía que la vieja estaba como una cabra, y ahora él empezaba a pensar lo mismo de la sobrina.

Un nuevo gatito

3h 10m de la tarde

Linda Warren pudo regresar a la oficina y trabajar al menos medio día. Cuando llegó a casa, su hija Apple la estaba esperando y corrió a darle la bienvenida toda agitada y preguntó:

—¿Dónde está mi gatito?

La *au pair* miró a Linda y dijo:

—Desde que usted se fue sólo ha hablado de ese gato.

Linda se sintió fatal. Con el ajetreo de las últimas cuarenta y ocho horas se le había olvidado por completo la promesa de llevarle un gato a Apple. Tiempo atrás, Linda siempre había pensado que estaba demasiado ocupada con su trabajo y su hija para cuidar también de un gato, pero ahora se sentía desconcertada. Lo había prometido. Así que le dijo a la decepcionada Apple que al día siguiente irían a la Sociedad Benéfica a buscar un gato. Al fin y al cabo, la tía Elner siempre decía que todo el mundo debía tener uno. Más tarde, mientras empezaba a preparar la cena, Linda tuvo una idea genial. Era la responsable del programa de promoción comunitaria de la empresa AT&T y aún no sabía cuál sería el siguiente proyecto. Pues no sólo ella y Apple tendrían un gato, sino que mañana declararía abril el «Mes de adopción de gatos». De entre más de ochocientos cincuenta trabajadores, muchos querrían uno. La tía Elner se alegraría de ver que, gracias a su caída del árbol, un montón de gatos encontraría un buen hogar.

Macky llegó al hospital desde el aeropuerto hacia las tres y media de la tarde, y él y Norma se quedaron con Elner hasta las seis. Mientras regresaban en coche a casa, Macky parecía contento.

—Creo que se está recuperando —dijo—. ¿Qué piensas? Me ha dicho que no se había sentido mejor en su vida.

Norma estaba más callada que de costumbre y no hizo ningún comentario. Él la miró.

—¿No te parece que le va fenomenal? Ningún hueso roto, ninguna lesión cerebral.

Norma exhaló un suspiro. Dijo:

—No estoy tan segura.

—¿Qué quieres decir? —dijo Macky.

—Bueno...

—¿Qué quiere decir «bueno»?

—No quería decir nada, Macky, pero el caso es que estoy preocupadísima.

—¿Por qué?

—Macky, si te cuento algo, ¿juras ante Dios que no lo repetirás?

—Pues claro. ¿Qué es?

—La tía Elner cree que hizo una excursión al cielo.

—¿Cómo?

—Sí..., me ha dicho que ayer, mientras estábamos en la sala de espera, se levantó, salió al pasillo en busca de alguien y se subió a un ascensor que la llevó zigzagueando a otro edificio.

—¿Otro edificio?

—Un momento, Macky, aún hay algo peor. Dice que mientras recorría un largo pasillo blanco vio pasar a Ginger Rogers con una boa de plumas y unos zapatos de claqué.

—¿Ginger Rogers? ¿Estás de broma? —preguntó Macky.

—Y que luego vio a mamá sentada frente a una gran mesa al final de ese pasillo.

De pronto Macky encontró todo aquello la mar de interesante.

—¿Y a continuación..., qué?

—Por lo visto, mamá la condujo por unas escaleras de cristal hasta el cielo, que en realidad era Elmwood Springs cincuenta años atrás; y después la tía Elner fue a casa de la vecina Dorothy y charló con ella, y también con un hombre llamado Raymond.

Macky se puso a reír.

Norma lo miró.

—No te rías, Macky; según la tía Elner, mamá sabía que Tot le había arreglado el pelo y la había maquillado. ¿Cómo se enteró?

—Vamos, Norma, por el amor de Dios..., es sólo un sueño. Y si estaba tu madre, más bien era una pesadilla.

—Yo le he dicho eso, que era sólo un sueño, pero según ella no, pasó de verdad. Jura que habló con Ernest Koonitz y que conoció a Thomas Edison, y que ese tal Raymond le explicó que el huevo va antes que la gallina y no sé qué sobre una pulga, y además le dio toda clase de mensajes para traer aquí.

—¿Mensajes? ¿Como cuáles?

—Oh, tópicos estúpidos, ya sabes, sed felices..., sonreíd, tonterías de ésas —dijo Norma—. Yo no he entendido nada, todo estaba muy embrollado, pero ella está convencida de que sucedió realmente. Dice que, mientras estuvo allí, incluso se comió un trozo de tarta.

—No te preocupes, Norma, es sólo un sueño.

—¿Estás seguro?

Él la miró.

—Pues claro que estoy seguro, Norma. La mujer perdió el conocimiento. Quién sabe qué medicación estaba tomando, a la gente le pasa esto continuamente. Recuerda cuando operaron a Linda de amígdalas y ella soñaba que había un poni en su dormitorio.

—¿Crees que sólo es eso? —Norma quería que así fuera. Él asintió.

—Por supuesto. Dentro de uno o dos días lo habrá olvidado todo, ya verás.

—Espero que tengas razón, pero aún tengo miedo de que cuente a todo el mundo que ha estado en el cielo. Con lo que le gusta hablar... Recemos para que no diga que vio a Ginger Rogers o no la sacaremos nunca de ese hospital.

Al cabo de un rato, Macky preguntó:

—¿Qué tipo de tarta?

—No especificó.

Entonces él rompió nuevamente a reír.

—¿Raymond? ¿Cómo se le ocurriría ese rollo?

—No lo sé, pero tú no crees que haya algún modo por el cual mamá supiera que Tot le arregló el pelo, ¿verdad? Yo no podía herir los sentimientos de Tot, y no sé qué otra cosa podía hacer dadas las circunstancias...

Macky miró a su esposa, ocupada en retorcer cruelmente un kleenex.

—Norma, te conviene dormir.

La enfermera Boots

7h 19m de la tarde

Antes de acabar el turno aquella noche, Boots Carroll, la enfermera amiga de Ruby Robinson, pasó por la habitación de Elner para ver cómo estaba.

—¿Necesita algo antes de que me vaya? —le preguntó.

—Nada, cariño —dijo Elner—, todo el mundo me cuida mucho.

—Bueno, pues intente dormir bien; pasaré otra vez por la mañana.

Boots era la enfermera de más edad de Caraway, y la única explicación de que siguiera trabajando era la tremenda escasez de enfermeras. Ya no era como cuando ella y Ruby empezaron. Las dos habían recibido la influencia de la película *Mujeres de blanco*, y cuando eran jóvenes se pensaba que la de enfermera era casi una profesión noble, una verdadera vocación de servir a la humanidad, un peldaño por debajo de las monjas, como decían a la sazón sus amigas católicas..., pero las cosas habían cambiado. La mayoría de las enfermeras de la nueva cosecha se dedicaba a eso sólo por el dinero. Ahora tenían sindicatos y siempre estaban de huelga, o amenazaban con estarlo. Los pobres pacientes les importaban bien poco. Todas las enfermeras huelguistas la odiaban porque ella no hacía caso de los piquetes. Y es que, para Boots, los pacientes eran lo primero. Enfermería ya no era una carrera para chicas. Ahora la profesión estaba llena de hombres, y esto a ella le sabía mal. En su época, las actitudes masculinas habían impedido a muchas mujeres ser médicos, y ahora los hombres se entrometían en el oficio de ella. Algunos eran serios y hacían bien su trabajo; pero también habían estudiado enfermería un montón de blandengues y mariquitas. A ella le importaban un pito sus presuntas orientaciones sexuales, pero había concretamente uno que mintió sobre ella ante el director del hospital: dijo que ella había cometido errores cuando no era verdad. A causa de eso, Boots bajó de categoría. No le gustaba cómo hablaba el chico. Éste creía que era divertido referirse a todas las pacientes femeninas como «esa zorra de la habitación 304» o «esa zorra gorda» o «esa zorra flacucha». Estaba claro que no le gustaban las mujeres, y eso la sacaba de quicio. Una buena enfermera no establece diferencias de género. Ella jamás se había referido a sus pacientes como «cabrones» o «zorras», y eso que con tantos años había tenido su cupo de unos y otras. Además, él siempre andaba por ahí hablando de su vida sexual, difundiendo rumores sobre estrellas de cine que no había conocido, y cualquiera que lo oyera creería que había recibido proposiciones deshonestas de todos y cada uno de los hombres a los que había dicho hola. Pero en realidad no lo aguantaba porque era un chismoso malicioso y mezquino. En 1987, Boots había perdido parte de su pierna derecha debido a un cáncer y llevaba una prótesis, por lo que cuando oyó por casualidad que la llamaba a sus espaldas «la zorra gazmoña patapalo», no le hizo ninguna gracia. El chico no tenía ni idea del dolor que padecía ella cada noche después de recorrer esos pasillos todo el día, o lo largo y difícil que había sido aprender otra vez a andar. Quizás él no lo sabía, pero ella tenía sentimientos. «Seré una enfermera —pensaba—, ¡pero también soy una mujer!»

Bienvenida a casa

8h 48m de la tarde

Cuando Norma y Macky llegaban a casa vieron el coche de ella aparcado en el camino de entrada y con una nota en el parabrisas. Merle y Verbena lo habían llevado ahí desde la casa de Elner. Y en cuanto estuvieron frente a la puerta de la calle, advirtieron allí pegadas seis o siete notas de amigos. Todas decían lo muy felices que se sentían de que Elner estuviera viva. Una vez dentro, una Norma exhausta observó que en el contestador había tantos mensajes preguntando por Elner que se había acabado la cinta. No le sorprendió nada. Elner conocía a todo el mundo y, que Norma supiera, su tía era la única persona que no daba esquinazo a los testigos de Jehová. Después de borrar los mensajes y devolver todas las llamadas, entró en el estudio y se sentó junto a Macky.

—Ha llamado Linda. Ha llegado sin novedad. Dice que mañana se compran un gato.

Él asintió.

—Qué bien.

Al rato, ella miró y dijo:

—¿Te he mencionado lo del botón? Dice que caminó a través de un botón.

—No. ¿Qué clase de botón? —preguntó Macky.

—Un botón de nácar con una puerta.

Macky se rió a carcajadas.

—Bien, ríete todo lo que quieras, Macky, pero menos mal que hablé a tiempo con el señor Pixton sobre la declaración. ¡Podían habérsela llevado y no la volveríamos a ver!

—Norma, si acaban llevándose a alguien, será a ti, por creerte estas cosas.

Norma lo miró alarmada.

—No estoy diciendo que yo lo crea, Macky, digo que ella lo cree; tienes razón, estoy tan cansada que ya no sé qué pienso..., te lo juro, si pasa alguna otra cosa...

Llamaron a la puerta.

—¿Quién diablos será? —soltó ella. Abrió, y allí estaba Ruby Robinson, con una pistola en la mano.

—He intentado llamar pero comunicaban todo el rato —explicó—. Encontré esto en el fondo del cesto de la ropa sucia de Elner, y no sabía si queríais que lo volviera a dejar en su sitio o no.

Norma pensó en desmayarse de nuevo, pero estaba demasiado cansada.

—Oh, entra, Ruby —dijo—. Macky se encargará de esto. Yo tengo que echarme, si no, me caigo.

Cuando al cabo de un rato Macky entró en el dormitorio, Norma estaba tumbada en la cama con un trapo frío en la cabeza.

—¿Qué narices pasa ahora? —gimió ella.

—Oh, nada, Norma. Ruby la encontró en el cesto de la ropa de Elner y alucinó, eso es todo.

—Dime sólo que no es un arma de verdad. Y si lo es, no me lo digas. No podría soportarlo.

—No, no es un arma de verdad —dijo Macky mientras se

desabrochaba la camisa—. Es sólo una pistola de fogueo, como las que se utilizan en las carreras de *stock car*. Será de Luther Griggs. Seguro que se la guardaba. Vamos, duerme.

—Me da igual si es falsa o no, ¡pero evidentemente la pobre Ruby se ha llevado un susto de muerte! Dile a Luther que no deje más cosas así en casa de la tía, primero aquel camión, ahora una pistola. Ella se podía haber hecho daño con eso.

—No, imposible. Sólo dispara cartuchos de fogueo.

—Me tiene sin cuidado lo que dispare, no tenía por qué estar en el cesto de la ropa sucia. Estoy harta, si no es una cosa, es otra. Has de vigilarla las veinticuatro horas del día.

Después de que Norma se hubiera dormido, Macky se quedó tumbado totalmente desvelado. Había mentido a Norma. El arma no era falsa, ni era tampoco una pistola de salida. Ruby lo sabía, y él lo sabía, y se preguntaba qué demonios hacía Elner con una pistola del calibre 38 en su cesto de la ropa. Al cabo de un rato, decidió que la única explicación posible pasaba por Luther Griggs. ¿En qué narices estaba pensando él al dejar algo tan peligroso en casa de Elner? Macky sabía que pensar no era uno de los puntos fuertes de Luther, y éste le caía bien, pero le pegaría tal patada en el culo que llegaría a Wyoming y volvería. Macky lamentó que Ruby les hubiera llevado el arma, pues Norma estaba buscando cualquier excusa para meter a Elner en esa maldita residencia, y Elner no estaba ayudando precisamente. Primero la caída del árbol, y ahora la pistola. Al día siguiente se levantaría temprano y arrojaría el arma al río. No le preocupaba que Luther hubiera disparado o robado a alguien con ella. Luther era demasiado tonto para hacer algo así sin que le cogieran: cuando entró a la fuerza en la caravana de su padre, dejó una nota diciendo que había sido él.

Un nuevo día

Norma se despertó muy temprano; Macky roncaba. Lo apartó a un lado e intentó volver a dormirse, pero en vano. Por cansada que estuviera, cuando se despertaba ya no podía dormir más. Allí tendida, empezó a inquietarse por lo que la tía Elner le había dicho sobre su madre y los demás. De acuerdo, evidentemente había sido una especie de sueño —había que ser idiota para pensar otra cosa sobre lo de pasear por el cielo y meterse en un botón gigante—, pero aun así habían tenido lugar un montón de cosas raras e insólitas. En el hospital decían que estaba realmente muerta; que habían revisado todos los aparatos y funcionaban correctamente, y, después de todo, tal como dijo el médico, la tía Elner sobrevivió a una caída que habría sido mortal para la mayoría. Además resultaba que, de buenas a primeras, era capaz de oír sin el audífono. ¿Decía la tía Elner la verdad? Vaya por Dios. La noche anterior Norma estaba muy segura de todo, pero, como de costumbre, ahora temía haberse equivocado. Quizá la tía Elner no había estado soñando. Cuantas más vueltas le daba, más empezaba

241

a pensar que acaso ésa fuera la señal, el prodigio o el milagro que había estado esperando. Qué maravilloso si fuera verdad. Tal vez había de veras una vida después de la muerte. Se levantó de la cama, cogió la ropa en silencio y salió del dormitorio de puntillas.

Se vistió, se maquilló y dejó a Macky una nota en la cafetera.

Cariño, no podía dormir, así que he ido al hospital a ver a la tía Elner. Te llamo luego al trabajo.
Un beso, yo

Antes de salir de la ciudad, Norma decidió pasar por la casa de Elner y coger el cepillo de dientes y algunas otras cosas que la tía pudiera necesitar mientras permaneciera hospitalizada. Cuando llegó estaba oscuro todavía, y al abrir la puerta de la calle y encender las luces, quedó pasmada por lo limpio y ordenado que estaba todo. Tendría que dar las gracias a Tot y Ruby. Mientras estaba en el dormitorio, se detuvo un instante y pensó seriamente en quitar la foto de aquellas ratas horrendas saltando en la arena que la tía Elner había recortado de un número de *National Geographic* y había pegado con cinta en la pared de encima de la cama. Había podido deshacerse de la bata, y ésa sería seguramente la única oportunidad de librarse de la foto, pero hizo acopio de fuerzas y se aguantó las ganas. Abrió el armario y sacó dos de los camisones nuevos que le había regalado en Navidad y cogió también el audífono; «más vale prevenir que curar. Ayer la tía Elner oía bien, pero nunca se sabe», pensó.

Para Norma, ése era el problema principal de la vida. Uno nunca sabe qué va a pasar en el próximo minuto, y lo que más detestaba ella del mundo eran las sorpresas. Mientras se dirigía a Kansas City, reparó en que si unos días atrás alguien le hubiera dicho que esta mañana iría camino del hospital a ver a su tía, no se lo habría creído. ¿Por qué tenía que pasar esto ahora?

Justo cuando acabó de decorar su nueva casa, pasó la menopausia sin matar a nadie, perdió dos o tres kilos, y al cabo de cuarenta y tres años de matrimonio, su vida amorosa con Macky era exactamente como había sido siempre: cuando tocaba, una vez a la semana, los domingos por la tarde hacia las cuatro o las cinco, según qué más hubiera en danza. A ella le gustaba que fuera el domingo; rompía con la monotonía y se convertía en algo más espiritual, en conformidad con los votos matrimoniales, prefería eso a hacerlo movida por el capricho del momento, como quería Macky.

Como persona organizada que era, a Norma le gustaba saber qué iba a pasar exactamente y cuándo. Quería tener tiempo de tomar un agradable baño caliente, poner un poco de música, y hacer que aquello fuera una ocasión especial. Después de todo, Macky aún era un hombre apuesto que conservaba casi todo su pelo rubio rojizo. Pero él no entendía nunca por qué ella no quería simplemente dejarlo todo e ir a la cama sin preparación ni aviso previo. Quería ser «espontáneo», decía. Naturalmente, cuando eran más jóvenes ella lo había aceptado sólo para que estuviera contento; es tan fácil herir los sentimientos de los hombres. Norma no tenía ni idea de qué hacían los demás ni de la frecuencia con que lo hacían. Era un tema del que no hablaba nunca con nadie, y se sintió muy aliviada al saber que cuando Linda llegara a cierta edad le enseñarían educación sexual en el instituto, y así ella se ahorraría las conversaciones sobre pajaritos y abejitas.

Mientras Linda aún estaba creciendo, la gente no hablaba de su vida sexual igual que ahora; y a ella le gustaba más aquello. Sin embargo, aunque tendía a ser algo puritana acerca del asunto, no era ni mucho menos frígida..., algo que a Macky le encantaba pero que a ella la azoraba y aún la ponía colorada. «No debes hablar de esto, Macky», le decía siempre que él la felicitaba por lo sexy que era. Sin embargo, eso de hecho la complacía, y de vez en cuando tomaba un baño especial de burbujas, los miércoles o los jueves, sólo para darle una sorpresa; a diferencia de ella, él no necesitaba que le avisaran.

Norma suponía que todos los hombres eran así, pero desde luego no iba a preguntar. Norma y Macky eran novios ya en el instituto y se casaron a los dieciocho años. Norma no había salido nunca con ningún otro chico, por lo que sus conocimientos del otro sexo se limitaban a Macky Warren, y eso le parecía bien. A ella le gustaba la vida exactamente como era ahora mismo, y quién lo iba a decir, cuando por fin lo tenía todo controlado, ¡la tía Elner elegía ese preciso momento para tener una experiencia disparatada cercana a la muerte y desconcertarlos a todos!

Norma llegó al hospital a la hora de desayunar. La enfermera acababa de dejar la bandeja de Elner sobre la mesa.

—¡Vaya, hola! —dijo Elner cuando entró Norma—. ¿Cómo es que has venido tan temprano?

—He decidido evitar el tráfico. ¿Cómo estás esta mañana?

—Las picaduras escuecen un poco, pero aparte de esto bien. ¿Me vas a llevar a casa?

—Aún no lo sé. Eso espero, pero no he hablado con los médicos —dijo Norma.

—Yo también lo espero, ya estoy lista. Fíjate en esto —dijo Elner sosteniendo una galleta en alto—. Dura como una piedra. Bueno, los huevos revueltos no están mal, pero aquí no te dan más que jalea de manzana. ¿Ya has desayunado?

—No, aún no.

—¿Quieres un poco de esto?

—No, cómetelo tú, tía, has de recuperarte. Todo el mundo te manda recuerdos, creo que algunas de las chicas vendrán más tarde. ¿Has dormido bien?

—Sí, muy bien, sólo que toda la noche me están despertando para ponerme inyecciones y mirar mis constantes vitales. Desde luego aquí no te quitan ojo de encima, pero se exceden un poco, qué quieres que te diga. —Elner enseñó la taza a Norma—. Mira, este café no es muy fuerte. Más tarde me podrías traer uno.

—Lo haré, pero antes quiero preguntarte algo.

—¿El qué?

—Bueno..., sobre lo que me dijiste ayer..., lo de tu... —Miró alrededor y susurró—: ¿Visita?

—Creía que no debía hablar de ello —le contestó Elner también entre susurros.

—Puedes hablar conmigo, pero con nadie más. Explícame otra vez con exactitud cuáles eran los mensajes que debías transmitir.

—Bien, veamos..., Raymond dijo que el mundo mejora cada vez más y cosas por el estilo.

—Ajá... ¿Y qué decía la vecina Dorothy?

—Pues que la vida es lo que uno hace, y que lo que haga cada uno es cosa suya. Que hay que sonreír y que el mundo es maravilloso.

—¿Eso es todo? —preguntó Norma.

—Más o menos. ¿Por qué?

—Oh, no sé, supongo que esperaba algo un poco más profundo, más complejo que eso de que «la vida es lo que uno hace».

—Yo también —dijo Elner—, pero creo que ésta es la buena noticia: la vida no es tan complicada como pensábamos.

—¿Estás segura de que no dijeron nada más? ¿No comentaron nada sobre el fin del mundo?

—No de una manera explícita, pero Raymond sí dijo que había que perseverar. Creo que es un mensaje positivo.

—Sí, ya, pero el pensamiento positivo no es ninguna novedad. Yo esperaba algo con un poco de revelación, algo de lo que no hubiéramos oído hablar.

—Bueno, Norma —Elner suspiró—, una cosa no es mala por el mero hecho de haber oído hablar de ella.

—No, ya lo entiendo, pero...

Se abrió de repente la puerta, y una enfermera dijo:

—Señora Shimfissle, tenemos una llamada de la emisora, quieren una transmisión en directo... Un tal Bud.

A Elner se le iluminó la cara.

—¡Oh, es el programa de Bud y Jay! ¿Puedo contarles lo del huevo y la gallina? No diré de dónde lo he sacado.

«Oh, Dios mío», pensó Norma.

—Tía Elner, no vas a hablar por la radio. Ya me pongo yo.

Al cabo de unos minutos, Bud se dirigía a los oyentes:

—Bueno, amigos, acabamos de hablar con la sobrina de Elner Shimfissle, que se encuentra en Kansas City, y dice que la señora Shimfissle todavía no puede ponerse al teléfono pero se encuentra bien y nos manda recuerdos. Y ahora, señora Shimfissle, si está escuchando..., tenemos una canción dedicada a usted esta mañana..., aquí está la señorita Della Reese con *Cómo cambian las cosas en un día.*

Cuando regresó, Norma se sentó y miró fijamente a Elner como si fuera un bicho raro, intentando observar sus acciones para ver si estaba realmente en sus cabales; pero entraba y salía tanta gente de la habitación que era difícil saberlo. De todos modos, hasta el momento parecía normal, si es que se podía considerar normal la conducta habitual de la tía Elner.

Las visitas

11h 30m de la mañana

A última hora de la mañana, un grupo de señoras de Elmwood Springs se congregaron en el centro de la ciudad, frente a la oficina de la revista, se metieron todas en la camioneta de Cathy Calvert y pusieron rumbo al hospital donde estaba Elner. Estaban de buen humor, contentas de ir al hospital y no al tanatorio, donde podrían haber estado ese mismo día.

—Es increíble —dijo Irene—. Ahí está, vivita y coleando, y yo que había preparado tres cazuelas de judías verdes y tres tartas Bundt.

Tot, sentada atrás junto a la ventana porque era la única que fumaba, dijo:

—Yo iba demasiado colocada de pastillas para ponerme a cocinar.

—Bueno, yo he practicado sus canciones de gospel —añadió Neva.

—Yo le limpié la nevera —dijo Ruby Robinson— y casi me llevo aquel horrible gato a casa.

—Merle y yo le enviamos una planta, y él fue y mató los

caracoles. Espero que no se dé cuenta, ya sabéis el cariño que les tenía —dijo Verbena.

—Bueno, chicas, creo que os he superado a todas —dijo Cathy Calbert—. ¡Yo escribí su esquela! —Y se rieron sin parar hasta Kansas City.

Cuando las señoras entraron en la habitación de Elner, alabaron al unísono su buen aspecto, después de todo. De pronto, Tot miró a una pálida Norma y le dijo:

—Pero tú tienes muy mala cara, pareces una ciruela seca.

—Bueno, estoy un poco cansada, me he levantado temprano —dijo Norma.

Entonces Tot se dirigió a Elner.

—Chica, nos la has jugado bien, ¿eh?, pensábamos que la habías palmado.

—También yo —soltó Elner riendo.

—¿Cuándo regresas a casa? —inquirió Irene.

—No lo sé, aún me están observando.

—¿Observando el qué?

—Tampoco lo sé..., supongo que quieren saber si estoy en mis cabales.

Verbena la miraba fijamente.

—¿Cómo te encuentras ahora? ¿Te duele la cabeza? A mí las picaduras de avispa me dan dolor de cabeza.

—No, la cabeza no me duele, pero estoy toda picoteada. Me han clavado un montón de agujas y me han mirado desde todas partes, por dentro y por fuera, de arriba abajo. Creo que me han hecho todas las pruebas imaginables, y algunas dos veces. No se les puede acusar de no ser rigurosos.

Tot se dejó caer en una silla junto a la cama.

—Vayamos al grano. Lo que me muero de ganas de saber es cómo es eso de estar muerto. ¿Pasaste por un túnel blanco? ¿Viste a alguien interesante?

Norma aguantó la respiración, pero Elner, mujer de palabra, respondió:

—No, no pasé por ningún túnel blanco.

—Jolín —dijo Tot—, esperaba algo más de información, algunas palabras sabias.

—Sí —terció Neva—. Tendrías alguna percepción nueva, alguna revelación, no sé.

—Sí —intervino Verbena—, porque he oído decir que algunos muertos vueltos a la vida pueden curar cosas; pensaba que igual podías hacer algo con mi artritis.

Elner miró a Norma y dijo:

—Sólo puedo deciros que viváis cada día de vuestra vida como si fuera el último, porque nunca se sabe. Aprended mi lección; ahora estás cogiendo higos, y al instante siguiente estás muerta.

Mientras el resto de las mujeres seguía charlando con Elner, Ruby Robinson salió al pasillo en busca de su amiga Boots para ver si podía averiguar algo más sobre lo sucedido.

Preguntó por ella, y la encontró en la sala de enfermeras tomándose su descanso. Boots se alegró mucho de verla y le dijo en confianza:

—Me han dado órdenes de no hablar de ello, pero te diré algo. —Miró alrededor por si había alguien escuchando—. Han comprobado y vuelto a comprobar todo y aún no tienen siquiera una pista sobre qué falló. Mi amiga Gwen estaba en ese momento en la sala de urgencias y jura que Elner estaba muerta.

—Qué extraño, ¿no?

—No había visto nada igual en toda mi vida de enfermera.

Cuando Ruby regresó a la habitación, Elner le dijo:

—Cathy acaba de leer mi esquela, muy buena. Ahora lamento que no pudiera publicarla.

Las señoras se quedaron aproximadamente hasta las tres; luego se fueron a casa para evitar el tráfico.

Después de que se hubieran marchado, Elner dijo a Norma:

—Ruby me ha dicho que intentó llamar a Luther, pero éste se hallaba fuera de la ciudad. Va a lamentar haberse perdido todo el alboroto, ¿verdad?

—Francamente, creo que es mejor así, ya sabes que es como un niño grande.

—Sí, es verdad. Neva decía que mi entierro iba a ser uno de los más sonados que se han hecho jamás, y oyendo a Irene se diría que tú y Macky ibais a recibir un montón de cazuelas. Vaya, ¿no lamentas que no me quedara muerta? Pero, bueno, se pueden congelar. Seguro que tú y Macky habríais comido de ahí todo un año.

—Oh, tía Elner, santo cielo —exclamó Norma—. Puedo preparar un guiso en cualquier momento, por el amor de Dios. No tienes que morirte para que nos regalen una cazuela.

—Bueno, de todos modos espero que Dena y Gerry no compraran uno de esos tiques no reembolsables para ir a mi entierro, aunque si lo hicieron creo que pueden conservarlo y usarlo la próxima vez, ¿qué te parece?

Norma la miró.

—Tía Elner, si vuelves a morirte pronto, juro... Ya no podré soportarlo.

Esa noche, mientras Elner cenaba hígado con cebolla, aguardó a que se marchara la enfermera y luego le dijo a Norma:

—Este hígado está muy seco, es muchísimo mejor el que ponen en el Cracker Barrel.

Norma observó el plato.

—No, no parece muy bueno.

—¿Sabes cuándo me soltarán? Tengo que ir a casa —urgió Elner.

—No estoy segura, pero creo que nos lo dirán mañana.

—Norma, me sabe mal que hagas todo el camino hacia acá y luego de vuelta otra vez a casa, seguramente tienes cosas más importantes que hacer que estar conmigo todo el día.

—No seas boba —dijo Norma cogiendo la mano de Elner—. Lo más importante para mí es que tú estés bien. Mira, si te pasara algo me moriría.

—Vaya, es muy amable de tu parte, cariño.

Esa noche, después de que Norma se hubo ido a casa, Elner se quedó sola y pudo pensar más en su viaje. Lamentaba que su sobrina no le hubiera creído cuando le contó que había visto a toda aquella gente y lo maravilloso que era, pero si Norma no quería, ella no podía obligarla a creer. Elner se alegraba de volver a ver a amigos y parientes, desde luego, todos se estaban portando la mar de bien; y por supuesto no habría herido los sentimientos de Norma por nada del mundo. Pero estar de vuelta la ponía algo triste. Comprendía que Raymond y Dorothy tendrían sus razones para mandarla a casa, pero deseaba volver con ellos. No haber podido ver a Will le había causado una gran desilusión. Le estaba costando, pues se trataba de un sentimiento que debía guardarse dentro. Si una dice a sus seres queridos que preferiría estar muerta, inevitablemente les hace daño. Aun así, no podía evitar preguntarse por qué la habían hecho regresar. Bueno, sería uno de esos misterios de los que sólo ellos conocían la respuesta. Se quedó allí tumbada un momento, y de pronto empezó a cantar:

—«Ah, dulce misterio de la vida. Al fin te he encontrado... Al fin...»

La preocupada enfermera de noche entró de golpe.

—¿Qué pasa, señora Shimfissle? ¿Le duele algo?

—No, estoy bien, gracias.

—Oh, lo siento, creía haberla oído gemir de dolor.

—No, sólo estaba cantando. —Elner se rió—. Supongo que canto más o menos tan bien como Ernest Koonitz toca la tuba, pero al menos él está recibiendo unas clases.

—Bueno, siento haberla molestado. Buenas noches —dijo la enfermera.

—Buenas noches, y la próxima vez, cuando note que me viene una canción, la aviso.

—Hágalo, por favor, así podré meterme algodón en las orejas.

—De acuerdo.

La enfermera abandonó la habitación sonriendo. A su compañera de mostrador le dijo:

—Esa mujer de la 703 es todo un personaje. Cuando se marche a casa la echaré de menos. Tenías que haberla oído antes, cuando a un montón de gente nos hablaba de sus siete gatos anaranjados llamados *Sonny*.

—¿Tiene siete gatos que se llaman *Sonny*?

—No, no los ha tenido todos a la vez. Cada vez que tiene un gato nuevo, lo llama *Sonny*, y decía que cuando salga de aquí nos mandará mermelada de higos y una copia de una foto de no sé qué ratones saltando en el desierto.

—Dios del cielo, me parece que está chiflada.

—Quizá, pero una chiflada divertida. Al menos tiene buen humor. Todo un descanso teniendo en cuenta la gente amargada y desabrida que tengo que aguantar normalmente.

—A propósito de eso, antes ha estado aquí ese abogado pelmazo, Winston Sprague, dándose importancia, hablando pestes de todo el mundo. Hasta ha hecho llorar a una de las chicas tras darle una orden chasqueando los dedos. Lo que me gustaría saber es en qué tómbola le tocó la corona de rey esa.

—Sí, vaya mocoso. Sólo espero que algún día se caiga del caballo y estar yo ahí para verlo. —Miró alrededor por si alguien podía oírla y luego añadió—: Apuesto a que se empolva las partes pudendas con borlas. —Las otras mujeres rompieron a reír lo más bajito que pudieron teniendo en cuenta dónde estaba la enfermera. Luego ésta añadió—: Seguro que sí. Valiente gilipollas.

Aún confusa

6h 58m de la tarde

Mientras aquella noche Norma conducía a casa desde el hospital, la cabeza no paraba de darle vueltas. Aún no estaba segura de si creer a la tía Elner o no. Según el señor Pixton, la paciente describía lo que se consideraba una muy común experiencia cercana a la muerte. Norma había oído hablar antes de esa clase de cosas, así que era una posibilidad real. Y naturalmente Macky estaba seguro de que todo lo que Elner creía que había pasado era sólo un sueño, y tal vez tuviera razón, pero ella seguía dudando. Sabía que la historia de la tía Elner era descabellada y seguramente falsa, pero deseaba muchísimo pensar que había alguien o algo controlando y vigilando el mundo de vez en cuando, aunque ese alguien se llamara Raymond. Se había esforzado mucho por creer. Lo primero que hacía cada mañana era leer la tarjeta que había recibido como recién llegada a la Iglesia de la Unidad y que había pegado con cinta adhesiva en el espejo del lavabo.

253

¡BUENOS DÍAS!
Soy Dios.
Hoy me ocuparé
de todos tus problemas.
Así que vete en paz.
¡Que lo pases bien!

Cada día intentaba irse en paz, traspasar todos los problemas y preocupaciones a Dios, pero cada día, hacia las nueve o como mucho las diez, olvidaba que Dios debía encargarse de todo. ¿Por qué no aguantaba al menos un día entero? Y si Él estaba realmente ahí, ¿por qué no lo decía claramente y dejaba de poner las cosas tan difíciles? Además, tampoco es que los creyentes fueran todos buena gente. Se habían estado matando unos a otros durante años. Su propia madre era presbiteriana, y no muy maja que digamos..., incluso ahora que estaba muerta, según la tía Elner. Por otra parte, Macky no creía en Dios y era una de las mejores personas del mundo. «Oh, Dios mío —pensó—, no me extraña que haya tanta gente que beba o se drogue.»

El gilipollas

7h 3m de la tarde

Winston Sprague estaba sentado con la vista clavada en la pared en su caro apartamento con televisión, aparato estereofónico, electrodomésticos y gimnasio de primerísima calidad, pagado gracias a la práctica de ciertas conductas éticamente discutibles. Tras obtener la declaración de la anciana, Winston, ya en su despacho, la desechó como algo bastante intrascendente. Pero a medida que avanzaba el día y releía el documento una y otra vez, seguía dándole vueltas en la cabeza algo que había dicho la mujer. Ésta había sido condenadamente específica sobre el maldito zapato. Sprague sabía que seguramente estaba loca como una cabra, pero decidió, sólo por divertirse, volver al hospital, subir a la azotea y echar un vistazo. Una vez allí, recorrió todo el espacio e inspeccionó cada rincón. Nada salvo una paloma muerta, y tal como suponía, ningún zapato. En cierto modo le daba vergüenza haber llegado siquiera a comprobarlo. Mientras estaba allí de pie, contemplando Kansas City, rió estruendosamente sólo de pensar que la mujer creía que había vuelto al hospital flotando y sobrevolando la azotea. Cuando ya se iba, echó un vistazo al viejo edificio anexo, donde ahora estaba la lavandería, y pensó que, ya puestos, podía ir y revisar también ese terrado. Sin embargo, cuando llegó al último descansillo del otro edificio, la puerta de las escaleras que conducían al terrado estaba cerrada. Tuvo que volver a bajar y hacer que uno de los conserjes subiera con él y le abriera.

—¿Esta puerta está siempre cerrada? —preguntó.

—Sí.

—¿Ha estado usted aquí arriba hace poco?

—Hace poco no. La última vez que recuerdo teníamos un par de goteras y vinieron unos lampistas y pusieron tela asfáltica junto a ese saliente —dijo el conserje.

—¿Cuándo fue eso?

—Hará tres o cuatro años.

—Y aparte de eso, ¿no ha subido aquí nadie que usted sepa?

—No.

Después de que el conserje le abriera la puerta, Winston ascendió por el estrecho tramo de escaleras y empujó la última puerta que daba a la azotea. Ésta estaba cerrada o atrancada, no sabía, pero él siguió empujando hasta abrirla lo suficiente para salir. El edificio estaba orientado al sur, y el sol deslumbraba al reflejarse en la fina gravilla que cubría la azotea entera. El calor de la tarde subía desde el suelo mientras él buscaba y miraba detrás de todas las chimeneas, pero lo único que encontró fue un viejo mango de fregona. Pasó al otro lado y echó una ojeada detrás de la chimenea más cercana a la cornisa. Nada. Se dirigió al otro extremo y miró. De pronto sintió que se le erizaba el vello del cogote y empezó a notar una especie de sudor frío. Metido de lado entre la cornisa y la chimenea, había un zapato marrón de golf con tacos. ¡Dios santo!

Cerró los ojos y volvió a abrirlos para asegurarse de que no estaba teniendo una alucinación. Miró otra vez. No. Estaba allí, sin duda, exactamente como ella lo había descrito. Ahora Sprague tenía la ropa empapada y pegada al cuerpo. Se obli-

256

gó a sí mismo a acercarse. Se quedó allí mirándolo. Al final, al cabo de un rato, tocó el zapato con el pie cautelosamente, como si fuera una serpiente que pudiera morderlo. Aquello no se movió. Le dio un ligero puntapié. Seguía sin moverse. Se agachó y trató de cogerlo, pero permanecía quieto. Medio zapato estaba hincado en el alquitrán que rodeaba la chimenea. Tuvo que insistir durante unos cinco minutos, sudando a mares, moviéndolo de un lado a otro, hasta que por fin quedó suelto en su mano. Pero ahora que tenía el zapato, permaneció allí preguntándose qué demonios iba a hacer con él y cómo iba a llevárselo abajo sin que nadie lo viera. Lo apoyó en la puerta, corrió a la planta inferior, y vio una bolsa de papel marrón con medio bocadillo en un cubo de la basura. Vació la bolsa y subió a toda prisa, metió el zapato dentro y se lo puso bajo el brazo. Bajó por las escaleras de emergencia hasta el sótano, pasó al edificio principal y se metió en los lavabos. Se limpió las manos de alquitrán restregando a conciencia, escondió la bolsa detrás de la puerta y pensó por qué narices se sentía como si fuera un delincuente. Acto seguido, subió corriendo al despacho de Franklin Pixton, entró, cerró la puerta y se apoyó en ella de espaldas, sudando y sin aliento.

Pixton lo miró sorprendido.

—¿Qué está haciendo aquí? ¿Cómo es que tiene la cara colorada? ¿Ha venido corriendo?

—¡Un zapato en la azotea! —soltó Sprague.

—¿Un zapato en qué azotea? —preguntó Pixton.

—En la declaración..., la vieja, la señora Shimfissle..., juró... haber visto un zapato en el terrado del hospital.

—¿Y?

—No lo... lo entiende —balbució—. Ella dijo que estaba flotando en el aire, por encima del hospital, y que vio un zapato en la azotea..., he subido, ¡y había un zapato!

—¿Está inventándose esto para irritarme?

—No, le estoy diciendo la verdad, el zapato estaba exactamente donde dijo ella.

—Oh, vamos, Winston, cálmese. Será sólo una coincidencia.

—¿Una coincidencia? ¿Que estuviera exactamente donde ella dijo? ¿Que fuera un zapato de piel marrón? Y no sólo un zapato de piel marrón, ¡sino un zapato de golf!

—¿Dijo ella que era un zapato de golf? —indagó Pixton.

—Sí. Un maldito zapato de golf de piel marrón, y eso es exactamente lo que era. Le digo que no hay modo alguno de que la mujer viera esa cosa a menos que estuviera realmente muerta o algo así.

—Por el amor de Dios, Winston, no diga disparates. Ya tenemos suficientes problemas para que venga ahora con esta gilipollez de vudú extracorporal cercana a la muerte.

—Bien, quizá para usted sea vudú, pero se lo digo en serio, Franklin, ¡el zapato estaba allí! —aseguró Sprague.

Franklin se levantó, se acercó a la puerta y la cerró; luego sirvió a Winston una copa.

—Tome, tranquilícese y cuénteme otra vez qué dijo la vieja.

—Dijo que vio un zapato de piel marrón con tacos tirado junto a una chimenea de la azotea, y ahí es exactamente donde estaba.

—Muy bien. Hay algo aquí que no cuadra, me huele a gato encerrado.

—¿Qué quiere decir?

—¿Quién nos asegura que no lo planearon todo? Eso del zapato es una especie de treta, tal vez ella misma lo dejó allí.

—¿Cómo? ¿Cuándo? Las enfermeras juran que jamás salió de la habitación.

—Quizá fue la sobrina, o el marido, o tal vez están confabulados con alguien que trabaja aquí y pusieron el zapato allí arriba. A lo mejor lo dejaron caer desde una avioneta alquilada, o desde un globo.

—Pero ¿por qué?

—Dinero, un buen acuerdo; o para ir al programa de Oprah Winfrey.

—Bien, Franklin, o sea que una mujer de ochenta y nueve años toca intencionadamente un nido de avispas, éstas la pican diecisiete veces, se cae desde una altura de seis metros, queda inconsciente, ¿y todo para ir al programa de Oprah Winfrey? Además, la puerta estaba cerrada, y nadie tiene llave salvo el conserje.

—¿Qué otra explicación podría haber?

—¡Ninguna! Es lo que le estoy diciendo.

—¿Está el zapato aún ahí?

—No, me lo he llevado.

—¿Por qué?

—¿Por qué? ¿Por qué? Porque no sé por qué, porque estaba muerto de miedo —admitió Sprague.

—¿Dónde está ahora? —Dijo Pixton.

—Lo he escondido en los lavabos. ¿Quiere verlo?

—No, no quiero verlo. Pero escuche, si los Warren quieren fisgar o algo, les decimos simplemente que faltaría más, que echen un vistazo a la azotea si quieren. Y nosotros no hemos visto ningún zapato, ¿vale? Si esto se sabe, todos los chalados del país vendrán a acampar al aparcamiento.

Winston asintió.

—Supongo que tiene razón, pero ¿qué hacemos con el zapato?

—Deshágase de él. Olvídese de él —ordenó Pixton.

—¿Esto no sería ilegal?

—Dios mío, por favor, ¿quién es el abogado? Veamos, usted encontró un zapato..., basura..., líbrese de él. Se acabó.

Después de que Sprague saliera del despacho, Pixton exhaló un suspiro. Con tantos problemas como había, ahora ese abogado se volvía majara porque había visto casualmente un zapato misterioso. No aguantaba esas cosas, los denominados milagros: estatuas que lloraban, círculos en los cultivos, el monstruo del lago Ness, el yeti, todo lo cual se había demostrado que eran timos y patrañas. No dejaba de asombrarle lo crédulas que llegaban a ser las personas. Rezarían a una lata de judías verdes si creyeran que eso les iba a curar de algo o les iba a llevar al cielo. «Dios mío —pensó—, ¿cuándo va a abandonar la gente la época oscura de la ignorancia?» Franklin había estudiado algo de filosofía en Yale, y si pudiera haría que todas las escuelas de América empezaran hablando a los niños de Diderot, Kant, Nietzsche, Hegel y Goethe. La actual falta de formación le inquietaba. La mayoría de los jóvenes con quienes solía tratar no eran capaces de hilvanar una frase correctamente, no digamos ya pensar por sí mismos. Tenía miedo de que su país acabara poblado por neandertales andando a cuatro patas. Menos mal que Sprague había estudiado en Harvard y, en el fondo, era un hombre sensato.

Un sueño agitado

8h 3m de la tarde

Cuando Norma llegó a casa procedente de Kansas City, Macky tenía una cazuela de pollo y setas en la mesa para ella. La había llevado la señora Reid con una nota: «No quería que se desperdiciara, buen provecho.» Norma, contenta de no tener que cocinar, se sentó y empezó a comer. Macky quería saber cómo estaba Elner, y hablaron un rato de ello. Después, de tan agotada que estaba, fue a acostarse a las nueve y media y se quedó dormida inmediatamente. Pero pese al cansancio, tuvo un sueño agitado. La tía Elner le había dicho algo que seguía dándole vueltas en la cabeza. Incluso mientras dormía. Hacia las tres de la mañana, Norma se incorporó de súbito en la cama y proclamó en voz alta:

—¡Dios mío, es una canción de Johnny Mathis!

Macky se despertó sobresaltado.

—¿Qué? ¿De qué estás hablando?

—*La vida es lo que uno hace*, ¿te acuerdas? Y ella cantaba «La vida es lo que haces, si lo ves así, vale la pena intentarlo».

Macky alargó el brazo, encendió la luz y la miró.

—Norma, ¿has perdido el juicio?

—No, escucha la letra, Macky. —Y siguió cantando—: «Sonríe, el mundo es maravilloso..., en Pascua tu conejito..., aunque esté triste se vuelve divertido.» ¿No la recuerdas?

—No, no me acuerdo. Por el amor de Dios, Norma, son las tres de la madrugada.

—Pues yo sí. Linda tenía el disco y lo ponía continuamente. La tía Elner está siendo el médium de una vieja canción de Johnny Mathis. Y las escaleras de cristal, ¿no lo ves? Viene de su canción de gospel. Lo soñó todo, Macky. ¡No fue al cielo ni nada!

—Esto ya te lo dije yo ayer. Ahora duerme.

Macky apagó la luz, y Norma se recostó, más tranquila porque al fin entendía por qué aquello le resultaba tan familiar. Unos segundos después, le invadió una inesperada oleada de tristeza al darse cuenta de que la excursión de la tía Elner al cielo había sido precisamente un sueño. Resultaba que no había signos, ni maravillas ni milagros. Aquel pequeño atisbo de esperanza se había esfumado. Ahora ella volvía a estar justo donde estaba dos días atrás, y sus viejas dudas aparecían de nuevo sigilosamente. Tuvo miedo y se sintió muy sola en el universo, otra vez sin un norte en la vida, y mañana sería sólo otro día, sólo veinticuatro horas más que habría que superar. Allí tumbada, empezaron a caerle lágrimas por las mejillas, y se dio cuenta de que al fin y al cabo quizá Macky tenía razón y las personas no eran más que un accidente causado por generación espontánea producido millones de años antes. Éramos sólo una banda de renacuajos que se arrastraron fuera del agua y empezaron a andar, pero, con todo, seguía aborreciendo la idea de que al morir simplemente íbamos a parar a un agujero negro y desaparecíamos sin dejar rastro. ¿Qué sentido tenía la vida? Necesitaba ansiosa y desesperadamente creer que al menos una pequeña parte de ella seguiría viviendo, y si no había cielo..., quizá comenzaría a creer en la reencarnación, como Irene Goodnight. Ésta juraba ante la Biblia que su perro pequinés *Ling-Ling* era su difunto marido Ralph, que había regresado para atormentarla. Decía que roncaban exactamente igual y que tenían el mismo modo de mirarla. No era mucho para empezar, pero al menos era algo. Entonces se le ocurrió otra cosa. Si había algo como la reencarnación y la tía Elner había regresado, sólo rezaba con toda el alma para no acabar en un país tercermundista, donde no podría conseguir alimentos frescos ni tendría acceso a buenos productos para la piel, porque si no podía adquirir la crema limpiadora Merle Norman, mejor no regresar. Alargó la mano y cogió un kleenex, se secó los ojos, se sonó la nariz y volvió a dormirse.

El informe

7h de la mañana

A primera hora de la mañana siguiente, Franklin Pixton se sentó y escuchó el informe completo. No funcionaba mal ningún aparato.

Todas las declaraciones de las enfermeras de la sala de urgencias confirmaban el testimonio del doctor Henson. Se había revisado cada actuación una y otra vez. Según todos los requisitos médicos y legales, a efectos prácticos la mujer estaba clínicamente muerta. Franklin sorbió por las narices y se ajustó las gafas.

—A ver, doctor Gulbranson, ¿cuál es su explicación oficial?

El doctor Gulbranson alzó la mirada.

—Que me aspen si lo sé, Franklin. Sólo se me ocurre decir que fue una casualidad.

Franklin hizo girar lentamente la silla y miró por la ventana.

—¿Casualidad? Ya. Entonces le explicaré al presidente del consejo que la mujer estaba oficialmente muerta, y que el hecho de que se incorporara en la cama y estuviera varias horas hablando fue pura casualidad. ¿O debería levantarme y cantar los tres estribillos de *La vida sigue igual*? ¿Qué opina?

El doctor Gulbranson meneó la cabeza.

—No sé qué decirle, Franklin. A veces hay cosas que no tienen explicación.

Lo inexplicable

El primer día de Elner en el hospital, la enfermera de turno en la planta era La Shawnda McWilliams, un mujer robusta con pecas y la piel color café con leche. Hacia las cuatro de aquella tarde del uno de abril, estaba alegre porque se acercaba el cambio de turno; La Shawnda había estado trabajando doce horas, e igual que todas las mañanas se había levantado a las cuatro de la mañana, había preparado el desayuno de su madre, que le había dejado en la mesa, y luego había atravesado la ciudad en dos autobuses para llegar al hospital a las cinco y media. Cuando aquella tarde estaba a punto de marcharse a casa, la llamaron para que bajara y recogiera ciertos efectos personales de una paciente. Una enfermera de la sala de urgencias tenía en su poder la ropa de la señora Shimfissle, que con el alboroto de su repentino despertar había acabado en el suelo.

Cuando La Shawnda llegó, la otra enfermera le entregó al instante unas zapatillas de fieltro granate de estar por casa envueltas en una bata marrón a cuadros, y encima unos enormes calzones blancos de algodón.

—Toma —dijo la enfermera—, esto es para Shimfissle.

La Shawnda cogió las prendas y preguntó:

—¿Nada de joyas?

—No, esto es todo —contestó la otra enfermera mientras se apresuraba por el pasillo para atender a otro paciente que acababa de ingresar.

La Shawnda miró el pequeño montón, no gran cosa, y por el aspecto de la bata imaginó que la paciente vendría de alguna institución benéfica, pobre señora. Ignoraba que los calzones casi no llegan al hospital. A primera hora de esa mañana, Elner no sabía qué hacer, pero como iba a subirse a la escalera, decidió que sería mejor ponérselos.

La Shawnda cogió las cosas, se dirigió al lavadero y agarró una gran bolsa blanca de plástico que ponía «efectos personales», y mientras estaba doblando de nuevo la bata notó algo blando en el bolsillo. Metió la mano y sacó algo envuelto en una gran servilleta blanca que tenía las letras D.S. bordadas con hilos de oro. Lo desenvolvió y apareció un hermoso trozo de tarta. «Vaya —pensó—, esta pobre señora se la habrá guardado en el bolsillo antes de salir de casa.» La tocó con el dedo y vio que aún estaba tierna y esponjosa, como recién sacada del horno. «Aún no se ha vuelto dura.» Se quedó pensando en qué hacer. Sabía que no dejarían que la mujer se la comiera mientras estuviera ingresada. La dietista del hospital, la señorita Revest, se mostraba totalmente en contra de todo lo que estuviera hecho con harina blanca o azúcar. Aun así, a La Shawnda le fastidiaba tirar un trozo de tarta tan apetitoso. Al fin y al cabo, eso no sería robar; les habían dado instrucciones de arrojar a la basura cualquier alimento pasado, de modo que fue al cajón, sacó una bolsa Ziploc y la guardó dentro. A su madre le encantaría comerse ese trozo de tarta. Su pobre madre había estado muy enferma últimamente, y casi nunca se levantaba de la cama. La Shawnda había tenido que llevarla a Kansas City desde su casa de Arkansas. Sabía que su madre no era feliz viviendo en un piso pequeño en la ciudad, pero no había otra opción. Dobló con cuidado los calzones y la bata, todo impregnado de olor a tarta recién horneada. Por un instante estuvo tentada de comerse el trozo ella, pero no. Colocó las cosas de la anciana en una bolsa blanca de plástico y las llevó abajo y se las dio a la sobrina de la paciente.

Cuando esa noche La Shawnda llegó a casa, vio a su madre dormida en el salón, con el camisón todavía puesto. La miró y pensó «vaya forma de terminar, vieja y atormentada por la artritis, sin seguro médico ni un centavo a su nombre». Menos mal que el hospital le había permitido incluirla en su póliza, de lo contrario no podría adquirir los medicamentos. Su pobre madre había trabajado toda la vida de empleada doméstica, había criado cinco hijos lavando y planchando para otras personas después de llegar a casa del trabajo y durante los fines de semana, y jamás en la vida ganó más de setenta dólares a la semana. Su única alegría era ir a la iglesia, pero ahora estaba demasiado débil para ello, y La Shawnda hacía todo lo que podía para que comiera y se mantuviera con fuerzas. Su madre solía llevar a todos sus hijos a la iglesia, pero ahora estaban todos desperdigados por el país y sólo una hermana seguía acudiendo. La Shawnda ya no iba. Por mucho que su madre insistiera en que Dios era bueno, ella no lo veía así. Cualquier supuesto Dios que permitiera que uno de sus supuestos hijos sufriera no era un Dios que a ella le interesara demasiado. Tras dejar sus cosas, fue directamente a la cocina, cogió un plato del armario, sacó un tenedor limpio del lavaplatos, y volvió al salón.

—Mamá —dijo, sacudiéndola ligeramente—. Despierta, cariño. Tengo una sorpresa para ti.

Su madre abrió los ojos.

—Ah, hola, nena. ¿Cuándo has llegado?

—Ahora mismo. ¿Qué tal hoy el dolor?

—Regular —admitió la madre.

—Mira lo que te he traído.

La anciana miró y vio el trozo de tarta y dijo:

—Oh, qué buena pinta. ¡Y además huele de maravilla!

A la mañana siguiente, el despertador sonó como siempre a las cuatro, y La Shawnda hizo un esfuerzo por levantarse y disponerse a afrontar otro día. Después de vestirse, fue a la cocina y se llevó la sorpresa de su vida. La luz estaba encendida, y su madre se encontraba de pie, cocinando.

—Mamá —dijo—, ¿qué haces levantada?

—Pues me he despertado —dijo la madre—, y como esta mañana me sentía mucho mejor, he pensado que podía prepararte unos huevos.

—¿Te has tomado el medicamento?

—No, todavía no. Esta noche he tenido un sueño de lo más fantástico. He soñado que miraba hacia abajo y veía centenares de diminutas manos doradas friccionándome todo el cuerpo, ha estado tan bien, y al despertar notaba un hormigueo por todas partes. En serio, cariño, creo que esa tarta me ha levantado el ánimo. Después de tanto tiempo enferma se me ha olvidado cómo se hace una buena tarta casera como ésa; creo que me ha espabilado las papilas gustativas. Pensaba hacer un buen pan de harina de maíz. ¿Qué te parece?

—¿Pan de harina de maíz?

—Sí. Quizá tú puedas comprar nabos o coles rizadas, o tal vez judías secas, de las tiernas. ¿Verdad que pega bien?

La receta

Tres días después de encontrar la tarta, La Shawnda iba en el autobús a trabajar asombrada de cómo había mejorado la salud de su madre. ¡La noche anterior había llegado a preparar un molde de pan de harina de maíz! Decidió ir a ver a la señora de la bata y decirle lo mucho que le había gustado la tarta a su madre y lo animada que estaba desde entonces. Incluso podría pedirle la receta.

Hacia las siete y veinte de la mañana del jueves llamó a la puerta de la habitación de Elner y observó que la señora de pelo cano estaba despierta y sentada en la cama.

—¿Señora Shimfissle? ¿Puedo entrar?

—Claro —dijo Elner—. Pase.

—¿Cómo se encuentra hoy?

—Muy bien, gracias —contestó Elner alerta por si la mujer llevaba alguna jeringa en la mano.

—Señora Shimfissle..., usted no me conoce, soy la que recogió sus efectos personales.

—¿Mis qué, cariño? —preguntó Elner.

—Su bata y sus zapatillas.

—Ah, sí, menos mal que alguien lo hizo. No sabía qué había pasado con eso.

—Se lo di todo a su sobrina la noche que la ingresaron.

Elner puso cara larga.

—Vaya —dijo—. Adiós a la bata. Hacía años que Norma se moría de ganas de tirarla a la basura. Bueno. Supongo que me ha pasado por no hacerle caso.

La Shawnda se acercó a la cama y dijo:

—Señora Shimfissle, el lunes por la noche estaba doblando su bata y encontré en el bolsillo un trozo de tarta.

A Elner se le iluminaron los ojos.

—Qué bien. Esperaba que apareciera por fin.

—Sí, señora. —La Shawnda miró alrededor por si venía alguien—. Debía haberla tirado, pero no lo hice.

—¿Ah, no? —dijo una esperanzada Elner ante la posibilidad de recuperarla. Ahora mismo podría comerse otro trozo de tarta casera.

—Espero que no le importe, pero lo llevé a mi casa y se lo di a mi madre. Ella se crió en el campo, y pensé que un pedazo de tarta casera le levantaría el ánimo.

—Ah, entiendo. —Elner estaba un poco decepcionada, pero dijo—: Pobrecita. Yo también viví en el campo, o sea que sé cómo se siente, y si no iban a dejar que me lo comiera yo, me alegro de que a ella le gustara.

—Le gustó —dijo La Shawnda—, desde luego, y además al día siguiente se encontraba mejor de lo que se había encontrado en mucho tiempo.

—La tarta era buena, sin duda.

—Quería preguntarle dónde la compró. ¿La hizo usted?

Elner se puso a reír.

—No, no la hice yo, las mías no salen tan bien.

—Pues entonces, ¿de dónde era?

Elner la miró y sonrió.

—Cariño, si se lo dijera, no me creería.

—¿La compró en una panadería? —preguntó La Shawnda.

—No, es totalmente casera, la hizo una amiga mía.

—Qué lástima. Pensaba que usted podría pasarme la receta... ¡Cómo le gustó esa tarta a mi madre!

—Oh, se la pasaré encantada. Deme su dirección y se la envío. Tengo la receta en casa, en el libro de cocina de la vecina Dorothy... Ah, y le aconsejo una cosa: mire bien el horno y asegúrese de que está precalentado a la temperatura adecuada. Dorothy me dijo que ése era el secreto para que saliera una tarta esponjosa.

La Shawnda anotó rápidamente su nombre y su dirección en un trozo de papel que dio a Elner.

—Se lo agradezco muchísimo, señora Shimfissle. —Entonces La Shawnda miró hacia la puerta y susurró—: Y también le agradeceré que no diga a nadie que me llevé esa tarta a casa la otra noche, o podría perder mi empleo. Siempre están buscando excusas para despedir a gente.

—Ah, ya entiendo —dijo Elner—. Vale, prometo no comentar nada. Y dígale a su madre que me alegro de que se sienta mejor, ¿de acuerdo?

Mientras La Shawnda se despedía, entró una enfermera con guantes de goma portando una bandeja.

—Buenos días, señora Shimfissle —dijo, y, por la sonrisa, Elner supo que la muchacha estaba allí para algo que a ella no iba a gustarle.

A casa

Después de que la enfermera hubiera examinado a Elner del derecho y del revés, el doctor Henson, su médico de la sala de urgencias, recibió el informe. Desde que Elner fuera ingresada, la había visitado varias veces al día, y cuanto más la conocía, más positiva era su opinión sobre la especie humana. Todas las conclusiones lo habían absuelto de cualquier negligencia, no iba a ser despedido y lógicamente el hospital no sería demandado, y su paciente mejoraba a ojos vista; y él estaba de un magnífico humor.

Abrió la puerta y entró en la habitación luciendo una sonrisa de oreja a oreja.

—Buenos días, maja.

—Vaya, hola —dijo ella, contenta de verlo.

—Me fastidia decirle esto —dijo el doctor—, pues nos gustaría que se quedara con nosotros, ¡pero hoy la mando a su casa, señorita!

—¿En serio? ¿Viene mi sobrina a recogerme?

—No. Acabamos de llamarla para decirle que no venga, porque hay aquí alguien que quiere acompañarla a casa a lo grande.

Después de recoger sus cosas, las enfermeras la sentaron en una silla de ruedas, y Boots Carroll y el doctor Henson la empujaron hasta el ascensor, la llevaron abajo y atravesaron el vestíbulo y luego las enormes puertas de doble hoja. Y aparcada justo delante había una larga y reluciente limusina negra. Cuando Franklin Pixton informó al señor Thomas York, presidente del consejo de administración del hospital, sobre la anciana que se había caído del árbol, éste quedó fascinado y dijo:

—Pues hay alguien a quien me gustaría conocer.

Así, cuando el chofer abrió la puerta de atrás, un hombre mayor de aspecto distinguido salió y, quitándose el sombrero, dijo:

—Señora Shimfissle, soy Thomas York. ¿Me concede el privilegio de acompañarla a su casa?

—Sí, claro —contestó ella.

Elner y el señor York charlaron todo el rato mientras se dirigían a Elmwood Springs, y ella observó que, aunque él era director de banco jubilado, también tenía una gran afición a las gallinas. Su abuelo había criado gallinas. Lo pasaron de maravilla hablando todo el rato de las superiores cualidades de la Rhode Island Roja frente a la gallina azul moteada. Cuando ya estaban cerca de Elmwood Springs, ella miró por la ventanilla y pensó: «Sólo espero que Merle esté en su patio y me vea llegar en limusina. No recuerdo el viaje al hospital, pero la vuelta a casa sí la estoy disfrutando. Quién iba a imaginar que un día me subiría en la parte de atrás de un trasto de éstos.»

Cuando tomaron su calle, Elner pidió al conductor que fuera más despacio para que sus vecinos pudieran verla. Tras detenerse el coche frente a la casa, Norma y la mayoría de los vecinos la estaban esperando, y ella se sintió muy feliz al ver que Louise Franks y su hija Polly también habían ido a la ciudad a darle la bienvenida.

El señor York se comió un trozo de tarta Bundt en el porche y se quedó un rato charlando, y antes de marcharse, Cathy Calvert tomó una foto de él y de Elner junto a la limusina para sacarla en la revista. Cuando el coche partió, Elner se dio la vuelta y dijo a Norma:

—¿Dónde está *Sonny*? Me muero de ganas de ver a ese viejo tonto.

—Dentro —dijo Norma—. Lo he encerrado, sabía que querrías verle en cuanto estuvieras en casa.

Elner entró, y *Sonny* se hallaba en su sitio, en la parte de atrás del sofá. Se acercó y lo cogió, se sentó y lo acarició.

—Eh, *Sonny*, ¿me has echado de menos? —Pero *Sonny* actuaba como si no supiera siquiera que ella se había ido, y después de dejarse mimar un rato, saltó del regazo y se dirigió a su plato para tomar un tentempié. Elner se rió—. ¡Gatos! No quieren que sepas que les importas, pero así es.

La primera noche que pasó en casa, todos los integrantes del Club de la Puesta de Sol se reunieron en el patio, cada uno con su silla, y aquel día el crepúsculo fue especialmente hermoso.

—Elner, ¡creo que es el modo en que el buen Dios te da la bienvenida! —observó Verbena.

Elner se alegraba de estar de nuevo en casa, hasta que a la mañana siguiente abrió el cesto de la ropa sucia y miró dentro.

—Vaya. —Ni en mil años se habría imaginado que alguien hurgaría ahí—. ¿Y ahora, qué?

Se dirigió a la casa de Ruby y llamó a la puerta.

—Yuju.

—Entra, Elner —dijo Ruby desde la cocina—. Aún estoy lavando los platos.

Elner fue a la parte de atrás.

—Sólo venía a darte las gracias por dar de comer a *Sonny* y a los pájaros y ordenar la casa y todo lo demás —dijo.

—Oh, no hay de qué, cariño. Lo hice con mucho gusto.

Elner asintió; luego, con toda la naturalidad de que fue capaz, preguntó:

—No encontraste nada en el cesto de la ropa sucia, ¿verdad?

—¿Algo como qué? —dijo Ruby.

—Oh, nada..., una cosa.

—No, no encontré nada aparte de ropa. ¿Por qué?

—No, nada —dijo Elner.

—Ah.

—Vale, muy bien pues.

A Ruby le reventaba mentir, pero ella y Macky habían hecho un pacto. Y como enfermera titulada y buena vecina, sabía que era para bien. Gente mayor y armas de fuego no pegan. El viejo Henderson, que vivía calle arriba, haciendo el tonto con un arma cargada se destrozó la mitad del labio.

Elner regresó a su casa preocupada. Si la había encontrado Norma, se vería otra vez en un buen apuro.

Luther llega a casa

5h 3m de la tarde

Aquella tarde, mientras Luther Griggs conducía de regreso a la ciudad tras su viaje a Seattle, se preguntaba si alguien lo habría echado en falta en el entierro. Le sabía mal no haber ido, pero no pudo ser. Antes de ir a casa, pensó en pasar frente a la casa de Elner, pero cambió de opinión. Sería demasiado triste no verla en el porche. No, echaría una cabezadita, tomaría un baño y luego iría a ver al señor Warren y le explicaría por qué no había estado en el oficio religioso y averiguaría dónde estaba ella enterrada. Sabía dónde conseguir flores bonitas para la tumba. La última vez que Bobbie Jo lo llevó a rastras a una Mañana de los martes, vio un montón de distintos arreglos junto a los marcos. Las compraría igual de bonitas que las que colocó en la tumba de su madre, más bonitas aún, pensó. Al fin y al cabo, Elner se había portado con él mucho mejor que su madre. Sin embargo, cuando tras abandonar la interestatal ya se acercaba a Elmwood Springs, cambió otra vez de idea y decidió que sí pasaría por la casa de ella. Se dio cuenta de que, con lo rápido que estaban derribando las casas viejas de la ciudad, sería mejor ir antes de que fuera demasiado tarde. Mientras bajaba por la Primera Avenida, se sintió aliviado al ver que la casa todavía estaba en pie. Se le ocurrió que quizá podía intentar comprarla; en los dos últimos años había ahorrado algún dinero. Estaba pensando esto cuando Elner Shimfissle salió al porche con una regadera y lo saludó con la mano.

—¡Maldita sea, Luther! —chilló Merle.

El camión de dieciocho ruedas de Luther por poco atropella a Merle tras subir al bordillo y destrozar casi todas sus magníficas hortensias. Merle corrió hacia el camión y lo golpeó con su silla plegable de plástico blanquiverde, pero Luther estaba tan conmocionado tras ver a Elner en el porche que no se apeaba. Elner cruzó la calle y se quedó de pie mirándolo en la cabina del camión, que había acabado parado sobre una zanja del patio de Irene Goodnight.

—Hola, Luther —dijo ella—. ¿Qué estás haciendo?

Macky llegó a casa tras su jornada laboral, y Norma fue a recibirle a la puerta con las llaves del coche en la mano.

—No te vas a creer lo que ha pasado. Ahora mismo iba a llamarte.

—¿Qué?

—Ese loco de Luther Griggs no sabía que la tía Elner estaba viva y, al verla, ha metido el camión en el patio de Merle y le ha arrancado todos los arbustos, y a Irene Goodnight la mitad. Acaban de llamar a los de la compañía Triple A para que vengan y lo saquen de la zanja.

—Válgame Dios. ¿Hay alguien herido?

—No, sólo los arbustos. Él estaba muerto de miedo; supongo que deberíamos ir y asegurarnos de que todo va bien. Dios, ¿qué más va a pasar?

Fueron para allá y llegaron a tiempo de ver cómo una grúa

levantaba el camión y lo sacaba del patio de Irene llevándose a su paso la mayoría de los rosales.

Irene estaba de pie al lado de Cathy Calvert, que se había acercado con su cámara fotográfica.

—Maldita sea —soltó Irene—. ¿Por qué no han retirado este camión por el patio de Merle? El suyo ya estaba echado a perder, ¡y además él ni siquiera es miembro de Triple A! ¡Soy yo quien ha llamado, y lo sacan por aquí!

El pobre Luther estaba en el porche de Elner, aún alteradísimo. Ruby le acababa de llevar un poquito de whisky. Elner, sentada a su lado, le dijo:

—Te he pegado un buen susto, lo siento, cariño.

Él meneaba la cabeza, casi llorando.

—Uf. Creía que estabas muerta y enterrada, y de pronto veo que sales de tu casa como... Vaya..., he tenido un susto de muerte.

Macky se acercó e inspeccionó los daños en ambos patios, y luego dijo a Merle e Irene que por la mañana fueran al Almacén del Hogar, que él les ayudaría en todo lo que pudiera a reponer lo perdido. Acto seguido, fue a la casa de Elner y se sentó en el porche.

Al cabo de un rato, cuando Luther ya se había calmado y era capaz de hablar sin ponerse a llorar, Macky dijo:

—Luther, ¿vamos a dar un paseo?

—Claro, señor Warren.

—Permiso, señoras. —Mientras llevaba a Luther hacia un flanco de la casa, Macky dijo en tono bajo—: Quiero preguntarte algo, Luther. ¿Tú guardabas un arma en casa de Elner?

Luther pareció sorprendido.

—¿Un arma?

—Sí, un arma. No voy a denunciarte ni nada de eso. Sólo dime si tenías una pistola del calibre 38 en su casa.

—No, señor. Estoy en libertad condicional. No puedo tener ningún arma. Cogí una escopeta de la caravana de mi padre, pero la devolví.

—¿Lo juras ante Dios?

—Sí, señor. En la vida le haría eso a la señora Elner. Iba a casarme con Bobbie Jo Newberry porque la señora Elner así lo quería. La admiro muchísimo. ¡Nunca le daría un arma cargada!

Macky le creyó. Y si la pistola no era de Luther, ¿de quién era?

¡Cuestión de narices!

8h 3m de la mañana

A la mañana siguiente, cuando Norma se despertó, Macky ya se había ido a trabajar. Bostezó y fue al cuarto de baño, y mientras estaba leyendo el *Buenos días, soy Dios* se miró en el espejo. «¡Dios mío!» ¡Tenía la nariz llena de puntitos rojos brillantes! Oh, Señor. Bueno, pues ahí estaba. El día había llegado por fin: tenía cáncer de nariz. Se sentó al instante en el suelo para no golpearse la cabeza si se desmayaba. Oh, no, seguramente tendrían que extirparle la nariz entera. Iba a quedar desfigurada. «¿Por qué yo, Dios mío? ¿Por qué mi cara?», pensó Norma. En el instituto, Norma no tuvo jamás ni una pizca de acné, ni un bultito. Ahora recibía el castigo por ello. Se puso en pie y miró otra vez. ¡Todavía estaban ahí! No sólo perdería la nariz, sino que quizá necesitaría quimioterapia. ¡Adiós a todo el pelo! Oh, Dios. «Sé valiente», pensó. En momentos así procuraba acordarse de la pequeña Frieda Pushnick, que había nacido sin brazos ni piernas y durante toda su vida fue llevada a todas partes en una almohada; pero no servía de nada. Aterrada, llamó al dermatólogo, con-

281

certó una cita y se dirigió al salón de belleza. Entró de golpe.

—Tot, dame uno de esos Xanax. ¡A lo mejor tienen que extirparme la nariz!

Más tarde, mientras el doctor Steward le examinaba detenidamente la nariz con una lupa, Norma sintió ganas de vomitar.

—Dígame, señora Warren —dijo el médico—, ¿se ruboriza usted fácilmente?

—¿Qué? Oh, sí.

—Ajá —dijo el médico mientras a ella el corazón le latía con fuerza—. ¿Y sabe si tiene alguna alergia?

—No, aparte quizá de la comida china..., se me pone la cara caliente y colorada, pero...

El médico se volvió para lavarse las manos, y Norma se oyó a sí misma preguntar con voz áspera:

—¿Es cáncer, doctor?

El médico la miró.

—No, lo que tiene usted es rosácea.

—¿Qué?

—Rosácea. Es muy común entre los ingleses, los irlandeses y otras personas de piel clara. Ruborizarse con facilidad es uno de los síntomas.

—¿Ah, sí? Creía que simplemente era tímida o me azoraba. Y estos bultitos, ¿qué son?

—Le están saliendo granos.

—Pero ¿por qué?

—Puede ser por diversas causas..., el calor, el sol, el estrés. ¿Últimamente ha estado más estresada de lo habitual?

—Sí —contestó Norma—. Mi tía se cayó de un árbol y..., bueno, no entraré en detalles, pero sí.

Mientras se dirigía en coche a la farmacia, Norma se dio cuenta de que la imagen que tenía de sí misma era totalmente errónea. Cada vez que alguien contaba un chiste guarro o se sentía turbada, siempre pensaba que era por su timidez, pero resulta que desde el principio había sido una afección cutánea.

Mientras esperaba junto al mostrador a que le dieran el medicamento prescrito, Norma se fue convenciendo de que la preocupación por su tía le había provocado los sarpullidos de la nariz. A saber qué le pasaría a continuación. En un rincón observó el aparato para tomar la tensión arterial y estuvo en un tris de ir y comprobar si la suya se había disparado en la última semana, pero al final decidió que no. Si le había subido, no quería saberlo. Albergaba la esperanza de morirse de golpe, sin tener que pasar por un calvario de montones de pruebas, ni sufrir antes un trasplante de corazón o acabar en una silla de ruedas. Razón de más para que Elner ingresara en Los acres felices donde una serie de profesionales no le quitarían ojo de encima, y así Norma no tendría que preocuparse por ella hasta el fin de sus días. Esperaría a la Pascua y entonces hablaría seriamente con su tía.

—Aquí tienes, Norma —dijo Hattie Smith, prima del difunto marido de Dorothy Smith, Robert Smith. Aunque, claro, según la tía Elner, ahora Dorothy estaba casada con un hombre llamado Raymond—. Aplícate una capa fina en la nariz, dos veces al día, y ya verás qué bien va.

Cuando Norma se iba con su pomada, entró Irene Goodnight, que extendió las manos y le dijo a Hattie:

—Hattie, mira, ¿qué son, lunares o manchas de la edad?

—Son lunares, cariño.

—Ah, bueno —dijo Irene. Se dio la vuelta y se marchó, más contenta que al entrar.

Hattie había hecho un gran esfuerzo por no venderle nada, pero «qué diablos —pensó—, envejecer ya es bastante duro; lo que Irene no sepa no le hará daño».

No me hagáis preguntas

6h 47m de la mañana

Macky esperó que pasaran unos días antes de mencionarle a la tía Elner el tema del arma. A la cuarta mañana, ambos estaban sentados en el porche de atrás como de costumbre, observando la salida del sol, tomando café y hablando antes de que él fuera a trabajar.

—Anoche hubo una puesta de sol bellísima, Macky —estaba diciendo Elner—, y ahora cada vez es más tarde. Pronto podremos sentarnos fuera hasta las siete y media. Ayer, cuando entré en casa, eran poco más de las siete.

—Sí, el verano se acerca, está claro. —Luego la miró y dijo—: Tía Elner, ¿sabías que en tu cesto de la ropa sucia había un arma?

—¿Ah, sí? —dijo Elner con una voz de lo más inocente.

—Sí, sabes muy bien que sí, maldita sea.

Elner miró hacia el patio, donde el gato andaba con paso majestuoso.

—Me parece que *Sonny* está engordando, ¿no te parece? —dijo intentando cambiar de tema—. Míralo, si ya anda como un pato.

—Tía Elner —dijo Macky—, la has pifiado, así que mejor me dices de dónde la sacaste. Luther dice que suya no era. ¿Pertenecía al tío Will?

Ella se quedó en silencio un rato y luego dijo:

—Macky, sólo te digo que no me hagas preguntas, así no te diré mentiras.

—Tía Elner, esto es serio. Escucha, no le dije a Norma que era un arma de verdad, te encubrí.

—Gracias, eres un sol —dijo ella.

—No hay de qué, pero ahora debes ser sincera conmigo. He de saber de dónde salió esa arma.

—Todo lo que puedo decir es que no era de Will. —Alzó la vista al techo—. Tengo que pasar la escoba por estos rincones, mira qué telarañas.

—O sea, que no vas a decirme nada del arma —dijo Macky.

—Si pudiera lo haría, cariño.

—Muy bien, entonces dime que no has hecho nada que no debieras, que no has disparado sobre nadie, ¿vale?

Ella rompió a reír.

—Qué cosas tienes. Santo cielo.

—Bueno, viniera de donde viniera, ahora está bien lejos. Tiré la maldita cosa esa al río. Antes no me preocupaba mucho por lo que pudiera pasarte. Pero te quiero demasiado para correr el riesgo de que te lastimes o de que entre alguien, encuentre eso y te pegue un tiro.

Elner parecía apesadumbrada.

—¿En qué lugar del río?

—Da igual dónde, sólo prométeme que a partir de ahora te vas a mantener alejada de las armas.

—De acuerdo. Lo prometo —se resignó Elner.

Macky se sentía mal por haberse mostrado severo con ella, así que se acercó y le dio un beso.

—Muy bien, pues, olvidemos el asunto, ¿vale?

—Vale.

—Tengo que ir a trabajar. Te quiero.

—Yo también te quiero —dijo ella.

Ese día, Elner aprendió una lección que pocas personas en el mundo tenían el privilegio de asimilar de primera mano y después de los hechos. Cuando estás muerto, la gente te lo registra todo, así que si tienes algo que no quieres que encuentre nadie, ¡mejor deshazte de ello antes!

A Elner le fastidiaba no poder decirle a Macky lo que él quería saber, pero desde luego nunca había robado nada ni había matado a nadie. De acuerdo, quizás era culpable de ocultar pruebas a la policía, pero al cuerno. Además, algunas personas necesitan matar sin más. Se acordaba de cuando su esposo, Will, había tenido que matar a un zorro rabioso. Esto no alegra a nadie, te fastidia hacerlo, pero has de proteger tus gallinas, y puedes decir que ha sido en defensa propia hasta cansarte, pero a veces simplemente no funciona. De vez en cuando se preguntaba si lo volvería a hacer. Y la respuesta era siempre que sí, o sea que tenía la conciencia tranquila. Además, Raymond no había dicho una palabra al respecto, así que suponía que, en este punto, ella en casa estaba a salvo de las críticas.

Salón de belleza

Cuando las cosas se calmaron un poco, Norma pudo volver a la regularidad de sus costumbres, y el miércoles por la mañana volvía a estar sentada en la silla del salón de belleza con su pelo hecho un moño y escuchando a Tot decir las mismas cosas que había estado diciendo una y otra vez durante los últimos veinte años.

—En serio, Norma, estoy hasta la coronilla de esos quejicas que dicen que la sociedad los convierte en delincuentes. Cuentos. Ser pobre no es excusa para robar a la gente. Yo era pobre, caray, y salí adelante sin ayuda de nadie; tú sabes de dónde vengo, Norma, de lo más bajo, y nunca me has visto ir a robar a nadie..., ya no hay vergüenza. Vienen y te cuentan tan tranquilos las trampas que hacen en su declaración de renta, ¡y se sienten orgullosos de ello! Y cuando esos que saquean salen en la tele, sólo sonríen y saludan a la cámara. Y si les pillan, consiguen un abogado gratis, y esos asistentes sociales veletas dicen que son víctimas de la sociedad, buaaa, y no son responsables de su conducta. Y no me digas que no hay empleos. El que

287

quiere trabajar trabaja. Dwayne Jr. dice que eso de trabajar no es para él. Se queda en casa cobrando la prestación mientras su hermana y yo nos deslomamos. Hasta su inútil y patético padre trabajaba. De acuerdo, sólo entre borracheras, pero al menos hacía un esfuerzo. —Tot dio una calada a su Pall Mall sin filtro—. Pobre James, a pesar de que me sacaba de quicio, me supo mal que acabara de aquel modo. La última vez que Darlene y yo supimos de él estaba viviendo en una especie de albergue para vagabundos. Murió un par de meses después en el salón, viendo reposiciones y concursos en la televisión. Concretamente *El precio justo*. Tuvo un mal principio y un mal final. No era el príncipe Carlos pero sí un ser humano, supongo, y para nada un quejica. Estoy muy harta de todos estos que se lamentan y refunfuñan continuamente sobre cosas ya pasadas, y reza a Dios si resulta que eres blanco, dices algo y enseguida alguien te salta a la yugular llamándote racista. La gente se ha vuelto tan susceptible, que hay que andar de puntillas todo el rato. Los partidarios de la corrección política acechan en cada esquina dispuestos a abalanzarse sobre uno... Un día nos harán cantar *Sueño con una Navidad multicolor*. En serio, me da miedo abrir la boca y expresar una opinión sincera.

«Ah, ojalá fuera verdad eso», pensó Norma mientras Tot proseguía con su diatriba semanal.

—Como aquella vez —continuó a modo de ejemplo— que una chica negra entró aquí buscando trabajo. Norma, tú sabes que no necesito a nadie, apenas me alcanza para pagarle a Darlene, y se lo dije, además con amabilidad, ¡e inmediatamente se puso a llamarme no sólo racista sino homófoba! ¿Cómo iba yo a saber que no era *ella* sino *él*? Recuerdo que cuando comenzó esta estupidez, todos los que tenían en casa una estatua de un jockey negro tuvieron que pintarla de blanco, ¿te acuerdas? —Norma asintió. Su madre se negó a pintar su jockey, y alguien le rompió la cabeza a la estatua. Tot continuó—. Si no pertenezco a una minoría, no es mi culpa. ¿Y qué pasa con mis derechos? No veo a nadie que me defienda. Pago mis impuestos y no espero que nadie se ocupe de mí. ¿Acaso me quejo?

«Todas las semanas», pensó Norma, pero no lo dijo.

—Total, que lo único que oyes en la televisión es lo malos que son los blancos. Sinceramente, Norma, no sé si soy racista o no. Espero que no, pero no sé por qué me molesto en preocuparme. Dicen que, en cualquier caso, en los próximos cinco años todos hablaremos español. Antes era blanco y negro, pero ahora parece que el mundo entero se ha vuelto de una especie de color marrón. A propósito, ¿has visto la bañera Madonna que la familia López tiene en el patio delantero?

—No. ¿Qué es una bañera Madonna?

Tot se puso a reír.

—Cogieron una vieja bañera con patas, la pusieron de lado y la enterraron en el suelo hasta la mitad. Luego pintaron el interior de azul y metieron una estatua de la Santísima Virgen.

Norma sintió vergüenza ajena.

—Oh, Dios mío, ¿en el patio?

—Sí —dijo Tot, que dio otra calada al cigarrillo—. Pero es bastante bonita, la verdad. Estos mexicanos tienen dotes artísticas, no sé, hay que reconocerlo. Su patio está como los chorros del oro.

Aquella tarde Norma pensó que tal vez Tot tenía razón. En el sureño Misuri las cosas estaban cambiando. Donde solía haber sobre todo suecos y alemanes, ahora llegaban cada vez más nacionalidades. Por la mañana, en el porche de la tía Elner, de la radio a todo volumen salía música mexicana al patio. La tía había sintonizado una nueva emisora en español de Poplar Springs.

—¿Cómo es que escuchas esto?

—¿El qué? —preguntó la tía.

—La emisora en español.

—¿Ah, es esto? No estaba segura, pensaba que quizás era polaco.

—No, cariño, es español.

—Bueno, sea lo que sea, me gusta. No sé lo que dicen, pero la música es realmente jovial y alegre, ¿no crees?

Gracias de parte de Cathy

2h 18m de la tarde

El enfermero que había informado a Gus Shimmer sobre el posible pleito contra el hospital se mostró muy decepcionado cuando éste le hizo saber que la sobrina de la señora no presentaría ninguna demanda. Esperaba sacar tajada del asunto. Pero se le ocurrió otro modo de capitalizar su información. Cogió el teléfono y llamó a un tabloide que pagaba por historias fuera de lo corriente, y él tenía una.

Aquella tarde, Norma entró corriendo en el supermercado Piggly Wiggly a comprar algunas cosas que quería llevar a casa de la tía Elner para la cena de Pascua, y cuando estaba ya en la caja echó un vistazo y vio el titular de portada.

«¡GRANJERA DE MISURI, MUERTA DURANTE CINCO HORAS, SE INCORPORA Y CANTA EL HIMNO DE LAS BARRAS Y ESTRELLAS!»

Norma sintió que iba a desmayarse y se sentó en el suelo para no darse ningún golpe. Menos mal que Louise Franks y su hija Polly estaban casualmente detrás de ella en la cola y la ayudaron a levantarse. Acudió el gerente, y todos la acompañaron al lavabo de los empleados, la sentaron en una silla y le dieron un vaso de agua. Cuando pudo hablar, agarró a Louise del brazo y dijo:

—Lo sabía. Esto será nuestra ruina. Ahora seguramente tendremos que irnos del país —gimió—. ¡Adiós a la carrera de mi hija! —exclamó entre sollozos.

Louise se fue y regresó al cuarto de baño con el periódico. Cuando Norma vio la foto grande de la primera plana, ¡se estremeció al ver que la mujer NO era la tía Elner!

Después de que el enfermero contara su historia, la reportera del tabloide encargada de cubrir la noticia llamó a la revista local para obtener todos los detalles y explicó a Cathy Calvert que estaba dispuesta a pagar un montón de dinero por cualquier información que pudiera darle. Tras oír la cantidad que ofrecía la mujer, Cathy enseguida accedió encantada a proporcionarle no sólo una historia sino también una fotografía. Todo lo que la periodista tenía que hacer era acceder a cambiar los nombres de la anciana y de la ciudad, y entonces Cathy le daría la información gratis. A la chica del tabloide le daban igual los detalles precisos o la validez de sus fuentes. Al fin y al cabo, *El ojo curioso* no era *The New York Times*, y a ella no le importaba que le pagaran por un trabajo que no había hecho. Y encima, por si fuera poco, la mujer de la revista contó una historia buenísima. ¡Esa parte en que la vieja afirmaba que fue transportada a otro planeta donde todas las mujeres se parecían a Heather Locklear era un toque genial!

Por fin, tras todos esos años, Cathy había encontrado un modo de devolverle a Elner el favor de haberle prestado los mil dólares. Y también había evitado que la ciudad fuera invadida por una masa de curiosos y chiflados. La mujer de la foto de la portada era la abuela de Cathy Calvert por parte de padre, Leona Fortenberry, muerta desde hacía años, y que, que Cathy supiera, muerta seguía.

Norma se recuperó y fue a casa, pero con tanto alboroto se olvidó de la bolsa de comestibles. Y ahora estaba demasiado turbada para volver a buscarla.

Pascua en casa de Elner

Elner y toda la gente de la ciudad estaban muy contentas de que ella hubiera regresado a casa a tiempo para Pascua, que resultó ser una de las mejores jamás celebradas. Acudió toda la familia. Dena y Gerry volaron desde California, y Linda y Apple llegaron desde St. Louis. Como de costumbre, el día antes Elner y Luther pintaron más de doscientos cincuenta huevos, y al amanecer, la mañana de Pascua, los dos estaban en el patio escondiéndolos. Elner recorrió el patio una y otra vez con el huevo de oro en la mano buscando el mejor escondite.

Norma se levantó temprano y corrió al cementerio a poner flores en la tumba de sus padres, y cuando hubo regresado, todos se dirigieron a casa de Elner. La búsqueda de los huevos de Pascua comenzaba siempre hacia las doce, pero este año la gente llegó con sus niños antes, y a menos cuarto ya estaban todos esperando en el patio. Cuando llegó la hora, Elner, desde el porche, tocó la vieja campanilla de la escuela, y unos ochenta niños pequeños con cestos, junto con Polly, la hija de cuarenta y dos años de Louise, echaron a correr y a gritar como alma que lleva el diablo por todo el patio, mientras los mayores permanecían sentados en las sillas plegables y observaban. *Sonny*, el gato, tuvo que subir corriendo a un árbol para no morir aplastado por las exaltadas hordas y durante la hora siguiente se quedó ahí con cara de pocos amigos. Louise Franks y Elner miraban a Polly correr riendo de un sitio a otro con la pequeña Apple, que tenía cinco años, a su lado. Al final, encontró el huevo de oro uno de los nietos de Tot, pero, como de costumbre, Polly Franks recibió el primer premio, un enorme conejo de peluche que Elner y Louise habían comprado la semana anterior. Más tarde, cuando ya todos los niños menos Apple y Polly se hubieron marchado a casa, Macky y Gerry sacaron al patio la gran mesa plegable y cenaron todos debajo de la higuera. La pastora Susie Hill les acompañó y bendijo la mesa, y acto seguido se empezaron a servir los platos. Elner estaba como unas pascuas mientras daba cuenta de la comida y bebía un gran vaso de té frío. De pronto se volvió hacia Dena y le dijo:

—Mira, creo que es una de las mejores Pascuas que recuerdo, y si lo piensas un poco, ya he tenido mi pequeña Pascua de Resurrección, ¿no? De algún modo resucité de entre los muertos. Y me alegro muchísimo de que así fuera, porque si no me habría perdido este jamón y estos huevos duros con salsa picante que ha traído Louise. —Entonces levantó la voz dirigiéndose al resto de la mesa—: ¡Creo que estos huevos picantes son los mejores que has hecho nunca, Louise!

Louise Franks se rió y dijo:

—Elner, cada año dices lo mismo.

Susie, la líder de «Personas que cuidan la línea», se sirvió otro plato de boniatos con malvaviscos encima y señaló:

—Aquí todo es delicioso.

Elner miró la variedad de tartas y pasteles que había al final de la mesa y dijo:

—Me muero de ganas de atacar la tarta de coco y ese pastel helado de limón. ¿Y usted?

—Yo también —confesó Susie.

A la mañana siguiente, cuando Linda fue a buscar a Apple, que había pasado la noche de Pascua con Elner, *Sonny* se quedó escondido debajo del sofá hasta que ella se marchó de una vez. Estaba harto de que la pequeña no parara de cogerlo y estrujarlo. Ya en el avión, Linda advirtió algo en la mano de su hija.

—¿Qué tienes en el pulgar?

Apple lo levantó orgullosa.

—La tía Elner me tomó la huella dactilar. ¿Sabías que nadie más en el mundo entero tiene otra igual?

Otra vez enamorado

5h 48m de la tarde

La experiencia cercana a la muerte de la tía Elner tuvo un profundo e inesperado efecto en Macky. Estar a punto de perder a una persona querida ilumina la vida con una luz brillante y despoja súbitamente a uno de todo salvo de los sentimientos auténticos. Después de que la tía Elner se salvara de milagro, por primera vez Macky vio los verdaderos hechos tan claramente como si la niebla se hubiera disipado de repente. Se dio cuenta de que lo que había sentido por Lois no era amor sincero, no el amor hasta los tuétanos que había sentido por Norma. Lois había sido un encaprichamiento, un espaldarazo al ego, una última oportunidad para la fantasía. Con los años, Norma se había convertido tanto en parte de él, que casi no había reparado en que ella constituía su vida entera. ¿Qué diablos había estado pensando al albergar siquiera por un instante la idea de irse con una desconocida? Había estado peligrosamente cerca de destrozar su vida. Se había salvado gracias a una acción de fortuna o de suerte o lo que fuera. Aquella tarde Norma entró exactamente igual que tantas otras veces, pero ahora la veía realmente, y ella era para él tan hermosa como cuando tenía dieciocho años.

—¿Qué estás mirando, Macky? —dijo Norma mientras dejaba el correo sobre la mesa del vestíbulo—. ¿Te encuentras bien?

—Sí —dijo él—. ¿Te he dicho últimamente que te adoro?

Norma dejó el bolso.

—¿Qué?

—¿Sabías que estás más guapa que nunca? —dijo Macky con dulzura.

—¿Yo?

—Sí, tú.

Norma se miró en el espejo.

—¿Yo? Cómo puedes pensar esto, con esas raíces grises, las arrugas y mi cuerpo viejo y fofo, y ahora esas cosas rojas en la nariz. Estoy hecha un trasto.

—Quizá, pero eres mi trasto, y a mí no me pareces vieja.

—Bueno, tendrías que cambiarte las gafas —dijo Norma—, porque evidentemente estás mal de la vista, parezco *El naufragio del Héspero*.

Macky rompió a reír.

—¿Qué es eso del Héspero?

—No lo sé, pero eso es lo que parezco —afirmó Norma.

—Bien, para mí eres como un millón de dólares, y sólo quiero que sepas que, para mí, eres y serás siempre la única chica.

Ella se acercó y le puso la mano en la frente.

—Macky, no estarás enfermo, ¿verdad? ¿Pasa algo que no me quieres decir?

—No.

—¿Has ido a ver al doctor Halling a mis espaldas?

—No, me siento mejor que nunca —dijo Macky—. ¿Qué tal si fingimos que es domingo?

—¿Domingo? ¿Por qué...? —De repente cayó en la cuenta de lo que él quería decir—. Oh, por el amor de Dios, Macky, si sólo es martes. —Luego lo miró—. ¿Crees de veras que aún estoy de buen ver o era sólo para que mordiera el anzuelo?

—Norma, para mí eres la mujer más atractiva del mundo. Y, como dice la tía Elner, veo perfectamente bien, de aquí a la luna.

Norma se sentó y lo miró fijamente unos instantes, y luego dijo:

—¿Sabes qué?

—¿Qué?

—Creo que acabo de oír campanas... ¿Tú no?

—¿Qué? —Acto seguido Macky cayó en la cuenta de lo que ella quería decir.

—Deja que tome un baño —apuntó Norma—. ¿Podrás aguantar ese pensamiento durante treinta minutos?

—Sí, aunque no será fácil.

Macky se sentó a esperar y pensó: «El matrimonio es fabuloso. Cada vez que te enamoras de tu mujer es mejor y mejor.»

Mientras estaba sentada en la bañera, Norma se sentía relajada y contenta. Conocía a Macky como la palma de su mano, y por la forma de mirarla podía asegurar que por fin había terminado todo con la Lois esa. Él creía que ella no se había enterado, pero sí.

La carta

9h 18m de la mañana

Unos días después de la Pascua, Elner sacó del buzón una carta con el matasellos de Kansas City. No reconocía la letra. La abrió y la leyó.

Querida señora Schimfinkle,
Quería darle las gracias por esa magnífica receta que envió usted a mi hija. La tarta me gustó muchísimo.
Saludos cordiales,
señora TERESA MCWILLIAMS

Elner se rió por la forma de deletrear su nombre, se reclinó y escribió una nota de respuesta.

Querida señora McWilliams,
Me alegro de que le gustara la tarta. Si algún día pasa cerca de Elmwood Springs, por favor, venga a verme.
Atentamente,
ELNER S.

Una sorpresa para Linda

6h 31m de la tarde

Al cabo de unos meses, Linda Warren estaba preparando la cena para ella y su hija Apple cuando sonó el teléfono. Estuvo a punto de no cogerlo. A la hora de cenar, normalmente era para venderte algo. Pero no paraba de sonar.

Cogió el auricular. Se oyó una voz de hombre.

—¿Es usted Linda Warren?

—Sí.

—¿La que trabaja en AT&T?

—Sí.

—Oh, bueno, no sé si me recuerda, ha pasado un tiempo, yo era uno de los médicos de su tía, Brian Lang, el neurólogo. Hablé con usted en el hospital.

—Ah, sí, claro.

—¿Cómo le va? —dijo Lang.

—Bien.

—Espero que no le importe que la haya llamado así, pero es que me acaban de trasladar a St. Louis y..., bueno, pensaba que igual algún día le gustaría cenar conmigo, o comer..., no sé.

300

—Vale, me parece bien.

Después de que hubieron fijado la cita para el viernes por la noche, ella colgó y se sintió extrañamente agitada. Claro que se acordaba de él. Se acordaba de haber pensado que sería bonito que Apple lo conociera. Era uno de los chinos más atractivos que había visto en su vida. Se preguntaba si él sabía que ella tenía una hija china.

Naturalmente que lo sabía. Elner se lo había dicho. Además, el día que conoció a Linda, él pensó que era una de las chicas más atractivas que había visto jamás.

«Un papá para Apple.» Menudo pensamiento feliz.

Sentado en la cabina telefónica del aeropuerto, él pensaba: «Espero gustarle.»

«Me gustó enseguida», pensaba ella.

«Podría averiguar en qué barrio vive y alquilar un piso cerca», pensaba él.

«Antes del viernes he de adelgazar un kilo y medio», pensaba ella. Sería difícil. Ya estaban a jueves.

«Me gustó enseguida», pensaba él.

«No te pongas nerviosa, es sólo una cena», pensaba ella.

«He estado buscando mucho tiempo, quizás es ella», pensaba él. Tal vez estaba escrito que iban a encontrarse.

Alguien llamó a la puerta de la cabina.

—¿Ha terminado ya?

—Lo siento —dijo, cogió la bolsa y salió pensando: «Es sólo el principio.»

Echó un vistazo al aeropuerto de St. Louis. De pronto le pareció precioso. ¡Junio florecía por todas partes!

«Vaya por Dios —pensó—, estoy en un apuro.»

De viaje

5h de la mañana

Elner tenía un plan: sabía que no debía preguntarle a Norma si podía ir, así que dejó una nota en la puerta de la calle.

Norma, he ido con Luther y Bobbie Jo, que se casan. Llamaré cuando esté de vuelta.
Recuerdos,

tía ELNER

Hacia las doce del mediodía, Norma encontró la nota y llamó inmediatamente a Macky.

—¡Macky! La tía Elner se ha ido con Luther, a su boda. ¿Sabías tú que iba?

—Mencionó algo de eso —admitió Macky.

—¿Y por qué no me lo dijo? —se alteró Norma.

—No quería que te preocuparas.

—¿Adónde han ido?

Macky rió entre dientes.

—A Dollywood.

—¡Dollywood! Dios mío, eso está en Tennessee. ¡Ha ido hasta Tennessee en un camión! ¿Y la has dejado ir?

A las cinco de aquella mañana, Luther y Bobbie Jo la pasaron a buscar con el camión de dieciocho ruedas y luego tomaron la carretera de Tennessee. Como Bobbie Jo siempre había deseado casarse en junio, y la señora Elner siempre había querido ir a Dollywood, Luther pensó que sería una buena idea casarse en una pequeña capilla de los jardines del parque temático, y matar así dos pájaros de un tiro.

Al día siguiente, Bobbie Jo, una feliz recién casada con shorts y una camiseta sin mangas, sostenía su certificado de matrimonio y el ramillete que le había regalado la gente de la capilla mientras observaba a Luther y Elner en el Thunderhead, la montaña rusa más grande del parque. Esa noche, en la cena de la boda en el Cracker Barrel, Elner estaba radiante mientras comía hígado con cebollas. Pensó: «Me siento tan feliz por los dos, que simplemente no sé qué hacer.»

Se acercó el camarero y les preguntó si deseaban postre. Entonces el novio dijo:

—¿Tienen cola los gato?

Bobbie Joe pensó que era lo más ocurrente que había oído en su vida.

Cuando Elner regresó a casa al cabo de unos días, llamó a Norma, y como ya suponía, ésta estaba enfadada.

—Tía Elner, ¿cómo es que una persona de tu edad va hasta Tennessee en un camión?

—Es precisamente por esto, Norma —dijo la tía Elner—. ¿Cuántas oportunidades habría tenido a mi edad de ir a Dollywood? Pensé que era mejor ir cuando las condiciones fueran más favorables, ¿lo entiendes?

Norma se impone

4h 32m de la tarde

Al día siguiente, mientras conducía hacia la casa de Elner, Norma estaba resuelta a imponerse de una vez por todas, pero cuando llegó al porche, antes de poder abrir la boca, la tía Elner la sorprendió con una pregunta.

—Norma, esa mujer del anuncio del buscapersonas, ¿crees que es una actriz o una persona normal?

—¿Qué mujer?

—La que se cae y no puede levantarse —dijo Elner.

—Ah, ésa. Seguro que es una actriz.

—A mí no me parece una actriz, podría ser una parienta, ¿no?

—¿Parienta? ¿De quién? —Preguntó Norma.

—De la gente del buscapersonas. Podría ser un miembro de la familia ¿verdad?

—Supongo, tía Elner. A propósito de esto, he venido a hablar contigo de algo; quiero que me escuches bien y no me interrumpas.

«Ay, ay», pensó Elner. Por el tono de Norma, supo que, dijera lo que dijese, no sería algo agradable de oír.

Macky se encontraba en la cocina masticando los bastoncitos de apio y queso al pimiento que Norma le había preparado para que pudiera aguantar hasta la hora de la cena, cuando ella llegó de la casa de Elner.

Él la miró.

—¿Qué ha dicho?

Norma suspiró, dejó el bolso en la encimera y se lavó las manos.

—Exactamente lo que tú has dicho que diría. Que no va.

—No puedes obligarla, Norma. Todo el mundo quiere ser independiente el máximo tiempo posible. Seguro que cuando llegue el momento...

Norma le interrumpió.

—¿Cuando llegue el momento? Macky, si te caes de un árbol y pierdes el conocimiento y luego crees que has visto a Ginger Rogers y ardillas anaranjadas con lunares blancos y después te escapas a Dollywood, yo diría que ha llegado el momento, ¿no?

—Ya, pero creo que para ella ir a un lugar así sería terrible —reflexionó Macky.

—Bueno, no veo qué tienen de terrible las instituciones de asistencia. Personalmente, me muero de ganas de que alguien me cuide. Si pudiera, iría enseguida. Comprendo perfectamente por qué las personas quieren ser estrellas de cine; ha de ser agradable tener gente que se desviva por ti satisfaciendo tus caprichos, no te digo más.

—No irías. Te fastidiaría demasiado no poder encargarte de todo.

—No es cierto, y en todo caso, ¿qué sabes tú de eso? A ti te han cuidado toda la vida. Primero tu madre, luego yo. No pierdes ninguna oportunidad que se te presente. Pues que te quede claro, Macky, sólo estoy a un paso de coger una habitación ahí en Los acres felices para siempre, y entonces tú y la tía Elner podréis ser independientes todo el tiempo que queráis.

—Quizá lo llamen institución de asistencia, pero sigue

siendo una residencia de viejos, aunque le pongan un nombre más bonito —dijo Macky.

—¿Pasa algo con las residencias de viejos? Ella es vieja. Lo que no sabremos nunca, gracias a mamá, es la edad que tiene.

De nuevo en Kansas City

10h 48m de la tarde

Winston Sprague por fin se había caído de su pedestal; no lo había tirado una persona, sino un zapato. El abogado miraba fijamente el zapato de golf que ahora guardaba debajo de la cama, y cavilaba sobre la misma pregunta que lo había atormentado las últimas semanas: «¿Cómo demonios sabía ella que eso estaba ahí?» Franklin Pixton estaba seguro de que había una explicación lógica, pero Winston no lo tenía tan claro e investigó un poco por su cuenta. Tras pasar varias horas mirando en los archivos del hospital, descubrió que, en otro tiempo, antes de que se construyera el edificio nuevo y la unidad de traumatología, también había habido una pista de aterrizaje para helicópteros. Buscó en los datos microfilmados y averiguó que, entre los años 1963 y 1986, en el viejo hospital habían ingresado novecientos ochenta pacientes con ataques cardíacos.

Trescientos ocho habían llegado directamente de los muchos campos de golf de la zona, entre ellos seis casos de hombres alcanzados por un rayo mientras jugaban.

Así, era perfectamente posible que, con las prisas por sacarlos del helicóptero y pasarlos a una camilla, alguno de los trescientos ocho perdiera un zapato. De todos modos..., seguía teniendo la misma duda: «¿Cómo es que la anciana lo vio?»

Norma cede

El día después de que Elner se negara a ir a la residencia de ancianos, Norma efectuó una llamada telefónica a su médico de cabecera. Quizá Tot acertaba al tomar tranquilizantes.

—Doctor Halling —dijo—. Lo llamaba por si me podía recetar algo para el estrés.

—¿Estrés?

—Sí, hace unos meses tuve rosácea, y el dermatólogo me dijo que se debía al estrés.

—Entiendo. Bueno, ¿por qué no viene para que la examine?

—Ahora mismo mejor que no. Estoy muy nerviosa. Si me pasa algo grave de veras, no quiero saberlo —explicó Norma.

—Entiendo, pero venga de todas maneras, hablemos de ello al menos.

El doctor Halling conocía bien a Norma, y sabía que no conseguiría hacerla ir a la consulta si la amenazaba con alguna prueba. Era la persona más hipocondríaca que había conocido en todos sus años de profesión.

Al día siguiente, Norma estaba sentada en la consulta del doctor Halling lo más lejos posible de éste. Aunque él le había prometido que no le haría ninguna prueba, ella seguía estando nerviosa.

La miró por encima de las gafas.

—Bien, aparte de la rosácea y de que se le cae el pelo, ¿presenta algún otro síntoma?

—No.

—¿Sigue andando treinta minutos cada día? —preguntó el doctor.

—Sí, bueno, lo intento. Solía ir al centro comercial y caminar dos veces a la semana con Irene Goodnight y Susie, mi pastora, pero hace tiempo que no vamos.

—Entiendo. Bueno, pues tiene que hacerlo. ¿Cómo es un día habitual para usted?

—Oh, nada especial —admitió Norma—. Limpio la casa, hago la colada, visito a amigas.

—¿Y actividades fuera de casa?

—¿Aparte de la Iglesia y «Personas que cuidan la línea»? La verdad es que no.

—¿Aficiones?

—Pues no. Aparte de cocinar, llevar la casa y tratar de cuidar a la tía Elner, desde luego.

—Bien, voy a recetarle algo que la ayudará a dormir, pero creo que su problema principal es que tiene demasiado tiempo libre, demasiado tiempo para preocuparse. ¿Ha pensado alguna vez en trabajar?

—¿Trabajar? —se alarmó Norma.

—Sí. ¿Ha trabajado alguna vez? —insistió el doctor.

—No, fuera de casa no. Un día trabajé como azafata en la casa de tortitas, pero no me gustaba nada y me fui.

—Ya veo. Bueno, creo que debería pensar en tener un empleo. Quizás uno a tiempo parcial.

—¿Un empleo? ¿A mi edad? ¿Qué clase de empleo?

—Oh, no sé. Algo en lo que pueda pasárselo bien. ¿Qué le gusta hacer?

Mientras se dirigía al aparcamiento, Norma no paraba de pensar en lo mismo. «¿Qué me gusta hacer? ¿Qué me gusta hacer?» Hubo un tiempo en que se planteó abrir su propia tienda de cosméticos Merle Norman. Pero sólo porque tenía miedo de que cambiaran la fórmula original de la crema limpiadora. Cuando llegó al coche, miró y leyó la pegatina que llevaba en el guardabarros trasero: «Freno por las casas en exposición.» Y se le encendió la lucecita. ¡Propiedad inmobiliaria! Esto es lo que le gustaba. Todos los fines de semana, Irene Goodnight y ella iban a todas las casas que se exponían. Y no se perdía nunca *Buscadores de casas*, en el canal Casa y Jardín. Su amiga Beverly Cortwright incluso había llegado a proponerle que trabajara con ella en el negocio inmobiliario.

Norma estaba entusiasmada por primera vez desde que Linda regresara de China con su pequeña.

Cruzó la ciudad, aparcó frente a la oficina de Beverly y entró.

Beverly salía cargada de folletos publicitarios.

—Hola, Norma, ¿qué tal estás?

—Bien. Escucha, ¿hablabas en serio cuando decías lo de dedicarme al asunto inmobiliario?

—Pues claro. ¿Por qué? —dijo Beverly.

—Porque he estado pensando en ello.

—Vale, pues siéntate y hablemos.

El Club de la Puesta de Sol

9h 2m de la tarde

Aquella noche, después de contemplar la puesta de sol, todos se marcharon a casa menos Tot y Elner, que se quedaron sentadas en el patio hablando de los viejos tiempos.

—¿Te acuerdas de aquel jarabe de arce que venía en una lata que parecía una cabaña?

—Sí, claro. ¿Y recuerdas tú aquel caramelo triple de coco de varios colores, rosa, blanco y azul? ¿Y aquel pan moreno que iba en un bote? —dijo Elner.

—Demonio —soltó Tot—, soy tan vieja que aún me acuerdo de que aprendí a leer en aquellos libros pequeños que tenían Dick y Jane. Creo que ahora Dick y Jane van a ingresar en la residencia de ancianos..., junto con Nancy Drew y los Rover. La huérfana Annie tendrá ya ciento ocho años.

Elner miró alrededor.

—Eeeh, Tot, quiero hacerte una pregunta. ¿Lamentas muchas cosas de tu vida?

Tot miró a Elner como si ésta hubiera perdido el juicio.

—¿Lamentarme? ¿Yo? Oh, si no es por haber tenido un

312

padre alcohólico y una madre demente, haberme casado con James Whooten, el mayor estúpido sobre la faz de la Tierra, y haber criado a dos mutantes y luego haberme casado con otro hombre que se murió de repente en nuestra luna de miel..., pues no... ¿Por qué?

Elner no pudo aguantarse la risa.

—No, cariño, me refiero a cosas que querías hacer y no has hecho. Yo me di cuenta de que no había ido a Dollywood, y eso me ponía triste, pero cuando tuve la oportunidad, fui, así que ya puedo morirme sin lamentos.

—Bueno, para mí es demasiado tarde —dijo Tot, que acto seguido tomó otro sorbo de cerveza—. Mi barco zarpó y se hundió hace mucho tiempo.

—Venga, Tot, eso no es verdad. Nunca es demasiado tarde. Fíjate en Norma, empezando una actividad nueva a su edad.

—Yo no quiero una actividad nueva. Detestaba la vieja, ¿por qué me hace falta una nueva? —se justificó Tot.

—Mira, Tot, no se lo he dicho a nadie, pero estar muerta me ha ayudado en cierto modo a poner las cosas en su sitio, y tú necesitas disfrutar de la vida y hacer aquello que siempre has querido hacer antes de que sea demasiado tarde. Aprende de mí.

—Lo haría, pero no hay nada que siempre haya querido hacer.

—Oh, seguro que sí, Tot. Espera y verás. Un día encontrarás algo.

—Bueno, en todo caso no será un hombre, eso te lo garantizo. Tú tuviste suerte. Will Shimfissle era un hombre encantador y estaba loco por ti. Todo el mundo lo veía. Mi James estaba loco y nada más.

Aprendiendo el oficio

3h 28m de la tarde

Beverly Cortwright y Norma estaban a unos cuarenta kilómetros al sur de la ciudad, buscando fincas, cuando la primera vio pegado a una valla un cartel de «Casa en venta» hecho a mano. Se le iluminaron los ojos.

—Fíjate en eso, Norma.

Dio la vuelta inmediatamente, se dirigió a la valla y se detuvo. Al final de un largo camino de entrada, en medio de un bonito pinar, se levantaba una pequeña y pulcra casa de ladrillo que parecía en bastante buen estado. Beverly estaba entusiasmada. Esa casa seguramente había salido a la venta hacía pocos días, pues aún no había aparecido en el boletín inmobiliario. Beverly lo leía cada mañana, como los resultados de las carreras de caballos. Conocía todos los detalles de cada propiedad allí incluida, y la mayoría de las veces veía el lugar antes que el corredor de fincas. Era una experta en leer los listados antes que nadie, y hoy no era una excepción. Norma aún era novata, y meterse en las casas de la gente la hacía sentirse un poco incómoda; pero Beverly estaba curada de es-

314

panto. Antes de que Norma se diera cuenta, su amiga había tomado el camino de entrada, se había parado frente a la casa y estaba rebuscando en el enorme bolso una cinta métrica y una cámara. Siempre llevaba el bolso consigo dondequiera que fuera por si localizaba inesperadamente alguna finca. Iba siempre preparada.

—Vamos. Hemos de ver esto, Norma —dijo saliendo del coche.

—Pero ¿no deberíamos haber telefoneado primero? —dijo Norma mientras se apeaba del coche a regañadientes.

—No, he llegado a la conclusión de que es mejor no hacerlo —repuso Beverly mientras se acercaba a la puerta y llamaba al timbre—. Pronto te darás cuenta, Norma. En este negocio, no hay que andarse con ceremonias.

Volvió a llamar y se inclinó para mirar por la ventana.

—Ahí viene alguien.

Abrió la puerta un hombre mayor; de dentro llegaban los sonidos de un partido de fútbol en la televisión.

—¿En qué puedo ayudarlas? —dijo él.

Berverly exhibió inmediatamente su infalible sonrisa doble de bienes inmuebles, amistosa y de disculpa a la vez.

—Hola. Me llamo Beverly Cortwright y ella es mi amiga Norma. Lamentamos molestarle, sé que es un engorro hacerle esto un sábado, pero si fuera posible nos gustaría echar un vistazo rápido a su casa. Se lo he dicho antes a Norma, es una de las casas más monas que he visto en mi vida. Es realmente divina, si nos deja entrar, apenas tardaremos unos minutos.

El hombre se mostraba indeciso.

—Bueno, ahora mismo es un poco complicado, y mi esposa no está.

Pero Beverly, la vieja profesional, ya había cruzado la puerta.

—Oh, no se apure por eso, estamos acostumbradas, sólo queremos ver la disposición y tomar algunas fotos.

—Bueno, si ustedes lo quieren así, supongo que no hay problema —dijo el hombre a su pesar.

—Oh, muchas gracias. Puede volver a su partido, no se preocupe por nosotras —dijo mientras se dirigía a la cocina.

—¿No quieren que las acompañe?

—No, vuelva a lo que estaba haciendo.

—Muy bien, pues —dijo él.

Beverly era una mujer en misión especial; en el espacio de diez minutos había recorrido toda la casa y fotografiado cada habitación. Tras acabar de medir el segundo cuarto de baño, se dirigió a Norma, que estaba tomando notas:

—Doce por diez, armario pequeño, se podría quitar pared intermedia. —Después de tirar de la cadena y hacer correr el agua en la bañera, la ducha y el lavabo, dijo—: La presión del agua es buena, pero no me gustan las baldosas. —Mientras andaba, iba soltándole comentarios a Norma por encima del hombro—: Detesto estos paneles de madera de imitación. Bonitas ventanas de guillotina por todas partes. Suelos originales. Hay que modernizar la cocina.

Cuando ya estaban listas para irse, Beverly asomó la cabeza en el estudio y se dirigió al hombre, sentado en el Barca Lounger.

—Ya hemos terminado. ¿Puedo hacerle un par de preguntitas?

El hombre bajó el volumen y contestó:

—Claro.

—¿Tiene fosa séptica o cloaca?

—Fosa séptica.

—¿Cuándo fue construida la casa?

—En 1958.

—¿Cuánto terreno tiene? —preguntó Beverly.

—Unos cinco acres.

—Ah. ¿Y sabe si puede subdividirse?

—No, señora, no lo sé —dijo el hombre.

—Bueno, pues muchas gracias. Ah, un segundo. Casi me olvidaba de lo más importante. ¿Cuánto pide?

El hombre puso cara de confusión.

—¿Por qué?

—Por la casa.

—¿La casa? No está en venta.

Ahora era Beverly la confundida.

—¿Ya ha sido vendida?

—No.

—En ese caso, ¿por qué sigue ese cartel ahí?

—¿Qué cartel? —El hombre parecía sorprendido.

—El de la valla de ahí fuera.

El hombre la miró divertido y dijo:

—Señora, el cartel dice «Caballo en venta».*

Cuando ya salían en coche, echaron otro vistazo al cartel. Efectivamente ponía «Caballo en venta».

Norma estaba horrorizada por lo que habían hecho. Opinó:

—Oh, Dios mío, pobre hombre, habrá pensado que estábamos locas, irrumpiendo así en su casa, pisoteándolo todo, abriendo armarios. Hemos tirado de la cadena, abierto todos los cajones de la cocina. Aún no entiendo cómo no ha llamado a la policía.

—Supongo que me ha entrado tal arrebato que he empezado a alucinar —dijo Beverly—. Pero míralo de otra manera, Norma. Ahora al menos él tiene mi tarjeta, y si alguna vez decide vender, nos adelantamos a RE/MAX.

—Aun así, me siento fatal, pobre hombre. Parecía tan majo —dijo Norma.

—Sí, lo era, pero puede permitirse serlo, no está en el negocio inmobiliario. Ya sabes lo que dicen, ¿verdad, Norma? Los verdaderos agentes inmobiliarios nunca mueren, simplemente permanecen en fideicomiso para siempre. Bueno, ¿eh? Es mío.

Norma estaba aprendiendo el oficio desde abajo, no había ninguna duda.

* La confusión se produce al leer *house*, casa, por *horse*, caballo.

Elner recibe visita

12h 48m de la tarde

A lo largo de los últimos meses, la señora McWilliams, madre de La Shawnda, y Elner se habían escrito varias veces, y hoy La Shawnda llevaba a su madre hasta Elmwood Springs a hacer una visita. Cuando llegaron a la casa de Elner, ésta estaba esperando en el porche delantero para darles la bienvenida.

—Hola, señora McWilliams, por fin ha llegado —le dijo a la bajita señora negra, que corrió por la acera hasta ella, con una sonrisa de oreja a oreja y llevando una enorme sombrerera a rayas blancas y negras con una tarta de caramelo dentro.

—Sí, por fin he llegado —dijo la señora McWilliams—. ¡Y he preparado una tarta!

Fue una visita muy agradable en la que las tres comieron la mayor parte de la tarta, que era casi tan buena como la de Dorothy.

Más tarde, sentadas las tres en el porche, la señora McWilliams le dijo a Elner:

—Me alegro mucho de haber venido hoy. Mañana regreso

a casa, a Arkansas, pero antes quería conocer a la señora de la tarta.

—Bueno, a mí también me alegra que lo haya hecho. Las mujeres de pueblo tenemos que mantenernos unidas. Esos jóvenes de hoy no saben lo que es despertarte por la mañana y oír cantar a los pájaros, ¿verdad? —se explayó Elner.

—No, no lo saben... Los jóvenes sólo quieren escuchar esa horrible música hip hop y andar con el coche día y noche de un lado a otro. —Miró a su hija y añadió—: Echaré de menos a mi niña, pero estoy contenta de volver a casa.

—Iré a visitarte, mamá —dijo La Shawnda.

La señora McWilliams echó un vistazo al patio.

—Tiene usted ahí una higuera hermosa, señora Shimfissle —observó.

Elner la miró y sonrió.

—Sí, ¿verdad?

Cuando las dos visitantes se levantaron para irse, la señora McWilliams dijo:

—Espero volver a verla otro día.

—Así será, seguro —dijo Elner.

Toda una profesional

11h 8m de la mañana

Seis meses después de que Norma aprobara el examen de agente inmobiliaria y obtuviera la licencia, Beverly le dijo que necesitaba una foto suya para ponerla en el folleto de la oficina. Al cabo de unos días, Norma llevó la que se había hecho en Wal-Mart, en la que lucía una chaqueta de color rojo brillante con el emblema y un jersey negro de cuello vuelto.

Norma pensó que parecía muy profesional, pero Beverly la miró y dijo:

—No está mal, pero no te conviene una pose corriente, sino una imagen que agarre a la gente, un ardid, un gancho, algo que te distinga. —En su foto, Beverly aparecía sosteniendo sus dos hurones domésticos, *Joan* y *Melissa*, con el pie «Déjanos husmear y encontrar una nueva casa para ti».

Pero Norma estaba desorientada.

—Soy de lo más sosa —le dijo a Macky mientras hojeaba los boletines en busca de ideas para una imagen profesional.

Montones de agentes se habían tomado la fotografía llamando por teléfono, uno con un violonchelo, algunos con sus perros, otro junto a un coche antiguo, y un tal Wade en un castillo. Quizá Disneylandia. Gracias a esa foto a Norma se le encendió la bombilla. Al día siguiente, luciendo su chaqueta roja, fue al patio de la tía Elner con Macky y se colocó junto a la pajarera construida por Luther y sonrió.

¿BUSCA UN HOGAR?
LLAME A NORMA

Tot todavía cuenta
las cosas como son

9h 45m de la mañana

Por ocupada que estuviera, el miércoles Norma estaba como de costumbre en su silla, preparada para otra diatriba de Tot.

—Lo que yo te diga, Norma, el entretenimiento va de mal en peor. Con todo ese rollo de sexo y violencia que sale ahora en las películas, no es de extrañar que caigamos mal en el mundo, si por ahí creen que somos así.

—Puede ser —dijo Norma.

—¿Por qué no hacen películas sobre gente amable como antes? A mí no me importan las palabrotas, yo también digo alguna, pero en las películas que veo parece que todas las palabras empiezan por la «j» de joder. No soy una mojigata, Dios mío, me he casado dos veces, pero ¿qué ha pasado con las historias de amor? Hoy día es hola, qué tal, vamos a la cama, y no estoy segura de que digan siquiera hola. Pero si el sexo está en todas partes, incluso los documentales de la naturaleza te muestran a los animales practicando sexo, y los que graban esas imágenes son hombres, claro. Estás en tu salón con tus nietos viendo la televisión y te sale un anuncio de Viagra. Dios santo, precisamente lo que no necesitamos, más hombres con más erecciones. Es asqueroso. Y luego dicen con voz bien alta, para que todo el mundo pueda oírlo, que si uno experimenta una erección que le dura cuatro horas, precisa atención médica. ¿Te das cuenta? Vaya imagen sería ésta entrando en el hospital. Y hacer perder el tiempo a los médicos con esa tontería. Al idiota que inventó la pastilla esa, seguro que fue un hombre, habría que pegarle un tiro. El problema número uno del mundo es la superpoblación, y ahora inventan pastillas para empeorar aún más las cosas. En serio..., los hombres y su sexo. ¿Por qué no se esfuerzan por curar el cáncer y otras enfermedades, y dejan lo demás tranquilo, que ya está bien? Mejor no meneallo, como se suele decir. Si alguno de mis maridos hubiera probado eso, le habría echado a palos. —Prendió una horquilla en la cabeza de Norma—. Dicen que nuestros principios morales han acabado en la alcantarilla y todo el mundo se ha vuelto criminal, y que si no vigilamos volveremos a la selva con un hueso en la nariz y estaremos pegados unos a otros y metidos en tiestos. Estoy pensando en trasladarme a una comunidad cerrada y conseguir un arma. Dicen que los bárbaros están al llegar.

—Oh, Tot —suspiró Norma—, deja de escuchar toda la noche esa radio basura, te altera demasiado.

—¡No es ninguna radio basura, es la verdad!

—Mira, si no eres capaz de decir nada agradable, más vale que no digas nada.

Tot la miró en el espejo.

—Norma, he intentado siempre ser agradable y todo lo que he conseguido ha sido una espalda dolorida, un matrimonio fracasado y dos hijos ingratos, además de una depresión nerviosa. Te digo una cosa, Norma, menos mal que no trabajo en el teléfono para evitar suicidios, porque, tal como estoy, les diría que adelante.

A medida que pasaban las semanas, Norma se fue dando cuenta de que ya no podía ir al salón de belleza sin acabar harta de escuchar a Tot despotricar sin parar, y con el estrés del nuevo empleo temía que le volvieran a salir cosas en la nariz, así que tomó la difícil decisión de ir a casa de su peluquera.

Una vez allí, entró y dijo:

—Tot, he venido a hablar contigo. Sabes que te quiero mucho. Te conozco desde que era pequeña, pero has de saber algo. He estado sufriendo trastornos de ansiedad.

—¿Y quién no? —dijo Tot—. Hoy día sería rarísimo no estar ansioso. Lo mejor que puedes hacer es conseguir Xanax y tomar una copa de vez en cuando, es lo que yo hago.

—Sí, muy bien —dijo Norma—, pero la verdad es que intento superarlo sin fármacos. Y sin alcohol.

—¿Por qué?

—Pues porque estoy intentando eliminar todas las influencias negativas de mi vida, y, mal que me pese, voy a anular todas mis citas de la peluquería.

Tot la miró incrédula.

—¿Por qué?

—Porque me esfuerzo mucho toda la semana para permanecer positiva, y al final de mi sesión contigo, empiezo a sentirme mal y ansiosa de nuevo. Tal vez no te des cuenta, Tot, pero eres muy negativa y me haces sentir mal.

—Oh, vamos, Norma, no es más que hablar, esto no debería ponerte ansiosa.

—Sé que no debería, pero es lo que me pasa. No es culpa tuya, sino mía. Seguramente soy demasiado sensible, el caso es que quería que lo supieras.

Se marchó llorando; y Tot se quedó estupefacta. Jamás había perdido a una clienta, y eso le afectaba en lo más hondo.

Durante los días siguientes, Norma estuvo preguntándose si había hecho lo correcto. Echaría de menos a Tot, sin duda. Era difícil imaginar que le arreglara el pelo alguien que no fuera Tot. Ni siquiera contemplaba la idea de buscar a otra persona. Mientras vivió en Florida, no tener su propia peluquera fue un serio problema. Llevó el pelo mal compuesto dos años.

El miércoles siguiente, Norma estaba sentada en la cocina mirando el reloj, pensando en si Tot había llenado ya su hueco, en quién estaría sentada en la silla con la cabeza llena de rulos. En el salón de belleza, Tot estaba sentada en un rincón mirando la silla vacía. Antes muerta que poner a otra en el lugar de Norma. Aquella tarde, Tot metió el champú y los rulos en una bolsa y fue a casa de Norma. Ésta, bastante hecha polvo, abrió y se llevó una sorpresa.

—Cariño —dijo Tot—, he venido a pedirte disculpas, y si vuelves, prometo que en adelante sólo hablaré de cosas positivas. He pensado en lo que dijiste, y tienes razón. Yo tenía la mala costumbre de ser negativa sin siquiera darme cuenta, pero intentaré superarlo. ¿Puedo entrar?

—Oh, Tot, claro —dijo una aliviada Norma.

—Uf —soltó Tot—. Sólo pensar que otra persona te hiciera las raíces me ponía literalmente enferma. No podía soportar la idea de que fueras a Supercuts: no te conocen ni conocen tu pelo.

Tot lavó el cabello de Norma en el fregadero de la cocina, y tras ponerle los rulos sintió como si le hubieran quitado cincuenta kilos de encima.

Cuando ya se iba dijo:

—Norma, he estado pensando, cuando vengas la semana que viene, quiero que pongamos algo más claro en tu pelo. Tengo un producto nuevo que podemos probar, si te apetece.

—Claro, como tú veas, Tot —dijo Norma. Estaba tan contenta que habría dejado a Tot que le tiñera el pelo de verde. Su rabia se había acabado y había hecho las paces con Tot. El mundo volvía a funcionar.

Un gato muy bonito

8h 40m de la mañana

El mismo día de cada año, Macky cogía a *Sonny* y lo llevaba a la consulta del veterinario para la revisión y las inyecciones anuales. Esa mañana, la tía Elner estaba en el salón esperándolo, y *Sonny* ya se encontraba listo en su jaula.

Cuando Macky entró, ella dijo:

—Oh, Macky, se ha enfadado conmigo. Sabe adónde va y no está nada contento.

Macky cogió la jaula.

—¿Cómo lo has atrapado?

—Lo he engañado. He abierto una lata de comida, y cuando ha ido a comérsela, le he tirado una toalla encima.

Macky miró dentro y comprobó que *Sonny* no se alegraba de verlo.

—Hasta luego, tía Elner —dijo agarrando la jaula.

—Muy bien, saluda al doctor Shaw de mi parte.

Cuando Macky devolvió a *Sonny* aquella tarde, la tía Elner estaba en el porche dándole la bienvenida, feliz de tener otra vez a su gato.

—¿Qué tal está?

Macky se lo dio.

—Bien, en condiciones para tirar otro año.

—¿Ha arañado a alguien?

—No que yo sepa.

—Estupendo, dicen que es complicado darle pastillas.

A la mañana siguiente, a primera hora, Norma estaba en la cocina intentando cuadrar una inspección casera y un informe sobre termitas en el viejo Whatley cuando sonó el teléfono. Era la tía Elner.

—Norma, por favor, dile a Macky que venga y que vuelva a llevar a este gato al doctor Shaw.

—¿Por qué? —preguntó Norma.

—No es mi gato.

—¿Cómo que no es tu gato?

—No es mi gato. Es muy bonito, pero no es el mío —aseguró Elner.

—Pues claro que es tu gato —dijo Norma.

—No, no lo es.

—¿Qué te hace pensar que no lo es?

—Lo sé y basta. Cada cuál conoce a su gato, Norma.

—Bueno, quizás está todavía traumatizado por haber tenido que ir al veterinario, dale un día o así y recuperará su viejo yo.

—Te hablo en serio, Norma, no es mi gato. El pelo le cubre más la cara que a *Sonny*, y tampoco tiene la misma personalidad.

—Cariño, el doctor Shaw ha tratado a *Sonny* durante años, sabría si era tu gato o no. ¿Por qué querría darte un gato por otro?

—Quizá se equivocó y dio a *Sonny* a otra persona, y a mí éste —explicó Elner—. No lo sé, pero sí sé que éste no es mi gato.

Norma colgó y llamó a Macky a El almacén del hogar.

—Macky, la tía Elner cree que el gato que le llevaste ayer no es *Sonny*.

—¿Qué?

—Está convencida de que no es su gato.

—¿Y qué le hace pensar eso?

—Oh, no sé qué le hace pensar nada, Macky, pero será mejor que vayas y hables con ella.

—¿Has llamado al doctor Shaw, Norma? Quién sabe, tal vez se equivocaron de gato.

—Macky, tú viste el gato: ¿para ti era *Sonny*?

—Sí, pero a mí todos esos gatos anaranjados me parecen iguales, no distingo uno de otro.

Norma se sentía como una estúpida, pero hizo igualmente la llamada para mayor seguridad.

El doctor Shaw estaba ocupado cortándole las uñas al nuevo hurón de Beverly, por lo que Norma habló con su mujer, que trabajaba en la consulta.

—Abby, soy Norma, es para hacerte una pregunta tonta. ¿Por casualidad el otro día teníais aquí más de un gato anaranjado?

—¿Aparte del de la señora Shimfissle?

—Sí.

—Caramba, me parece que no. ¿Por qué? —preguntó Abby.

—Nada, se le ha metido en la cabeza la chaladura de que el gato que Macky recogió ayer no es el suyo.

—Eeeh..., bien, deja que lo compruebe y me asegure, pero no recuerdo, y eso que yo estaba aquí. Espera... No, no había ningún otro gato anaranjado.

—Tía Elner, acabo de hablar con Abby. Cariño, el gato que tienes ha de ser *Sonny*. Abby dice que no había ningún otro gato de ese color.

—Bueno, pues no sé qué decirte, pero éste no es mi gato. Lástima que los gatos no tengan huellas dactilares, entonces podría demostrarlo de una vez por todas. Ya te digo, es muy bonito, pero no es mi gato.

—Entonces ¿qué vas a hacer?

—Pues qué voy a hacer, quedármelo, supongo. Ahora ya me he acostumbrado a él. Sólo espero que quien tenga a *Sonny* lo trate bien.

«Curioso», pensó Norma. En el pasado le habían cambiado el gato y ella no se había percatado, y ahora, cuando tenía efectivamente su gato, creía que se lo habían cambiado por otro. «A ver quién lo entiende.»

Algo pasa

6h 30m de la mañana

Después del incidente del gato, debían haberse preocupado por la tía Elner, pero Macky sólo se reía, y durante todo el año anterior Norma había estado tan ocupada con sus propiedades inmobiliarias que no pensó más en ello. No obstante, a principios de marzo empezaron a notar que la tía ya no oía tan bien y que se confundía con las personas. Llamaba a menudo Ida a Norma, y a veces Luther a Macky. Con los meses fueron sucediendo pequeñas cosas. La tía Elner empezó a olvidar conversaciones y a llamar tres o cuatro veces para repetir lo mismo; y de vez en cuando no sabía muy bien dónde estaba, como si se encontrara de nuevo en la granja. Un día, Macky fue a su casa a tomar café, y al entrar en la cocina observó que la tía no se hallaba en casa y se había dejado el fuego encendido. Fue a buscarla a casa de Ruby, pero nada. Luego se dirigió al campo de detrás de la casa y la vio deambulando por ahí, perdida y desconcertada. Cuando ella lo vio, le dijo:

—El establo no está, no lo encuentro, tengo que dar de comer a las vacas.

Macky se dio cuenta de que pasaba algo. Después de explicarle a Norma lo sucedido, ésta dijo:

—Para ella ya no es seguro vivir sola, Macky. Un día será capaz de prenderle fuego a la casa. Tenemos que ingresarla en la residencia por su propio bien, antes de que se lastime.

Pese a que Macky no quería, tuvo que aceptar. Había llegado el momento. Tuvieron la primera entrevista en la residencia, y mientras andaban por el pasillo recorriendo el lugar, Macky se sintió indispuesto. En cada puerta, la dirección había colocado una fotografía de la persona para así encontrar su habitación. Mientras pasaba, iba viendo caras de personas que habían sido jóvenes. Era triste pensar que una mujer tan llena de vida como la tía Elner terminaría en un lugar así. Al menos la habitación que escogieron para ella tenía buenas vistas. Macky sabía que a ella le gustaría. Mientras conducían de regreso a casa, no hablaron durante un buen rato. Luego Macky preguntó:

—¿Quién se lo va a decir?

Norma pensó en ello.

—Creo que deberías decírselo tú, Macky, a ti te hará caso.

A la mañana siguiente, Macky subía los escalones del porche de la tía Elner pensando que hubiera preferido cortarse un brazo antes que decirle lo que tenía que decirle. Por suerte, hoy ella tenía un día bueno y estaba perfectamente lúcida.

Macky esperó a que ambos estuvieran sentados en el porche trasero y luego dijo:

—Tía Elner, ya sabes que Norma y yo te queremos mucho.

—Yo también os quiero a vosotros —dijo ella.

—Ya lo sé..., pero a veces hemos de hacer cosas que no queremos hacer, cosas que... —Macky forcejeaba en busca de las palabras adecuadas—. Cosas que parecen..., pero que a largo plazo son realmente... Ya sabes que a Norma le preocupa que vivas sola, y piensa que quizá sería mejor que estuvieras en un sitio donde hubiera gente que cuidara de ti.

Elner miró al patio, pero no dijo nada.

Macky tenía náuseas.

Al cabo de un rato, ella lo miró.

—Macky, ¿tú crees que debo ir allí?

Él respiró hondo.

—Sí —respondió.

—Oh —dijo ella—. Bueno, si tú crees que es lo mejor...

—Lo creo, cariño.

Se quedaron sentados unos minutos sin decir nada; luego ella preguntó:

—¿Puedo llevarme a *Sonny*?

—No, me temo que no, no admiten mascotas —admitió Macky.

—Entiendo, bueno, como ya dije, es un gato bonito, pero no es mi gato. Buscarás una buena casa para él, ¿verdad?

—Por supuesto.

—¿Cuándo tengo que trasladarme?

Él la miró.

—¿Cuándo quieres ir tú?

—¿Puedo esperar a la Pascua? —preguntó Elner.

Sólo faltaban dos semanas para la Pascua, así que Macky dijo:

—Claro.

Preparándose

9h 30m de la mañana

En los días siguientes, la ayudaron a empacar las pocas cosas que quería llevarse: el pisapapeles de vidrio con el Empire State Building dentro, unas cuantas fotos de Will y de la pequeña Apple, y su póster de los ratones bailando. Había regalado casi todo lo demás. Un montón de cosas fueron para los vecinos; y dio sus cinco topes de puertas a Louise Franks, a quien siempre le habían encantado.

Dos días después de la Pascua, cuando la iban a recoger para llevarla a Los acres felices, Macky se despertó con una punzada en la boca del estómago, y Norma, aunque sabía que era por el bien de la tía, se sentía igual. Ruby iría con ellos a ayudarlos a instalar a Elner, pero Macky seguía sintiendo una enorme presión en el pecho. Después de que Elner hubiera accedido a ir, sorprendió a los dos por el modo de aceptar lo inevitable. Macky casi habría deseado que hubiera dado más guerra. La tía Elner se mostraba adaptable y trataba de no hacer que se sintiesen mal, y eso a Macky aún le fastidiaba más. Se estaba afeitando y Norma llenaba la bañera, cuando sonó el teléfono.

—Seguramente es ella, Macky, dile que estaremos ahí hacia las diez.

Macky se secó la cara, fue al dormitorio y cogió el auricular.

Norma cerró el grifo, se metió en la bañera y se sentó. No oía a Macky y gritó:

—Cariño, ¿era ella?

Pero él no contestó.

—¿Macky?

Macky seguía sentado en la cama, sonriendo mientras pensaba: «Bueno, después de todo la vieja ha conseguido lo que quería.» Se puso en pie y fue al cuarto de baño a decirle a Norma que al final no iban a llevarla a la residencia Los acres felices.

Y aunque nadie lo sabía salvo Elner, por fin se había cumplido el deseo que le había pedido a la primera estrella cada noche. Ruby acababa de informar a Macky de que, cuando unos minutos antes fue a la casa de Elner, descubrió que ésta había muerto plácidamente mientras dormía, en casa y en su propia cama.

Una despedida final

Un día después, Cathy Calvert publicó en la revista la misma esquela que Elner había leído en el hospital y le había gustado tanto; y le alegró saber que la señora Shimfissle había tenido la oportunidad de verla. Sólo cambiaba la fecha.

Cuando Verbena Wheeler llamó al programa de Bud y Jay para decirles que Elner Shimfissle había muerto, Bud escuchó cortésmente y luego dijo:

—Gracias por llamar, señora Wheeler. —Pero no lo anunció enseguida. Le dijo a Jay—: Para mayor seguridad, esperaré una semana.

Fiel a su palabra, Norma no celebró entierro, sino que al cabo de unas semanas, conforme a los deseos de Elner, esparció las cenizas detrás de la casa al ponerse el sol, y también siguiendo los deseos de la tía, Luther Griggs estuvo junto a la familia durante la ceremonia. Cuando todo hubo terminado, Norma se dio la vuelta y se sorprendió al ver que casi toda la ciudad se había congregado silenciosamente en el patio. Todos habían venido a despedirse de Elner. La echarían de menos, sin duda.

Unos meses después, Luther y Bobbie Jo acabaron comprando la casa de Elner; y el gato *Sonny* entró en el lote. Al principio, a los vecinos les horrorizaba pensar que aquel enorme camión estaría siempre aparcado en el patio, pero se preocupaban en vano. Bobbie Jo le hizo vender el vehículo y quedarse en casa. Luther fue a trabajar con Macky al Almacén del Hogar, a la sección de recambios de automóviles, donde se sentía muy a gusto. Al cabo de nueve meses, Luther y Bobbie Jo tuvieron una niña a la que llamaron Elner Jane Griggs. A *Sonny* no le gustaba que hubiera un bebé en la casa. Los bebés crecen y se convierten en niños.

La Biblia familiar

2h 18m de la tarde

El primer invierno que siguió a la muerte de Elner fue uno de los más fríos que se recordaban. Un día, el señor Rudolf llamó a Norma para darle la mala noticia. Norma había crecido en la que aún era considerada la casa más bonita de Elmwood Springs. Como el padre era banquero, Ida, la madre, insistió en que tuvieran una casa acorde con su posición social en la comunidad, a cuyo fin se contrató a un arquitecto de Kansas City para que les construyera una enorme casa de ladrillo de una planta. Pero después de la muerte del padre de Norma y del traslado de Ida a Poplar Springs, ésta donó la casa al club de jardinería local para su custodia. Ida explicó a una decepcionada Norma, a quien en realidad le habría gustado la casa no para ella y Macky sino para Linda, que darla al club era la única manera de garantizar el futuro de sus arbustos de boj ingleses. Durante todos esos años, la casa y los jardines siguieron en pie, incluidos los «horribles arbustos de boj», como los conocían en privado Norma y su padre. Mientras Norma se hacía mayor, hubo veces en que ella y su padre sospechaban que a la madre le importaban más sus plantas que ellos. Pero por desgracia, las plantas de boj ya no estaban. Aquel frío febrero las había matado, y había que arrancarlas y sustituirlas por una planta menor, el espantoso Pittosporum, tal como lo llamaba su madre. Mejor que su madre ya no viviera, pensó Norma, porque si lo hubiera sabido, eso la habría matado de todos modos.

Unos días después, Norma oyó que llamaban a la puerta. Abrió, y allí estaba el señor Rudolf, el primer jardinero del club.

—Señora Warren —dijo Rudolf—, los chicos estaban cavando en el jardín y han encontrado esto. Lo hemos abierto, y he pensado que pudo pertenecer a su madre, así que se lo he traído. —Saludó quitándose el sombrero y le entregó un recipiente de plástico; Norma alcanzaba a ver que dentro había una gran Biblia negra envuelta en algodón y película transparente.

Dio las gracias al hombre y fue al salón y desenvolvió el paquete. Era la vieja Biblia familiar de Nuckle Knott que había pertenecido a sus abuelos. Al abrirla y ver los nombres escritos, a Norma le temblaron las manos.

KNOTT
Henry Clay nacido el 9 de nov. de 1883, muerto en 1942
Nancy Nuckle, nacida en 18 de julio de 1881,
muerta en 1919

HIJOS
Elner Jane nacida el 28 de julio de 1910
Gerta Marie nacida el 11 de marzo de 1912
Ida Mae nacida el 22 de mayo de 19~~XX~~

El año de nacimiento de su madre estaba totalmente tachado, por supuesto, por lo que la fecha exacta se había ido con ella a la tumba y más allá. Pero ahora Norma sabía que la tía Elner había vivido casi noventa y seis años. «Dios mío

—pensó—, vaya longevidad la de mi familia»; después de todo, Norma no era tan vieja para comenzar una nueva actividad profesional.

No obstante, la vieja Biblia familiar de Nuckle Knott no fue la única cosa enterrada por una de las hermanas. Elner Shimfissle también tenía un secreto, y tras su muerte, había sólo una persona en el mundo que sabía exactamente qué era y dónde estaba; y qué había pasado.

Qué había pasado

Louise Franks, la vieja amiga y vecina de Elner allá en la granja, no tuvo una vida fácil. Trabajó con ahínco durante años y tuvo su primera y única hija a una edad avanzada. Cuando nació Polly y le dijeron que sufría el síndrome de Down, Louise encajó la noticia con dificultad, pero para su esposo ésta fue demoledora. Al cabo de un año, una mañana Louise se despertó y vio que él no estaba. Le dejó a ella la granja y unos miles de dólares en el banco, y eso fue todo. A partir de entonces, estuvo sola con Polly. Gracias al cielo, su hija casi siempre parecía feliz, y mientras pudiera sentarse y pintar sus libros de colores durante horas ya estaba contenta. Pero aun teniendo ya doce años, Louise casi nunca dejaba a Polly sola en casa. No obstante, un día aciago Polly estaba tan absorta coloreando su nuevo libro de *Casper el Fantasma Simpático*, que Louise pensó que podía dejarla sola mientras ella iba y volvía de la ciudad. No pasaría nada. Polly era una buena niña, y siempre hacía caso a su madre y prometió que no abandonaría la cocina hasta su regreso. Era una bonita tarde de otoño. Louise salió y le dijo a su jornalero, ocupado cortando leña en la parte de atrás, que debía ir a la ciudad a comprar unas cosas, que si podía vigilar la casa mientras ella estaba ausente.

—Sí, señora —dijo él quitándose el sombrero.

Tal como había hecho en otras granjas, había esperado su oportunidad durante semanas, y ésta había llegado. Siguió cortando leña hasta perder de vista el coche de Louise, y acto seguido arrojó el hacha y se encaminó a la casa en busca de la niña. «Quizá sea fea —pensó—, y mayor que las niñas de las granjas anteriores, pero también demasiado estúpida para contarle nada a nadie.» Además, él ya estaba listo para irse, y se encontraría muy lejos cuando la madre hubiera vuelto. Subió los escalones del porche y abrió de golpe la puerta de la cocina. Polly seguía en la mesa, pintando.

—Ven aquí, pequeña —dijo el jornalero mientras se desabrochaba los pantalones—. Tengo algo para ti.

Cuando Louise llegó, le pareció extraño que el hombre no hubiera terminado de cortar la leña, pero en cuanto cruzó la puerta, supo que acababa de ocurrir algo terrible. La cocina estaba patas arriba, montones de cosas tiradas, sillas y platos rotos y desparramados por todas partes. Polly seguía sentada a la mesa, coloreando en el mismo sitio en que Louise la había dejado, desaliñada y con la cara toda mojada, balanceándose para delante y para atrás. Louise pegó un grito, soltó las bolsas de la tienda y corrió hacia su hija.

—Oh, Dios mío, ¿qué ha pasado?

Polly sólo repetía una y otra vez:

—Pupa, mamá.

Y luego señaló hacia el fregadero, al otro lado de la cocina. Louise miró y vio horrorizada a un hombre desnudo de cintura para abajo con un cubo de fregar en la cabeza, sentado y apoyado en la pared. Aterrada, Louise cogió al instante a Polly, la levantó de la silla y se precipitó con ella al dormitorio y cerró la puerta a su espalda. Quería llamar a alguien para pedir ayuda, pero el único teléfono estaba en la cocina, así que se sentó en la cama muerta de miedo y rezó para que el hombre no se levantara y echara la puerta abajo.

En ese mismo instante, su mejor amiga y vecina, Elner Shimfissle, tomaba el camino de entrada ignorando totalmente lo que acababa de suceder. Traía a Louise y Polly un pastel de pacana recién hecho antes de llevar los otros a la iglesia. Elner se apeó de la camioneta y abrió la puerta de la cocina llamando en voz alta:

—Eh, chicas, tengo un... —Y se paró en seco. Lo primero que vio fue un hombre desnudo sentado en el suelo con un cubo en la cabeza—. ¡Santo cielo! —exclamó dejando caer el pastel—. ¿Qué pasa aquí? ¡Louise! ¡Louise!

Louise la oyó y contestó:

—Oh, Elner, ayúdame, ayúdame.

Acto seguido, Elner corrió hacia el dormitorio dejando al hombre atrás. Louise la dejó entrar, y Elner vio que Polly tenía sangre en la cara. Inmediatamente ayudó a Louise a llevar a la niña al cuarto de baño para limpiarle los cortes en la cabeza y el labio, y luego intentó tranquilizar a su amiga para que le contara lo sucedido.

—¿Quién es el hombre desnudo?

—No lo sé.

—¿Qué está haciendo con un cubo en la cabeza?

—No lo sé —dijo Louise con voz desesperada—. Estaba ahí cuando he entrado..., no tenía que haberla dejado sola, es culpa mía.

Cuando Elner hubo captado la situación, dijo:

—Quédate aquí. Vuelvo enseguida.

—¡No vayas ahí! —chilló Louise—. ¡Es capaz de matarte!

—No si lo agarro yo primero —soltó Elner—. Sólo imaginarlo haciendo algo así...

Entonces miró alrededor en busca de algo macizo y cogió una lámpara.

—Cierra la puerta a mi espalda —dijo, y regresó a la cocina, lista para pelear.

Pero el hombre desnudo no se había movido del sitio. Aun

así, Elner no corrió riesgos. Sabía que podía estar haciéndose el muerto y saltar de pronto sobre ella, así que agarró un rodillo de la encimera. Y ahora, provista de una lámpara y un rodillo, se acercó lentamente. Pero el hombre no se movió. Elner le dio un leve puntapié, y él cayó de lado con el cubo aún por sombrero y ahí se quedó inmóvil. Viendo que no había peligro, Elner alargó la mano y le quitó al hombre el cubo de la cabeza y comprobó que era el jornalero de Louise. Una imagen muy poco agradable de ver. No era de extrañar que Polly le hubiera puesto un balde en la cabeza. Elner quitó el mantel de la mesa de la cocina; no tenía ningún interés en mirar a un hombre desnudo, ni vivo ni muerto. Después de taparlo, volvió al dormitorio. Evidentemente, Polly había librado una dura pelea, porque no había sido violada, y a pesar de haber recibido una buena tunda, no había resultado muy lastimada. Tras meterla ambas en la cama con su muñeca, Elner habló con tono tranquilo, sereno:

—Louise, cuando ya se haya dormido, ¿puedo hablar contigo en la cocina un momento?

Cuando Louise regresó a la cocina, aún le temblaba todo el cuerpo. Elner estaba sentada tranquilamente a la mesa, tomando una taza de café y comiéndose un trozo de su pastel de pacana.

—¿Sigue ahí?

—Oh, sí. —Elner hizo un gesto con la cabeza en dirección al hombre cubierto por el mantel rojiblanco—. Polly será retrasada, pero dispara bien, justo es decirlo. Le ha dado entre los ojos.

—¿Qué?

—Ahí tienes a tu jornalero —dijo Elner.

Louise miró hacia el cuerpo tapado.

—Oh, Dios mío, ¿está muerto?

—Eso, seguro. Supongo que él la apuntaría con el arma y ella de algún modo se la quitaría. —Elner señaló una pistola

343

que había sobre la mesa, a su lado—. La he encontrado en el suelo, junto al fregadero.

Louise miró al arma y se quedó boquiabierta.

—¡Elner, esta arma es mía! ¿Crees que se ha disparado él solo?

—No es muy probable que se disparara entre los ojos, arrojara el arma al otro lado de la cocina y luego se pusiera el cubo en la cabeza.

—Entonces ¿quién ha disparado? —preguntó Louise.

—Diría, sin temor a equivocarme, que ha sido Polly.

—Pero, Elner... ¿Cómo se ha hecho con el arma?

—No lo sé. ¿Dónde la guardabas?

Louise se precipitó a la puerta de la despensa.

—Aquí. —Cuando Louise abrió la puerta, vio que dentro había latas y tarros rotos desparramados por todo el suelo—. La tenía justo aquí, en el segundo estante, detrás de las judías —dijo señalando.

Elner se puso en pie, se acercó y observó el desorden.

—No sé, Louise, seguramente ha corrido hasta aquí tratando de escapar de él, ha derribado el estante, ha cogido la pistola y ha apretado el gatillo. Quizás ha pensado que era de fulminantes. No sé.

—Oh, Dios mío. Hemos de llamar a la policía ahora mismo y decirle que alguien ha recibido un tiro.

Elner la miró y dijo:

—Podríamos hacer eso, pero esperemos un momento.

—Pero ¿y él?, quiero decir, ¿no debemos llamar enseguida?

—Oh, no te preocupes por él, no irá a ninguna parte —aseguró Elner, y entró en la despensa con Louise, cerró la puerta a su espalda y dijo—: Escucha, Louise, he estado pensando. Alguien podría considerar que se trata de un homicidio por el hecho de que el disparo ha sido entre los ojos.

—¡Homicidio! —exclamó Louise; luego bajó la voz y dijo—: Pero él ha intentado violarla. Ha sido defensa propia, un accidente. Polly no ha querido matarlo.

—Defensa propia o no, la policía hará un montón de preguntas, tal vez haya incluso un juicio, y saldrá todo en los periódicos. No querrás que la pobre Polly se vea arrastrada a todo eso, se moriría de miedo. Seguramente aún no entiende qué ha sucedido.

—Tienes razón, eso la aterrorizaría. —Louise empezó a retorcerse las manos enérgicamente—. Ya sé: ¡diré que he sido yo! He entrado, y al ver lo que él intentaba hacer, le he pegado un tiro.

—Louise, cariño, piensa. Encima no hay testigos —razonó Elner—. He visto esa clase de cosas en *Perry Mason*; y si algo sale mal, ¿quién se ocupará de Polly el resto de su vida? No querrás que acabe en ese espantoso hospicio público, ¿verdad? ¿Recuerdas cuando fuimos por allí? ¿Lo horrible que era?

—Sí, era horrible, y le prometí que nunca tendría que ir a un sitio así.

—¿Y todo lo que has tenido que pasar para tenerla en casa? Temo que si descubren que fue ella quien disparó sobre el hombre, te la quiten y la ingresen ahí para siempre.

Louise se echó a llorar.

—Estoy muy confusa. No sé qué hacer.

Elner abrió un poco la puerta y observó un instante el gran bulto que había debajo del mantel a cuadros rojos y blancos; luego cerró y se dirigió a su amiga:

—Mira, Louise, normalmente digo que todo el mundo merece un entierro digno, pero un hombre que intenta violar a una niña un poco retrasada, bueno, esto es otro cantar.

—Oh, Elner. No tengo ni idea de qué hacer.

—Ya lo sé, Louise, ahora escúchame. Sólo nosotras sabemos lo que ha pasado, y Polly no va a decir nada. A propósito: ¿quién es?

—Oh, por lo que sé, un simple trotamundos que buscaba trabajo. Ignoro incluso su apellido.

Elner lo miró otra vez. Concluyó:

—Bien, no parece un padre de familia ni que nadie lo vaya a echar en falta, y quién sabe si no hizo esto mismo antes o hubiera podido hacérselo en el futuro a cualquier otra chica.

—¿Qué estás diciendo? —preguntó Louise.

Elner cerró la puerta. Veinte minutos después, las dos mujeres salían de la despensa con un plan.

En cuanto se puso el sol y Polly estuvo profundamente dormida, pasaron a la acción.

Unos diez minutos más tarde, Louise volvía a la cocina con todas las cosas del hombre en una talega.

—¿Lo has cogido todo? —preguntó Elner.

—Sí.

Entonces Elner se acercó, se inclinó y agarró al hombre de los brazos. Lo levantó apoyándolo en la encimera y luego se lo echó al hombro.

—Abre la puerta, Louise.

—¿Puedes llevarlo tú sola? ¿No quieres que te ayude?

—Cariño, soy una granjera grande y fuerte; abre la puerta..., y trae la pala.

Louise miró hacia la mesa.

—¿Enterramos también la pistola con él?

—Pero qué dices. Si alguien acaba encontrándolo, mejor que no esté el arma. Déjala ahí, ya me desharé de ella más tarde.

Después de arrojar Elner al hombre en la parte de atrás de su camioneta y conducirlo a cierta distancia, donde ya terminaba el terreno de Louise, las dos mujeres se apearon y cavaron el agujero. Cuando hubieron acabado, Elner lo tiró adentro de lado, y volvieron a llenar el hoyo de tierra.

—¿Y si nos descubren? —inquirió Louise, nerviosa—. ¿Y si aparece alguien preguntando por él?

—Si alguien pregunta, dices simplemente que se marchó. No hace falta especificar que con los pies por delante.

Mientras regresaban a la granja, Elner dijo:

—Prométeme sólo una cosa, Louise.

—¿El qué?

—Que en adelante tendrás cuidado a la hora de contratar a alguien. A veces la gente se comporta bien, pero nunca se sabe.

Tal como solía decir Will, el esposo de Elner, «piensa lo que quieras, pero algunos días la suerte está de tu lado». Al hallarse la granja de los Franks tan aislada en el campo, nadie oyó el disparo salvo algunos hombres que cazaban codornices a unos tres kilómetros de distancia. Pensaron que eran otros cazadores. Tampoco nadie preguntó por el jornalero, cuyo error fatal fue intentar arrastrar a Polly al dormitorio. Polly acaso fuera retrasada, pero ese día tenía muy claro que su madre le había dicho que no saliera nunca de la cocina si se hallaba sola, y no lo hizo. Por muy fuerte que tirara el hombre de ella, no iría. Había sido una suerte tremenda que, en el forcejeo en la despensa, el arma cayera justo a su lado. La pobre Polly no sabía la diferencia entre una pistola de fulminantes Roy Rogers y un arma de verdad, y apretó el gatillo. Otro golpe de suerte: disparó sobre alguien que no era muy querido, a quien en realidad ni siquiera echaría nadie de menos.

Aquella misma noche, después de ayudar a Louise a limpiar y ordenar un poco todo, Elner se llevó el arma a casa y la escondió en el gallinero. Pensó que si alguna vez alguien encontraba el cadáver, llamaría a la policía y confesaría que había sido ella y les mostraría el arma homicida. No quería ir a la cárcel, pero si eso servía para que la pobre Polly se quedara en casa con su madre, lo haría. Ahora que era viuda, sólo tenía un gato, y supuso que *Sonny* podría arreglarse sin ella mucho mejor que Polly sin su madre. Unos años después, cuando Elner vendió la granja, metió la pistola en el bolso y la llevó consigo a la ciudad, por si acaso.

Las repercusiones

A Elner Shimfissle se le había enseñado que todo pasa por algún motivo. Naturalmente, no podía saber eso en su momento, pero las repercusiones de su caída de la higuera resultaron ser numerosas y variadas.

Unos años después, Polly Franks murió de un ataque al corazón. Tras la muerte de su hija, Louise Franks vendió su granja de diez acres a una promotora inmobiliaria por una pequeña fortuna. Norma gestionó la venta. Louise lo vendió todo menos medio acre en el linde del terreno. A Norma eso le extrañó, pues Louise no iba a vivir allí, pero ésta se lo explicó:

—Norma, ahí tengo enterrada una vieja y querida mascota, y simplemente no quiero que se construya nada encima.

Louise se mudó a la ciudad y utilizó el dinero de la venta para fundar y dotar de personal a una escuela para discapacitados mentales a la que llamó Centro Elner Shimfissle.

Después de conocer a Elner, el doctor Bob Henson cambió su opinión sobre la gente y cada vez estuvo más contento con su trabajo.

Y, cosas del destino, un año después, Gus Shimmer, el abogado obsesionado con demandar, se desplomó en los juzgados víctima de un ataque cardíaco grave. Hubo que llevarlo corriendo al Hospital Caraway, y fue el doctor Bob Henson quien estuvo con él más de tres horas y le salvó literalmente la vida. El mismo doctor Henson al que habría demandado si Norma lo hubiera dejado.

No obstante, cuando Franklin Pixton averiguó que el doctor Henson había salvado la vida de Gus Shimmer justo en mitad de un pleito contra el hospital, no se alegró. «¿Dónde está la negligencia ahora?», se dijo a sí mismo, pensativo. Pero no tenía que preocuparse por Gus Shimmer. Después de que el doctor Henson le salvara la vida, Gus juró ante Dios no volver a llevar a los tribunales nunca más a ningún médico ni ningún hospital. No sólo Gus era un hombre nuevo, sino que su informante en Caraway también se marchó para siempre.

El enfermero que había estado informando a Gus, el mismo que había provocado que a Boots Carroll, la amiga de Ruby, la bajaran de categoría, finalmente llamó «zorra» a la mujer equivocada. La señora Betty Stevens, viuda muy rica y generosa —su marido había creado Johnny Cat, una de las mejores camadas de gatitos—, estaba ingresada para una operación de vesícula y oyó casualmente a alguien a su espalda llamarla «esa vieja bruja rica». Teniendo en cuenta que había dado millones al fondo del hospital y que era amiga íntima de la esposa de Franklin Pixton, el enfermero fue despedido en el acto y Boots recuperó su antigua función de supervisora jefe. No es que la señora Betty Stevens pusiera objeciones a que la llamaran «rica» o «bruja». Lo que le molestó fue lo de «vieja». Al fin y al cabo, era todavía una atractiva mujer de sesenta y cuatro años.

Desde el día en que el abogado Winston Sprague encontró el zapato en la azotea, ya no volvió a ser el arrogante sabelotodo, «el joven estirado en ascenso», como lo llamaban algunos. Pasó de pensar que era más inteligente que nadie a no estar tan seguro de sus cualidades. Para algunos, esto quizás habría sido algo malo, pero en el caso de Winston resultó ser lo mejor que podía pasarle. La chica de la que había estado enamorado muchos años, la que le había dicho que quería casarse pero no con él, lo vio casualmente en un grupo de amigos y notó en él algo diferente. Estaba sentado solo, y había en sus ojos una mirada ausente. Se acercó y le preguntó cómo estaba, y él le explicó que acababa de dejar su empleo y que iba a pasar dos semanas meditando en un *ashram* de Colorado.

«¿Un *ashram*? Humm, pensó ella. Interesante. Este tío quizá ya no es el gilipollas que era, después de todo.» Así que en vez de irse, se sentó.

Al cabo de seis meses, después de que la chica accediera a casarse con él, ella le dijo:

—Winston, no sé qué te pasó, pero es como si ya no fueras la misma persona. —Y lo dijo como un cumplido.

Winston no le contó lo del zapato, el suceso que lo había cambiado, pero al cabo de unos días, después de su clase de yoga, atravesó la ciudad hasta la tienda de trofeos, entró con una bolsa de papel marrón bajo el brazo y se dirigió al hombre que había tras el mostrador.

—Me gustaría tener algo en bronce. ¿Hacen zapatos?

—Sí —contestó el hombre—. Hacemos zapatos de niño.

Winston abrió la bolsa, sacó el zapato de golf y lo dejó sobre el contador.

—¿Pueden hacer esto?

El hombre lo miró.

—¿Esto? ¿Quiere que apliquemos una capa de bronce a esto? ¿Un zapato solo?

—Así es. ¿Pueden hacerlo? —preguntó Winston.

—Bueno, supongo que sí. ¿Quiere que le pongamos una placa o algo?

Winston pensó unos instantes.

—Sí, pongan «El zapato de la azotea».

—¿El zapato de la azotea?

—Sí —dijo Winston con una sonrisa—. Es una especie de broma secreta.

Pero el de Winston no fue el único idilio que acabó en matrimonio. El 22 de junio, en la Iglesia de la Unidad de Elmwood Springs, la pastora Susie Hill declaró marido y mujer al doctor Brian Lang y a Linda Warren. Y aunque Verbena Wheeler había jurado que jamás pisaría una de esas iglesias *new age* de «hágalo usted mismo», lo hizo.

Pero lo mejor de todo es que el proyecto comunitario de Linda Warren del «Mes de adopción de gatos» había tenido tanto éxito que la idea se había extendido a otras empresas, y miles de gatos de todo el país encontraban casa cada día. Y a nadie se le pasaba siquiera por la cabeza que todo eso se debía a que, una mañana de abril, Elner Shimfissle se cayó de su higuera.

Otra Pascua

8h 28m de la mañana

En cuanto a Norma, su atención a los detalles le sirvió de mucho, y pronto Bienes Inmuebles Cortwright se convirtió en Bienes Inmuebles Cortwright-Warren, lo que le causaba gran satisfacción. Pero en lo referente a la otra parte de su vida, lamentablemente no veía nunca signos, maravillas ni milagros, y casi había renunciado ya a buscar nada hasta que llegó otra Pascua, cuatro años después.

Norma se encontraba en el cementerio dejando lirios en las tumbas de sus padres, como siempre había hecho, intentando evitar que las flores de plástico que había casi en cada tumba la volvieran loca. Cuando ya se iba, anduvo casualmente junto a la vieja parcela de los Smith, en la zona sur del cementerio, donde estaba enterrada la vecina Dorothy, y por alguna razón desconocida se detuvo y leyó los dos nombres en la gran lápida del centro; y se quedó atónita.

DOROTHY ANNE SMITH
Querida madre
1894-1976

ROBERT RAYMOND SMITH
Querido padre
1892-1977

Norma se quedó boquiabierta. ¿Raymond? ¡No tenía ni idea de que el esposo de Dorothy se llamaba Raymond! De repente, aquel pequeño rayo de esperanza que casi se había apagado se reavivó de nuevo, y ella sonrió y se quedó allí contemplando el cielo azul. Y además hacía un día muy bonito.

El domingo siguiente, también por alguna razón desconocida, Macky se levantó y le dijo a Norma:

—Creo que hoy iré a la iglesia contigo a ver de qué va todo eso.

Norma no sabía a qué se debía ese cambio de actitud, pero se alegró mucho de que Macky hubiera escogido ese día para ir, porque el texto del sermón de Susie fue:

Vive más fe en la duda sincera,
créeme, que en la mitad de los credos.

ALFRED,
LORD TENNYSON

Y todos dijeron que era el mejor que había pronunciado jamás.

¡Adoptar las costumbres de los nativos!

El que Macky fuera a la iglesia fue una sorpresa, pero quizás el episodio más sorprendente tuvo lugar en mayo, en la primavera siguiente.

Verbena cogió el teléfono y llamó a Ruby.

—No te creerás lo que le ha pasado a la pobre Tot.

—Oh, Señor, ¿ahora, qué? —dijo Ruby sentándose para oír la mala noticia.

—Acabo de saber de ella... Agárrate... ¡Tot ha adoptado las costumbres de los nativos!

—¿Qué?

—¡Se ha vuelto totalmente indígena de la noche a la mañana! Dice que no sabe qué le pasó ni cómo fue, pero que en cuanto aterrizó en Waikiki y llegó a su habitación del hotel, se desnudó, ropa interior y todo, se puso un muu-muu y una flor detrás de la oreja, y dice que se despide de todo el mundo, que no va a volver nunca.

—¿Qué? ¡Es una persona blanca, no puede volverse indígena! —exclamó Ruby.

—Dice que eso es lo que había pensado ella siempre, y que fue todo como una revelación. Dice que ni siquiera quería ir a

Hawai, pero que en cuanto bajó del avión, ¡algo se apoderó de ella! Piensa que en otra vida quizá fue una princesa hawaiana porque allí es feliz como un pájaro y se siente como en casa —explicó Verbena.

—Bien, ¿y qué está haciendo?

—Pues ahí está, no está haciendo nada..., salvo andar todo el día en la playa tomando clases de hula-hula. Suena la mar de alegre y feliz.

—Ésa no es Tot.

—No, no lo es. Me pregunto si habrá encontrado algún novio por allí.

—¿Ha dicho algo de eso?

—No, pero tiene su lógica, ¿no te parece? Y tal vez sea hawaiano —supuso Verbena.

Ruby exhaló un suspiro.

—Oh, yo ya no sé nada, Verbena. El mundo se ha vuelto tan loco que, por lo que sé, hasta podría ser una mujer hawaiana.

—Bueno, espero que al menos se ponga crema solar, si no se le va a estropear la piel con aquel sol tan fuerte. Puede que incluso tenga cáncer.

—Exacto, cuando le extirpen parte de la nariz, ya no se sentirá tan nativa, tenlo por seguro.

—Creo que le trae todo sin cuidado. Dice que le alegra haber llegado a la edad de la jubilación.

—Tot es la última persona del mundo que me habría imaginado volviéndose nativa.

—Lo mismo pienso yo. Te digo una cosa: cuanto más vivo más me sorprende la gente. Nunca sabes qué va a pasar en el minuto siguiente.

Así pues, contrariamente a lo que rezaba el cartel de su salón de belleza, «Las viejas peluqueras nunca se jubilan, sólo ondulan y tiñen», Tot efectivamente se jubiló. Siguió el consejo de Elner, y estaba viviendo cada día como si fuera el último. Y mientras esa noche estaba sentada en su galería disfrutando de la tibia brisa tropical y tomando sorbos de piña colada, miró a su nuevo compañero, sentado a su lado, y de pronto recordó los viejos documentales sobre viajes que solían pasar en el cine.

Cerró los ojos, y pronto empezaron a sonar los suaves acordes de música hawaiana, y ella casi alcanzaba a oír una cantarina voz familiar de hombre que decía:

«Y cuando el sol dorado se pone, una vez más, sobre la bella playa de Waikiki, nos despedimos de todos, *aloha* y adiós..., hasta que volvamos a vernos.»

Epílogo

Cuando Elner Shimfissle salió del ascensor, miró y al final del pasillo vio a unos sonrientes Dorothy y Raymond de pie frente a la puerta, esperando para darle la bienvenida. No cabía en sí de contenta. Pero justo antes de que ellos entraran, se paró y le susurró a Dorothy:

—Esta vez es de verdad, ¿no? No será otra visita breve.

—No, cariño, esta vez es de verdad. —dijo Dorothy riendo.

Raymond sonrió y dijo:

—Vamos, hay un montón de gente impaciente por verla.

La gran puerta se abrió de par en par, y allí estaba un numeroso grupo, en el que estaban su padre y su madre, sus hermanas Ida y Gerta, y muchos otros parientes a los que sólo conocía por viejas fotos familiares. Detrás estaban Ginger Rogers y Thomas Edison, saludándola con la mano y sonriéndole. En ese momento lo vio. Allí, justo en mitad de la primera fila, ¡su esposo, Will! Él dio un paso al frente con una enorme sonrisa y los brazos abiertos.

—¿Cómo has tardado tanto, mujer? —dijo.

Y Elner corrió hacia él y supo que estaba definitivamente en casa.

Recetas

Tarta de caramelo celestial de la vecina Dorothy

PRECALENTAR EL HORNO A 180 GRADOS

1 ³/₄ tazas de harina de repostería (tamizada antes de medirla)

Tamizar de nuevo con una taza de azúcar moreno en polvo

Añadir:

¹/₂ taza de mantequilla blanda

2 huevos

¹/₂ taza de leche

¹/₂ cucharadita de sal

1 ³/₄ cucharaditas de levadura

1 cucharadita de vainilla

Batir durante 3 minutos. Hornear en un molde engrasado durante ¹/₂ hora.

GLASEADO DE CARAMELO

2 cucharadas de harina de repostería

¹/₂ taza de leche

¹/₂ taza de azúcar moreno

¹/₂ taza de azúcar glasé tamizado

1 cucharadita de vainilla

¹/₄ taza de mantequilla ablandada

¹/₄ taza de grasa refinada

¹/₄ cucharadita de sal

Mezclar la harina de repostería y la leche. Cocer a fuego lento hasta obtener una pasta espesa. Enfriar. Mezclar el azúcar y la vainilla con la mantequilla y la grasa refinada. Batir hasta tener una masa ligera y esponjosa. Añadir la sal y mezclar. Unir a la pasta enfriada. Batir hasta volverla suave y esponjosa. Ha de tener el aspecto de la nata montada.

Pan de harina de maíz de la señora McWilliams

4 tazas de harina de maíz
2 cucharaditas de bicarbonato
  sódico
2 cucharaditas de sal
4 huevos batidos,

4 tazas de suero de leche
1/2 taza de grasa de cerdo
  derretida

Precalentar el horno a 230 grados. Combinar los ingredientes en seco y hacer un hoyo en el centro. Mezclar bien los huevos, el suero y la grasa de cerdo; añadir a la mezcla de harina de maíz y batir hasta que no tenga grumos. Meter un recipiente bien engrasado de hierro fundido de 25 cm en el horno precalentado hasta que esté muy caliente. Echar la masa en el recipiente; hornear durante 35 a 45 minutos, o hasta que un cuchillo clavado en el centro salga limpiamente y la parte superior tenga un color dorado tostado. Da para 6-10 porciones.

Huevos duros con salsa picante

1 docena de huevos duros
1 bote de 150 g de queso
  Neufchâtel pasteurizado
  untado con pasta de
  aceitunas

2 cucharadas de mayonesa
2 cucharadas de pepinillos
  dulces picados
2 cucharadas de cebolla
1/2 cucharadita de sal

Pelar los huevos y cortarlos por la mitad a lo largo. Machacar las yemas, mezclar con el queso y la mayonesa. Agregar los ingredientes restantes y remover. Rellenar las claras. Da para dos docenas de medias claras rellenas.

Tarta Bundt de Irene Goodnight

1 paquete de harina para pastel
1 paquete de pudín
   instantáneo de vainilla
³/₄ taza de aceite aromatizado
   con mantequilla

³/₄ taza de agua
4 huevos
¹/₄ taza de azúcar
¹/₂ taza de nueces picadas

Mezclar la harina para pastel y el pudín con aceite, agua y huevos en una batidora. Batir a velocidad media durante 8 minutos. Mezclar el azúcar y las nueces. Echar la mitad en una sartén Bundt bien engrasada. Poner encima la mitad de la masa del pastel. Añadir el resto de la mezcla de las nueces y luego la masa restante. Hornear a 180 grados durante 50 minutos.

El hígado con cebollas de la tía Elner

450 g de hígado de ternera
   o vaca
sal
pimienta
¹/₄ taza más dos cucharadas
   de mantequilla o margarina
2 cebollas grandes peladas y
   cortadas en juliana

2 cucharadas de harina
   de trigo multiusos
³/₄ taza más dos
   cucharadas
   de caldo de ternera
³/₄ taza de nata agria
   (opcional)

Salpimentar el hígado y rebozarlo bien en harina. Guisarlo con dos cucharadas de mantequilla derretida en una sartén grande hasta que pierda su color rosado y acabe con un tono ligeramente tostado. Sacarlo de la sartén y reservarlo.

Derretir ¼ taza de mantequilla en una sartén a fuego medio. Añadir las cebollas y sofreírlas hasta que cambien de color. Añadir un poco de harina, agitar y cocer durante 1 minuto sin dejar de remover. Agregar el caldo de ternera; cocer, removiendo continuamente, hasta que espese y haga burbujitas. Añadir el hígado a la salsa; tapar y cocer 10 minutos a fuego lento. Apartar del fuego; pasar el hígado a una fuente. Echar la nata agria en una sartén, remover, y luego cubrir el hígado con la salsa. Servir con arroz o fideos guisados con mantequilla. Da para 4 raciones.

Cazuela de judías verdes de Irene Goodnight para el entierro

3 tazas (340 g) de queso
cheddar rallado
1 taza de mayonesa
2 cucharadas de cebolla
rallada
2-3 cucharaditas de salsa
Worcestershire (opcional)

¼ o ½ cucharadita
de pimentón
suave
2 tarros de 110 g
de pimientos cortados
a dados, escurridos

Precalentar el horno a 180 grados. Mezclar la sopa y la leche. Colocar la mitad de las judías verdes en el fondo de una fuente plana de horno engrasada de un litro y medio. Extender la mitad de la mezcla de la sopa sobre las judías; echar la mitad de las almendras, las galletas saladas y una taza de queso. Volver a poner capas de judías, almendras y galletas. Hornear la fuente destapada durante 25 minutos; echar la ½ taza de queso restante y hornear 5 minutos más. Da para 6 raciones.

Queso al pimentón de Norma

1 lata de 300 g de sopa de
crema de champiñones
sin diluir
4 ½ tazas de judías verdes
cocidas y escurridas
1 taza de galletas saladas
machacadas

½ taza de leche
½ taza de almendras
cortadas en láminas,
ligeramente tostadas
(opcional)
1 ½ taza (170 g) de queso
cheddar rallado

Combinar los 5 primeros ingredientes en un robot de cocina hasta que la mezcla sea todo lo fina que queremos. Añadir el pimiento; pulsar el botón y mezclar. Guardar en la nevera en un recipiente tapado. Da para 3 tazas, aproximadamente.

Pastel de pacana de la tía Elner

½ taza de mantequilla
o margarina,
derretida
1 taza de azúcar moreno
bajo en calorías
1 taza de jarabe de maíz
bajo en calorías

2 cucharaditas de extracto
de vainilla
⅓ cucharadita de sal
1 masa cruda de 22 cm
1 ½ taza de medias
pacanas
4 huevos batidos

Precalentar el horno a 160 grados. Mezclar los 3 primeros ingredientes en un cazo pequeño y cocer a fuego medio, removiendo continuamente, hasta que se derrita la mantequilla y se disuelva el azúcar. Enfriar ligeramente. Batir los huevos, la vainilla y la sal en un bol grande; agregar poco a poco la mezcla de azúcar, revolviendo bien con un batidor. Echar en la masa y esparcir pacanas por encima. Hornear durante 50-55 minutos. Servir templado o frío. Da para un pastel de 22 centímetros.

Índice

Elmwood Springs, Misuri 11
La sobrina nerviosa 14
El testigo presencial 21
Norma sale a la carretera 23
Verbena recibe la noticia 30
Creer o no creer 37
La mujer de la revista 39
¡Oh, no, esa bata no! 42
La sala de espera 52
¡Yuju! 54
El informe del médico 57
Las malas noticias viajan deprisa 59
Linda recibe la llamada 62
En casa de Elner 67
Irene Goodnight 73
El paseo en ascensor 75
Verbena Wheeler difunde la noticia 83
Haciendo preparativos con Neva 92
Una sorpresa 95
La causa de la muerte 97

Un negocio triste 100
Macky va a ver a Elner 106
Adónde había ido ella 110
Verbena se lo cuenta a Cathy 115
Un paseo celestial 119
Llamando a Dena, Palo Alto, California 125
Encuentro con el esposo 129
La pastora de Norma 139
Diciendo mentiras 142
De palique con Raymond 145
La señora Franks, una vieja amiga 154
Vaya sorpresa, ¿eh? 157
Un mensaje de consuelo 160
Comiendo la tarta 162
Un último adiós 168
La enfermera vuelve a llamar a Ruby 173
Una época más feliz 182
¿Que ella hizo qué? 186
Después de la resonancia 192
El dilema de un médico 200
El concurso 206
¿Dónde está Elner? 211
Los arreglos florales 213
Una llamada inquietante 221
Vaya por Dios 228
Un nuevo gatito 232
La enfermera Boots 236
Bienvenida a casa 238
Un nuevo día 241
Las visitas 247
Aún confusa 253
El gilipollas 255
Un sueño agitado 261
El informe 264
Lo inexplicable 266
La receta 270

A casa 273
Luther llega a casa 277
¡Cuestión de narices! 281
No me hagáis preguntas 284
Salón de belleza 287
Gracias de parte de Cathy 290
Pascua en casa de Elner 293
Otra vez enamorado 296
La carta 299
Una sorpresa para Linda 300
De viaje 302
Norma se impone 304
De nuevo en Kansas City 307
Norma cede 309
El Club de la Puerta de Sol 312
Aprendiendo el oficio 314
Elner recibe visita 318
Toda una profesional 320
Tot todavía cuenta las cosas como son 322
Un gato muy bonito 326
Algo pasa 330
Preparándose 333
Una despedida final 335
La Biblia familiar 337
Qué había pasado 340
Las repercusiones 348
Otra Pascua 352
¡Adoptar las costumbres de los nativos! 354

Epílogo 357

Recetas 359